KB043001

잇츠 빌런스 코리아 2

초판 1쇄 인쇄일 2023년 1월 12일 | **초판 1쇄 발행일** 2023년 1월 17일

지은이 초촌 | **펴낸이** 곽동현 | **담당편집 팀장** 이범수
편집부 정요한 김승건 조혜진

펴낸곳 (주)조은세상 | 출판등록 제2002-23호
주소 서울특별시 동작구 동작대로1길 27 5층
TEL 02)587-2966 | FAX 02)587-2922
E-mail bukdu@comics21c.co.kr

초촌ⓒ2023
ISBN 979-11-391-1392-1 | ISBN 979-11-391-1390-7(set)
값 9,000원

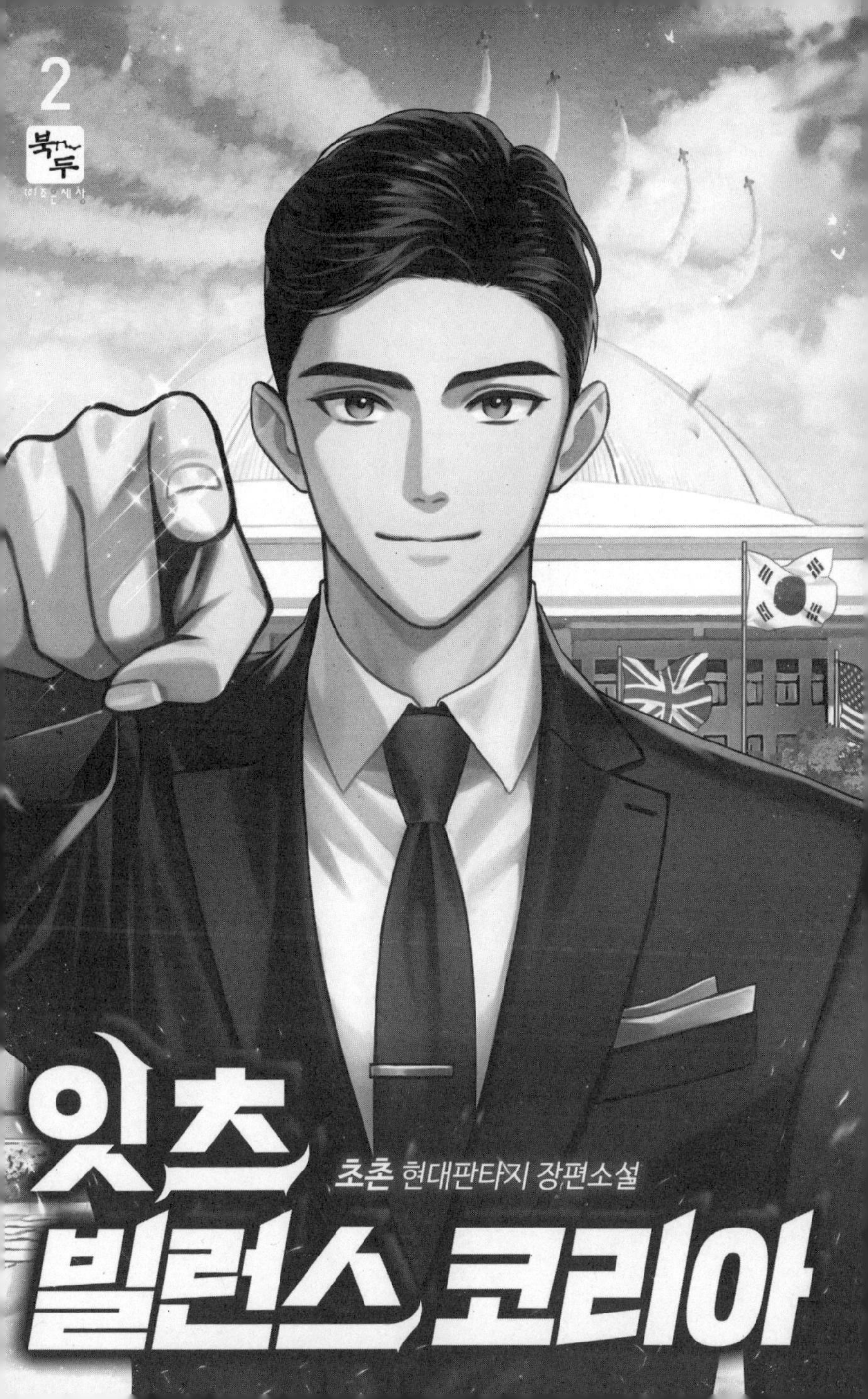
2
북두
잇츠
초촌 현대판타지 장편소설
빌런스 코리아

초촌 현대판타지 장편소설

MODOERN FANTASY STORY

CONTENTS

도종현과의 저녁 식사는 예상했던 것보다 훨씬 더 도종현을 잘 알게 된 계기가 되었다.

기본적으로 아주 담백한 사람이다.

처음 마주쳤을 때의 인상은 단지 그래서가 아니라 로펌 문화와 가까웠고 그들이 신입 인력을 어떻게 다루는지 그 방식에 대한 관행일 뿐이었다.

그는 잠잠했으며 솔직했고 자신의 실수를 정면으로 바라볼 만큼 성숙한 인격을 가졌다.

- 우리 집이요. 참으로 가난했어요. 단칸방에 부모님과 삼

형제가 부대끼며 살았는데 식사 시간 때마다 전투였죠. 고기한 점 더 먹겠다고. 알죠? 진짜 많이 싸웠습니다. 나는 막내라 조금 비껴나 있었어도 그랬어요. 형제들끼리 막 주먹다짐까지 갔으니까요.

- 이사를 지겹도록 다녔어요. 돌아오는 달마다 달세 걱정에, 집주인 지랄에, 누가 1만 원이라도 올린다면 말도 못하고방 빼고 꺼져야 했어요. 그걸 믿고 위세를 부리는 집주인네새끼들이 얼마나 개지랄이었는지 아세요? 이루 말할 수 없었죠. 아주 개새끼들이었죠.

- 평생을 쎄빠지게 일해도 나아지지 않던 살림에 희망이보인 건 형이 오필승에 들어가면서부터였어요. 아마도 우리나라에서 연봉제를 제일 처음 시작했다고 하죠? 주 5일 근무에, 쁘띠 휴가에 해마다 무조건 15일씩 휴가를 주더래요. 전셋집도 얻어 주고 누가 결혼한다고 하면 하와이로 신혼여행도 보내 주고. 근데 말이에요. 연봉이 있는데도 반기마다 보너스를 연봉만큼 주네요. 기가 막히죠?

- 그 덕에 형들이 못한 공부를 내가 다~~ 할 수 있었습니다. 꿈도 못 꾸던 유학도 가 보고 머리는 나쁘지 않아서 아이비리그 코넬 로스쿨을 나와 뉴욕에서 이름만 말하면 알아주는 로펌에서 15년이나 커리어를 쌓았죠. 그런데 2달 전에 형님에게서 전화가 온 겁니다. 우리 의원님 출마하실 생각이시니 나 대신 니가 와서 도와라.

- 변호사 경력이 아깝지 않냐고요? 하하하하하하하, 오필

승은요. 의원님 말 한마디면 전부 끔뻑 넘어갑니다. 반항은 1
도 생각 못 해요. 오필승뿐만이 아니죠. 그 가족들까지 전부
우리 의원님만 바라봅니다. 나도 마찬가지죠. 행여나 호적에
서 파이고 싶지 않으면 거역은 불가능입니다. 전 형님한테 맞
아 죽기 싫답니다. 하하하하하하~.

  - 솔직히 말해, 문호 씨의 첫인상은 건방진 낙하산이었어
요. 인턴이 구청장을 상대한다길래 강남구청장의 친인척쯤
되는 줄 알았으니까요. 지금요? 감탄을 넘어 감복할 지경입
니다. 내 자리를 원하면 양보하고 싶을 만큼요. 정말이에요.
내가 오히려 5급 비서관으로 내려가고 싶은 심정이에요.

  사람이 가감이 없었다.

  있는 대로 명확하게 자기를 표현한다.

  대포집 개똥철학일지라도 이런 사람 만나기가 아주 어렵
다는 걸 김문호는 잘 알았다.

  도종현은 시종일관 점잖았고 자기가 오해했던 부분에 대해
털어놓으며 나쁜 마음을 품었음을 사과했다. 진심 어린 태도로.

  이도 또한 서로 잘해 보자는 마음에서 비롯된 행동이었다.

  받지 않는다는 건 이 사람과 다시는 보기 싫다는 뜻이니 무
조건 받아야 했다.

  "여어~ 문호 씨, 좋은 아침이에요."

  "좋은 아침입니다. 도 보좌관님."

출근을 반기는 인사도 그랬다.

김문호는 도종현의 어제와 다른 개운한 표정만으로도 사무실 분위기가 딴판이 됐음이 깨달았다. 활기찼고 유기적이었고 화합의 기운이 맴돌았다. 단지 하루 사이에.

주변의 반응도 재밌었다. 이토록 극적으로 변화한 이유를 알고 있다는 듯 장대운은 보일 듯 말 듯 미소로 일관하였고 정은희는 예의 그 포근한 눈빛으로 전체를 감쌌다. 백은호는…… 뭐.

김문호도 덩달아 기분이 업되는 느낌에 젊은 피답게 파이팅을 외치며 하루를 시작하려 했다.

자, 오늘도 무언가 얻어 가는 하루가 되기를!

그런데 정은희가 갑자기 공지를 내린다.

"오늘, 전체 회의가 있어요. 남한산성에서요."

"남한산성이면 그 백숙집 말입니까?"

도종현도 가 봤는지 반색한다.

"도 보좌관님이 미국 일 정리하고 넘어오셨는데 가야죠. 앞으로의 일도 의논하고 좋은 얘기도 나누고 겸사겸사입니다."

"오오오~ 좋습니다. 안 그래도 그 집 백숙 맛이 자꾸 생각났는데 최고입니다."

"그럼 그렇게 아시고 이따 11시에 출발하겠습니다."

많은 일이 벌어진 것 같지만, 국회의원 장대운 사무소는 아직 1개월밖에 되지 않은 신생 사무실이었다. 강남구 판세를 읽기도 바쁜, 정책을 벌인 것도 없고 이렇다 할 몸짓을 보여 준 적도 없었다.

맡은 일이란 것도 겨우 잔무 처리뿐.

커피믹스나 타 먹으며 대충 시간을 보내다 보니 11시가 됐다.

도종현이 스르륵 일어나 김문호에게 다가왔다.

"문호 씨는 내 차 타고 갑시다."

"예? 아, 옙."

대답하자마자 정은희가 옆으로 다가서며 입을 삐죽 내민다.

"너무 문호 씨만 챙기시는 거 아니에요? 어제부터."

"그래도 제가 사수 격이잖습니까. 사수가 부사수를 챙겨야죠."

"어머, 벌써 부사수 삼으신 거예요?"

"다른 방법이 있습니까? 문호 씨를 봤는데."

함축적 의미가 담긴 말로 더 당당하게 나가는 도종현에 정은희는 미소 지었다.

"그러네요. 도 보좌관님도 문호 씨를 봤네요. 모두가 탐낼 인재죠."

"정 수석님은 탐내지 마십시오. 제가 먼저 찜했습니다. 하하하하하."

"어머머, 골키퍼 있다고 골 안 들어가요? 그리고 찜은 제가 먼저 했답니다. 아시죠? 제가 먼저 만난 거."

티격태격.

백은호가 지나가며 말했다.

"문호 씨는 재무 파트도 정책 파트도 아닙니다. 앞으로 의원님 수행 겸 정무를 보게 될 겁니다. 아주 가까운, 지근거리에서요."

24시간 내내 같이 있어도 침묵만으로 일관하는 백은호까지 가세하자 정은희와 도종현은 어이가 없다는 듯 서로를 쳐다보았다.

"이거 아무래도……."

"그렇죠? 의원님이 먼저 점하신 거죠?"

"……."

"……."

"……포기하실 거예요?"

"설마요. 문호 씨 같은 인재를 포기하는 건 일을 안 하겠다는 것과 마찬가지죠."

"그렇죠? 기회가 생기면 뺏어 오자고요."

"예."

"그때까진 힘을 합칠까요. 우리?"

"물론입니다. 가시죠. 수석님."

통했는지 정은희가 도종현의 차로 넘어오는 바람에 수다가 터졌다. 미국에서 어쩌고저쩌고 돌아오는데도 저쩌고어쩌고.

소리에 예민한 김문호로서는 좁은 공간 내 거친 소음일 수도 있을 수다였음에도 희한하게 아늑한 느낌으로 다가와 속으로 적잖이 놀랐다. 이조차도 편안하다는 게.

늦은 밤 냉장고 소리도 거슬려 잠들지 못하는 주제에 저들의 수다가 아주 자연스럽게 느껴졌다.

오히려 기운이 북돋워진다.

'그렇구나. 이곳에서 이 사람들에게서. 내가…….'

평안을 얻었다.

갈 길 몰랐던 영혼이 비로소 안정감을 찾은 것 같이.

그 속에서 어느새 작은 소망이 자리 잡은 것도 보았다.

- 이대로 이렇게 이 사람들과 같이 평생 일했으면 좋겠다.

회귀란 기막힌 기회를 얻은 후 눈 뜬 좁은 자취방과 그 속에서 비좁게 구겨 자는 동생들을 처음 봤을 때처럼 마음이 그립고 아련하였다.

엄마를 찾은 아이가 이런 건지.

안심되고 포근한 감각이었다. 절로 긴 숨이 내뱉어지며 몸이 이완된다. 들떠 있음에도 어깨가 풀린다. 잠이 오려 하였다.

'······행복해.'

다만 절정은 짧았다. 아쉽게도.

이도 괜찮다. 이곳이 머물러도 될 집임을 알았으니.

'으응? 저 양반은······.'

백숙집에 도착하니 의외의 사람이 우리를 반겼다.

권진용 강남구청장.

당연하다는 듯 참여하는 모습에 아까 정은희가 말한 전체 회의라는 게 국회의원 사무소가 아닌 미래 청년당 전체 회의를 의미했음을 깨달았다.

동시에 어떤 예감이 왔다.

왠지 오늘... 미래 청년당이 꿈틀거릴 것 같은 느낌.

대한민국 정당으로서 본격적으로 당색을 드러내려 하던가?

역시나 첫 진행부터 무게감이 실렸다.

정은희가 조금은 신중한 표정으로 인사말을 꺼냈고 이어 대한민국 정당 현황에 대한 브리핑이 이어졌다.

"총 299석에 민생당 150석, 한민당 120석, 기타 29석으로 두 거대 정당이 270석을 차지하였습니다. 지난 16대 국회와 다른 특이점은 제2당이던 민생당이 과반수를 차지하며 제1당이 된 것과 과반수 당이었던 한민당의 기세가 주춤한 겁니다."

"원인은요?"

도종헌이 끼어들었다.

"수많은 원인이 있겠지만 그중 제일은 탄핵 정국의 여파로 볼 수 있겠습니다."

"역풍을 맞았군요."

"국민적인 반감을 사고 말았죠."

"견고했던 정국이 흔들리고 있다는 말씀 같은데. 여기에서 우리 미래 청년당의 갈 길을 어떻게 찾아야 한다는 겁니까?"

"예, 우선 두 가지입니다. 하나는 정면 돌파일 테고. 다른 하나는 틈새 공략이겠죠."

툭툭 내뱉은 말들 속에 어느 것도 쉬이 넘길 만한 건 없었다.

당의 힘은 결국 국회의원의 숫자였고 정면이든 틈새든 누군가를 데려온다는 건 그만큼의 소모가 뒤따라야 한다.

"어렵군요. 참으로 좋은 기회인데."

좋은 기회였다.

당 현판식 이래 처음으로 과반수당이 된 민생당과 처음으로 주도권을 내준 한민당.

둘 다 당황하였고…… 민생당은 처음 가진 힘에 어쩔 줄을 모르고 한민당은 처음 칼자루를 내준 것에 대한 경악과 참담함에 책임질 희생양을 찾기 바쁘다.

이는 분명 국민의 준엄한 경고.

- 잘못하면 언제든지 권력을 빼앗아 주겠다.

대한민국 정치계를 바라보는 국민의 경고로 봐야 맞겠지만, 아쉽게도 한민당은 패배했음에도 곧이곧대로 받아들일 생각이 없었다. 승리한 민생당도 또한 마찬가지.

- 실수로 졌다(한민당). 드디어 바람을 탔다(민생당).
- 괜한 탄핵 정국 때문에 이 사달이 났다(한민당). 이참에 한민당이 차지했던 것들을 가져와야겠다(민생당).
- 다음에 잘하면 된다(한민당). 더 큰 이권을 챙겨야 한다(민생당).

잘해서 얻은 게 아니라는 걸 몰랐다. 그럼에도 이만한 저력을 보여 줬다면서 안온하였다.

한민당은 빨갱이 잡을 때부터 표를 몰아준 콘크리트 지지층을 여전히 믿었고 민생당은 천운으로 찾아온 절호의 기회를 단물만 빨다 놓칠 모양.

결국 4년 뒤, 18대 국회의원 선거에서 뒤집힌다.

한민당이 다시 과반수 의석을 확보하고 민생당은 당이 분열되며 쪼개진다.

그걸 본 지지층들은 역시 한민당이라며 엄지를 척. 그 모습을 본 사회도 역시 한민당이라는 프레임으로 미래를 약속하길 주저하지 않는다.

이게 환경이었다. 이게 한민당이 살아가는 사이클이었다.

덕분에 한민당의 권력은 더욱 공고해지고 오만함은 수해 현장에서도 막말이 터져 나올 만큼 하늘 끝까지 솟는다.

"모처럼 찾아온 기회입니다. 상황이 어렵긴 하지만 그렇다고 포기해선 안 되겠죠. 그리고 제 판단엔 목표를 이룬다는 측면에서도 미래 청년당의 성장이 완전히 불가능한 일은 아니라고 보입니다."

현시점 미래 청년당의 최우선 목표는 원내 교섭 단체로의 성장이다.

"어째서입니까?"

"우리 당에는 다른 당에는 없는 힘이 있으니까요."

"……?"

"장대운 보유당이라는 겁니다."

"……!"

"이 순간에도 귀추가 주목되고 있을 겁니다. 의원님이 무슨 일을 할까? 첫 사업으로 무엇을 선택할까? 조금이라도 움직이시는 순간 세상의 시선이 일제히 주목하겠죠."

"아……."

"으음……."

"크음……."

전부 인정한다. 단 혼자뿐이지만 장대운은 일인군단이다.

움직이면 태풍이 인다.

정은희의 말이 계속되었다.

"우린 장대운이란 이름을 띄우기 위해 강을 거슬러 올라갈 필요도 없고 무리수를 둘 필요도 없습니다. 장대운이란 이름 하에 제대로 된 한 방만 보여 주면 된다는 거죠. 이 얼마나 간단합니까."

"으음……."

"혼란스러운 정국 사이에서도 누굴 데려오는 건 쉬운 일이 아닐 겁니다. 하지만 그건 한낱 둘째 문제일 뿐입니다. 의원님의 명성이 올라가면 사람은 자연스럽게 모입니다. 옥석은 그때 가리면 됩니다. 즉 우리 미래 청년당이 최우선적으로 매달려야 할 사안은 스카우트가 아니라 제대로 된 업적 발굴일 겁니다. 우리 문호 씨가 면접 때 말한 장대운 하면 누구나 우와~ 하고, 장대운 하면 누구나 이것! 이라고 딱 떠오를 만한 업적. 그게 필요합니다."

모두의 고개가 끄덕여졌다. 동시에 분위기가 무거워졌다.

당연한 반응이었다. 이 자리에서 정은희의 브리핑을 이해 못할 모지리는 없었고 그렇기에 더욱 침중해질 수밖에 없었다.

화두가 주어졌다. 풀 사람이 따로 있나?

"흐음……."

"크음……."

"……."

"후우……."

잠시 끙끙 앓는 소리가 지나가고.

이대로 놔뒀다간 회의 자체가 좌초될 것 같다고 여겼던지 정은희가 생각의 범위를 확 줄여 버렸다.

"시험 범위가 너무 광활하니 일단은 가까운 곳부터 짚어 보는 게 어떨까요? 갑자기 큰일을 벌이기엔 우리도 기반이 약하지 않겠습니까?"

"그 말씀은……?"

"강남구부터 보죠. 지역구에서부터 할 일을 찾고 그 속에서 핵심을 뽑아내 펼치는 것도 좋은 해결책 중 하나일 것 같습니다."

강남구가 안건으로 나왔다.

정은희의 시선 속에 권진용으로 바통 전달식이 끝났고 모두의 고개가 돌아갔다.

권진용은 속으로 침음성을 삼켰지만, 겉 표정은 담담히 유지했다.

안 그래도 어제저녁, 정은희에게서 회의와 회의의 요지에 대해 연락받고 지금까지 고민에 고민을 거듭하던 중이다.

실제로 강남구는 문제가 아주 많았고 그 문제를 입에 담는 것부터가 자기 머리에 총을 겨누는 행위와 같으니.

깔까? 말까? 난제였다.

풀지 못하면 미래가 없고 푸는 순간 오늘이 박살 난다.

반면, 이 시간은 언감생심, 오랜 소망을 해결할 기회이기도
했다.

혼자선 불가능한 일이라도. 다 같이 덤비면 되지 않을까?

어차피 덤으로 사는 인생이다. 무엇이 부끄럽다고 주저할까?

권진용은 긴 한숨을 시작으로 기탄없이 보따리를 풀었다.

"범위를 줄여 주신다 하셨으니 저는 그럼 강남구청을 위주
로 말씀드리겠습니다."

시작됐다.

권진용 구청장은 말을 꺼내면서도 감회가 새로웠다.

강남구청장으로 재직하면서 얼마나 많은 부조리를 겪어야
했는지.

당시에는 그렇게 가야 하고 그렇게 가야 권력의 중심으로
갈 수 있는 줄로만 알고 따랐다지만 한 꺼풀을 벗고 나니 얼
마나 어이없는 짓을 벌였는지 진실이 보였다.

"어제도 문호 씨와 도 보좌관께서 확인하셨겠지만, 제가
민선 1기에 당선되면서부터 지금까지 진행한 강남구청의 사
업은 가히 엉망진창이랄 수 있습니다. 구민을 위하는 척, 모
두의 행복을 위하는 척, 대대적인 공약을 펼치고 그에 따라
무언가를 보여 주었지만, 그 속 내용을 살피면 순전히 한민당
과 강남구 유력자와 연계된 잇속 행정일 뿐이었습니다."

예상을 훨씬 웃도는 수위의 발언에 모두가 깜짝 놀랐다.

실로 위험한 고백이었다. 민선 3선 강남구청장으로서의 경력을 단번에 끝장낼 수 있을 사안이다.

그러나 그는 멈추지 않았다.

"올해 잡힌 강남구 5개년 재정 계획 예산 2조 2천억 중 30%가 그 잇속 행정에 걸쳐 있는 걸 다시 확인했습니다."

"30%……나요? 그러면 6천억이 넘는 돈이 한민당과 강남구 유력자에게 새 나간다는 겁니까?"

"하청 용역 업체, 센터 건설, 아웃소싱 인력, 인턴, 위탁 교육, 청사 시설물 유지 관리, 주민 센터 프로그램 운영, 평생 교육, 폐기물 처리, 공원 시설물 관리, 수목 식재 구입 관리, 도로 시설물 유지 보수, 구내 시설물 관리, 전산실 운영, 벤처 기업 지원 등등 한민당의 간섭이 없는 곳이 없습니다."

모두가 입을 떡.

도종현은 주먹이 하얗게 될 만큼 꽉 쥐었다.

내용의 중차대성이 아닌 강남구청장의 발언 때문이었다.

어제 김문호가 한 보고가 전부 사실임이 밝혀졌다.

'정말 우릴 간 보며 속내를 감췄던 거야? 문호는 구청장의 낌새를 알아채고 듣고 싶은 말을 해 준 게 맞는 거고? 이 미친…….'

단지 이 사실만으로도 법조계의 신경전과 변화무쌍한 경우의 수가 다 소꿉놀이처럼 여겨졌다.

맥락이 그랬다. 구청장은 강남구청의 사업 내에서 부조리한 것이 무엇인지 잘 알고 있으면서 우리를 떠봤다.

방금의 발언도 결국 어제의 만남에서 확신을 얻었기에 나온 것이 틀림없었다. 전부 얘기해도 되겠구나. 라고.

'그건 그렇고.'

도종현은 머리가 아파 왔다.

권진용이 읊은 내용을 종합하면 강남구가 이미 썩을 대로 썩고 곪아 터질 지경이라는 얘기였다.

외부 인력이 들어오는 곳이라면 전부 한민당의 입김이 들어간다는 것. 그 최전선에서 관리·감독한 이들이 구청장과 구의회였다는 것.

'미치겠네.'

사과의 1/3이 썩었다.

버려야 하나? 도려내고 나머지를 살려야 하나?

강남구청이란 과실을 두고 나눠 먹기 바쁜 벌레들은 어쩌고?

기생충들끼리의 거미줄 같은 커넥션도 보인다.

이걸 언제 다 잡을까.

도종현이 권진용을 다시 보았다.

'대단한 양반이긴 하네. 좋은 쪽으로든 나쁜 쪽으로든.'

이 와중에 권진용은 일전 비위 의혹에서 검찰이 마음먹고 털었음에도 십 원 한 장 나오지 않았다.

비서실 스캔들에서 살아남은 이유는 그 때문이었다.

청렴결백.

'아니야. 흐름에 휘둘리지 말고 사안을 면밀히 봐야 해.'

이 순간 그의 청렴함이 가리키는 건 두 가지였다.

과거의 왕따와 현재의 자유인.

둘 중 무엇이 더 중요한지는 굳이 따질 필요 없으니 청렴함
은 이 순간 장점임이 분명하였다.

당장 무슨 짓을 하든 걸릴 게 없다는 건 최고의 패 였다.

'그렇기에 자신 있게 던졌겠지. 하지만……'

기생충 박멸은 전혀 다른 문제였다.

차근차근 단절시키기엔 얽힌 게 너무나 많다. 건드리는 순
간 전체가 똘똘 뭉쳐 단체 행동을 할 확률이 높았다.

없애려면 단칼에 베어야 하는데.

물론 그조차도 저항이 만만치 않을 것이다.

이익을 침해받은 상대는 물불을 가리지 않을 것이고 그 여
파가 구민들의 생활에까지 지장을 줄 정도라면 권진용은 망
한다. 그것도 쫄딱. 그런데 그가 이 사실을 모를까?

'설마……'

권진용을 쳐다봤다. 아주 세세히.

표정에 균열이 가 있다. 대놓고 쳐다보지 않으면 알 수 없
을 만큼 미세하게.

'역시 그랬어. 죽을 각오를 한 거야. 후우~ 대체 왜 이렇게
까지 하지? 놔둬도 누가 뭐랄 사람이 없잖아. 어려울 때 내팽
개친 복수라고 보기에도 너무 과해.'

도종현은 복잡했다.

출동하는 폴리스맨이 이런 심정일까 싶었다.

신고가 들어왔다. 가면 안 되는 줄 아는데도 경찰은 신고

가 들어오면 무조건 출동해야 한다.

미래 청년당에 신고가 들어왔다.

몰랐으면 몰랐으되 들었으니 가야 한다.

하지만, 권진용이 걸리고. 여기 멤버 전부가 걸린다.

또 그러나 이 건은 이슈였다. 아주 큰 이슈.

부조리를 밝혀낸다면 앞으로 이 강남 바닥에서 한동안 한
민당의 그림자도 볼 수 없을 만큼 커다란 폭탄이 터진다.

'이걸 어떻게 하려고 이러시나……'

"으음, 굉장히 어려운 문제로군요."

정은희가 먼저 포문을 열자 백은호도 얼른 동의하며 나섰다.

"이 건은 섣불리 움직여선 안 될 것 같습니다. 여러모로 득
보단 실이 많아 보입니다."

전부 옳은 말씀.

도종현도 동참하려 했다. 조금 더 신중하게 가자고.

하지만 권진용이 더 빨랐다.

"두 분 말씀도 일리가 있지만 본디 기회라는 건 잘 오지 않
습니다. 그걸 이행할 시기도 마찬가지고요. 제가 당적을 옮
긴 이때가 적폐를 청산할 가장 적기가 아닐까요?"

"……"

"……"

이도 전적으로 옳은 말이다. 하지만 죽을지도 모른다.

권진용은 정리가 끝난 모양이었다.

난감해하고 있는데.

25

여태 듣고만 있던 장대운이 처음으로 나섰다.

"이 일은 뒤로 미루겠습니다."

"의원님!"

권진용의 외침. 그러나 장대운은 시종일관 침착했다.

"구청장님의 의기는 훌륭합니다. 다만, 지금은 때가 아니라는 게 제 판단입니다."

"때가 아니라고요……? 저는 분명……."

그래도 저항하려는 권진용의 말을 중간에 끊어 버리는 장대운이었다.

"기생충 따위와 함께 자살하시려고요?"

"……."

"장렬한 산화 좋죠. 그것도 정치의 한 방법이긴 하겠지만, 고작 그런 일로 잃기엔 권 구청장님은 우리 당에서 할 일이 참 많습니다."

"……."

"오해하지 마세요. 모른 척하겠다는 얘기가 아니에요. 다치지 않게 가자는 거죠. 다치더라도 최소한의 생채기만 남게."

"그게…… 가능합니까?"

"그걸 가능하도록 만드는 게 우리 일 아닌가요?"

"……."

권진용의 표정이 복잡하였다. 장대운은 오히려 미소 지었다.

"약속드리죠. 시궁창 냄새, 그리 오래 맡게 하지 않겠습니다. 기생충은 보는 즉시 박멸하는 게 미래 청년당의 원칙이니까요."

하며 이쪽을 쳐다봤다. 깜짝 놀란 도종현은 '설마 나?'인가 했으나 시선은 김문호 쪽이었다.

고개를 돌리니 김문호는 당황하지도 않고 그 시선의 의미를 알겠다는 듯 옅게 고개를 끄덕이고 있었다.

그리고 방관자처럼 지금껏 조용히 대기하던 것과는 달리 나선다. 두 사람 사이에 무슨 얘기가 있었던가?

"의원님 말씀대로 강남구청 기생충 제거 작업은 의원님의 업적 발현 혹은 완성 뒤로 시기를 미루는 게 좋을 것 같습니다."

"문호 씨 생각도 그렇군요."

장대운이 동조한다.

"예, 지금 터트리면 속은 시원하겠지만, 후폭풍이 만만치 않을 겁니다."

"후폭풍. 그러네요. 만만치 않겠죠. 그럼 언제 터트리면 좋을까요?"

"국민적 관심이 의원님께 집중했을 때가 적기일 겁니다. 압도적으로 바람을 몰고 있을 때 꺼내야 권진용 구청장님이 덜 다칠 겁니다."

"흐음…… 권 구청장님 말씀대로 지금이라면요?"

"강남구청은 알토란 같은 자리입니다. 한민당도 쉽게 내놓을 수 없을 테니 진흙탕 싸움으로 끌고 갈 겁니다. 계약 불이행을 근거로 강남구청장님의 독단 때문에 사람들이 일자리를 잃었음을 부각시키고 그들을 앞세워, 그들의 억울함을 알아 달라고 외치겠죠. 그럴 때 누구 하나 죽어 나간다면 더욱

치명적일 테고요."

"무슨 말씀을. 설마 그렇게까지……."

권진용이 믿을 수 없다는 듯 끼어들었다.

김문호는 냉정했다.

"물론 가정이죠. 최악을 상정한. 말마따나 그들이 쉽게 내놓으리라고는 구청장님도 믿지 않지 않습니까? 산화를 각오하신 것처럼요."

"그건…… 그렇습니다."

"강남구는 매년 5천억 원의 예산을 굴리는 알짜배기 지역구입니다. 종로구와의 예산 차이가 두 배가량 난다면서요?"

"그것도 맞습니다. 서울시 구청 중 최고 수준입니다."

"웬만한 지방 도시를 압살하죠."

구 단위론 규격 외였다.

2010년 후반으로 접어들면서 강남구청의 예산은 1조 원을 돌파한다. 절대 가볍게 볼 사안이 아니었다.

"그럼 구청장님께 여쭤볼게요. 이런 꿀 가득 든 복주머니를 내놓으란다고 구청장님께서는 쉬이 내놓을 수 있겠습니까?"

"……끄응."

"돈 몇십억에도 사람이 죽었다 살았다 합니다. 천억 단위로 넘어가면 이미 전쟁입니다. 누구 하나 죽어 나가야 끝날 사활을 건 전쟁. 아무리 다칠 각오를 하셨다지만 잊으셔선 안될 게 있습니다. 구청장님은 무소속이 아니라는 거죠."

"아……."

니가 잘못되면 미래 청년당도 짓밟힌다.

"아무리 의원님의 힘이 막강하다지만 저쪽도 저울의 추가 만만치 않아요. 시기를 늦추자는 의견을 이해해 주셔야 합니다."

"……예, 그렇군요. 제가 너무 마음만 앞섰나 봅니다. 죄송합니다."

"아닙니다. 방금 의원님 말씀대로 구청장님을 오래 기다리게 하진 않을 겁니다. 이 자리의 목적은 곧 강남구청의 적폐를 치우는 일과 닿아 있으니까요."

그랬다. 오늘 전체 회의의 목적은 궁극적으로 미래 청년당이 선점해야 할 이슈의 발굴이었다.

조금 더 구체적으로는 장대운의 업적 개발인데.

논리는 간단했다.

업적다운 업적을 찾고 그 업적을 업적으로서 구민에게 인정받는 순간 칼자루는 한민당이 아닌 미래 청년당에게 옮겨질 것이고 동시에 강남구청의 적폐 또한 처리할 힘을 얻게 된다는 것이다.

명료하게.

하지만 그렇기에 듣고 있던 도종현은 어깨가 더 무거워졌다.

'강남구의 일이면서 동시에 국가 전체를 관통할 미션을 찾는 게 쉽다면 누구나 명망 있는 정치가가 되겠지.'

도돌이표였다. 현재까지의 진행도는 해결이 아닌 개념 정리에 불과했고 답은커녕 실마리도 나오지 않았다.

권진용도 답답한 표정으로 다시 입을 열었다.

"원점이군요. 그 논리대로라면 강남구의 적폐를 해결하기 위해 필요한 것이 의원님의 업적인데 업적이란 본디 기존에 없던 신선함을 뜻할 겁니다. 다시 말해 신사업을 이야기하겠죠. 강남구청이 비록 의원님의 손과 발이 될 준비를 마쳤다지만 이는 전부 경영 계획 내에서입니다. 작년 말, 예산 심의를 거친 것에 관해서 만이라는 얘기죠."

권진용도 보통 노련한 자가 아니었다. 말 몇 마디로 김문호의 발언이 가진 허와 실을 꿰뚫었다.

김문호도 순순히 인정했다.

"……맞습니다. 구청장님의 말씀이 틀림없이 맞습니다."

"그렇죠. 제가 계약을 문제 삼고 계약 이행에 트집을 잡아 차일피일 미루며 사업 자체를 무산시키더라도 한계가 있다는 말씀입니다. 결국 다시 돌아와서 업적인데. 남은 예산이 아무리 많더라도 신사업을 일으키려면 강남구청은 반드시 구의회의 동의부터 받아야 합니다."

"그도 맞습니다."

[국회의원 장대운 사무소 → 강남구청 → 구의회 → 강남구청 → 국회의원 장대운 사무소]

이 사이클이 완성돼야 신사업이 암초에 부딪히지 않는다.

김문호도 방금 논리의 맹점을 알았다.

이 순간 업적이란 개혁의 동의어.

개혁은 많은 돈이 소요된다. 구의회의 승인 없이 강남구청이 임의대로 기존의 집행 예산을 묶고 다른 곳으로 움직이는 순간 불법이 된다. 빈대 잡으려다 초가삼간 태우는 격이다.

결국 구의회부터 어떻게 하지 않으면 이 자리 자체가 의미 없다는 말이었다.

그리고 그걸 모르는 이는 여기에 없었다.

한숨이 튀어나오려는데.

장대운이 끼어들었다. 그 표정엔 일말의 불안감도 없었다.

"아주 바람직하게 이야기들이 오가고 있네요. 현황을 분석하고 문제점을 도출, 기탄없이 앞으로 나아갈 바를 찾는 모습은 앞으로 미래 청년당의 귀감이 될 겁니다. 다만, 이대로 가선 무한 반복밖에 없겠죠. 지금은 선택과 집중이 필요할 때입니다."

"……?"

"……?"

"……!"

선택과 집중!

다들 무슨 뜻인지 몰라 어리둥절한 사이 김문호만 표정이 다르자 장대운의 미소가 더욱 짙어졌다.

"같이 갈 수 없다면 굳이 의미 둘 필요가 없다는 말씀입니다. 빼 버리면 여러분의 사고 영역이 확장되겠죠?"

잘못 들은 게 아니라면 장대운은 지금 구의회 따위는 안중에도 둘 필요가 없다는 얘기를 하고 있었다. 시스템과 절차를 말하고 있는데 깡그리 무시해도 좋다는 방향성을 제시한 거다.

파격이다. 김문호도 속으로 놀랐다.

'설마 힘으로 밀어 버리겠다고?'

생각의 범위가 달랐다. 머리가 핑핑 돌았다.

분명 장대운은 거치적거리는 구의회 따위 한 방에 무너뜨릴 힘이 있었다. 단지 꿈틀하는 것만으로도 재앙이 될 테니까.

'아니야. 아니야. 이런 건 장대운…… 우리 의원님의 스타일이 아니야. ……그럼 왜?'

이걸 알려면 장대운이 살아온 길을 되짚어 봐야 했다.

특히 승승장구가 아닌 고난이 닥쳤을 때를 집중적으로.

'으음…… 맞아. 그렇게 움직였어. 경고는 하였지만 절대 섣불리 움직이지 않았어.'

장대운의 인생에 스캔들은 몇 가지 없었다. 그 몇 가지가 세계인이 알 정도라는 게 문제인데…… 아무튼 거대 스캔들에 휘말리면서도 그는 시종일관 인내하는 모습을 보였다. 보복의 단호함은 결백이 증명된 이후나 펼쳐졌고 이전까진 가진 힘이 넘침에도 조용히 때를 기다리며 참을 줄 알았다.

'국회의원 정도만 하고 끝낼 인물이라면 그럴 수도 있겠지만, 우리 의원님은 절대로 여기에서 멈출 위인이 아니야.'

작은 꼬투리 하나 남기지 않을 것이다.

그런즉슨 이 발언에도 숨겨진 의미가 있다는 것.

그때 작곡가들이 말하는 영감처럼 무언가 찹쌀떡 같은 쫀쫀함이 머릿속을 스쳐 갔다.

'아! 아아아~그거였어? 아아아~ 그거였구나. 굳이 단계를

거칠 필요가 없는 거였어!'

김문호의 입가에 비로소 미소가 맴돌자 장대운은 바로 주목했다.

"우리 문호 씨가 내가 낸 수수께끼를 알아챈 모양이네요."

"예?"

"이게 수수께끼였어요?"

"허어…… 역시 무언가 숨겨진 의미가 있었군요."

다들 어서 말해 보라고 쳐다봤다.

순간 우쭐함이 올라왔지만.

이럴 땐 약간의 겸손함을 보이는 것이 미덕이다.

"실마리를 잡은 것 같긴 한데 옳게 봤는지 모르겠습니다."

"괜찮아요. 말해 보세요."

"저는 우선 말씀하신 의도를 파악하려 집중했습니다. 제 판단이 맞는지는 모르겠는데 궁리 끝에 이런 의미가 아닐까 생각이 들었습니다."

"편안하게 얘기하세요. 여기 모두 문호 씨 편이잖아요."

장대운이 계속 거든다. 아주 이뻐 죽겠다는 눈빛이다.

아씨, 내 나이가 몇 개인데 저 눈빛에 녹아 버릴 것 같냐.

"큼큼, 선택과 집중. 같이 갈 수 없다면 굳이 의미 둘 필요가 없다는 말씀은 단계를 거칠 필요가 없다는 뜻 같았습니다."

"오오~ 그래요?"

정답이다.

"구의회를 굳이 거칠 필요가 없다는 말씀이시죠?"

"예? 구의회를 거칠 필요가 없다니요? 그게 무슨 말씀이십니까? 내도록 말씀드렸지 않습니까. 강남구청의 신사업은 모두 구의회를 거치지 않으면……."

"구의회가 아닌, 강남구민께 직접 묻자는 겁니다."

"……?"

"……?"

"……?"

"……!"

"구의회는 결국 구민들의 대표가 아니겠습니까. 그들의 일상이 어떤지는 모르겠지만, 그들이 강남구민의 전의(全義)는 아니라는 거죠. 그들의 의견이 전체의 소망을 반영할 수도, 전혀 반영하지 않을 수도, 아예 반대로 갈 수도 있지 않겠습니까? 저 막무가내 국회처럼 말이죠."

"아!"

"아아~!"

"아아아!"

그제야 탄성이 터져 나왔다.

장대운이 던진 화두가 무엇에 대한 것인지 깨달았다.

구의회가 방해한다면 무시해라. 직접 물어보면 된다.

조선 시대 때도 신문고를 운영했다. 유명무실했다지만 시도조차 안 하는 것과는 차원이 달랐다.

"앞으로도 우리가 중점적으로 봐야 할 건 시스템이 아니라 질 좋은 안건으로 강남구민의 생활 수준을 향상시켜 주면 된다

는 말씀을 해 주신 것 같습니다. 의원님께서 말이죠. 나머지 뒷
일 또한 의원님께서 알아서 해결해 주시겠다는 뉘앙스로요."

"후아~ 역시!"

"이런 식이라면 확실히 구의회를 통할 필요가 없겠네요.
큰 짐을 하나 던 기분입니다."

"저도요. 구의회를 빼고는 아무것도 생각 못 했는데. 제가
너무 고지식했던 것 같습니다."

"그건 구청장님뿐만이 아니지 않습니까. 문호 씨 빼고는
의원님 진의를 누구도 파악 못 했어요."

"그렇군요. 결국 또 문호 씨군요."

하지만 김문호는 일행을 따라 웃을 수도, 아니다 겸손을 표
할 수도 없었다.

장대운의 시선이 집요하게 따라붙고 있기 때문이었다.

의문이 아니었다. 기대였다.

어서 더 보따리를 풀어라.

네 보따리 안에 든 것이 궁금하다. 자식아.

'아껴 둔 건데…….'

모른 척하려 했으나 떠오른 건 있었다.

그리고 희한하게도 저 장대운의 눈빛이 만년 빙설 같은 방
벽을 살살 녹였다. 그 기운에 밀린 보따리가 스스로 풀리고
있었다. 지금의 상황을 완벽하게 반전시킬 카드가 고개를 삐
죽 내밀었다.

아깝지만. 이도 나쁘지 않은 타이밍이긴 했다.

좋은 무대였고 집중도 또한 최상.

'보여 주는 것도 괜찮겠어. 그러나 직접적인 건 안 되지. 둘러 둘러 가야 무리가 없겠지?'

"생각해 둔 것이 하나 있긴 있는데."

"뭐가요?"

"어머! 설마 질 좋은 안건은 아니겠죠?"

"예?! 에이, 설마."

"맞아요. 아무리 문호 씨가 천재적이라 해도 이건 너무 빠르다."

"왜요? 표정부터 농담이 아니잖아요. 문호 씨, 정말 모두가 만족할 만한 건이 있어요?"

"어머머, 있다잖아요. 왜들 안 믿는 거예요. 우리 문호 씨가 있다면 있는 거예요."

"아니, 그래도 그렇지. 그런 큰 건이 도깨비방망이도 아니고 어떻게 뚝딱 나옵니까?"

"문호 씨는 도깨비방망이에요!"

"아…… 예."

정은희와 도종현이 아까 오면서 으샤으샤한 건 기억나지 않는지 옥신각신하며 시간을 끌자 권진용이 더는 참기 힘들다는 듯 손을 들었다.

"저, 저기 일단 들어나 봅시다. 제가 나이가 많아 인내하기 너무 힘듭니다."

"어머, 죄송해요."

"커흠흠, 너무 제 생각만 했습니다. 워낙에 충격적이라. 문호 씨, 부담 주는 거 아니니까 생각난 게 있으면 편하게 말해 봐요."

부담 주는 거 아니란다.

이 자리에 있는 게 진짜 초짜 인턴이었다면 피 토하고 죽을지도 모를 압박감을 주고서는.

김문호는 일단 공을 장대운에게 돌렸다.

"번뜩 떠오른 아이디어이긴 한데. 의원님의 수수께끼를 풀다 곁다리로 얻은 겁니다. 너무 그렇게 보시니 무서워서……."

"쓰읍, 다들 눈 풀어요. 눈들 푸세요. 우리 문호 씨가 무섭다잖아요. 그렇게 노려보면 어디 쫄려서 말이 나오겠어요? 나오던 똥도 쏙 들어가겠네."

정은희가 나서자 백은호와 장대운은 얼른 눈을 껌뻑이며 반쯤 풀린 눈동자가 됐고 도종현도 눈치에 맞게 조금은 기운을 가라앉혔다. 권진용만 제발, 제발 하며 간절하게 쳐다봤다.

"너무 큰 기대는 하지 마세요. 앞으로 강남구민과 다이렉트로 연결할 거라면 정치적 이슈나 정책적인 냄새보다는 조금 더 생활 밀착형에, 조금 더 구민 친화적인 모델이 필요하지 않을까 했죠."

"오오, 맞아요. 좋은 방향성이에요. 뭐든 의회를 거치는 순간 단어가 어려워지고 신비성을 띠죠. 그 덕에 이권이 난립하는 거잖아요. 국민이 감시하기 힘들어서. 다이렉트인데 굳이 어려울 이유가 없죠. 직관적으로 가야죠."

정은희 파이팅.

발언자 기 살리는 데는 이 사람이 정말 최고다.

"결국 복지라고 생각했습니다. 어중간한 복지 시스템은 이미 강남구청이 운영하고 있으니 기존의 것은 안 될 테고 그런데도 또 복지가 아니면 강남구민의 중지를 모으기 힘들 테니까요."

"아아, 복지 쪽이군요. 복지 참 좋습니다."

권진용의 표정이 한결 좋아진다.

"예, 그래서 모두가 인정할 수 있는 복지가 뭔지 생각해 봤습니다. 새로운 곳에 돈을 써도 크게 물의가 빚어지지 않을 게 무엇인지."

"모두가 인정하는 복지군요! 그게 뭔가요? 어서, 말해 주세요."

"아이들입니다."

본래 계획은 여기까지 얘기하고 빠져나가려 했다.

핵심에 근접한 화두를 던졌으니 토의하다 보면 좋은 의견이 나올 테고 그때 또 조금 더 세련되게 다듬으면 될 거라 봤는데. 정은희는 물론 도종현, 권진용, 백은호도 무슨 소린지 개념조차 잡지 못했다.

특히나 정은희가 멍한 표정으로 되물어 오기까지 했다.

"아이들……이라고요?"

"예, 아이들이요."

"아이들이 뭐……가……요?"

모른다. 감도 못 잡는다.

이러면 나가리인데.

김문호는 어쩔 수 없더라도 조금 더 보따리를 풀어야 함을 깨달았다.

이제부터 나올 건 절대 놓칠 수 없는 성공 아이템이었으니.

"아이들을 바라보는 부모들의 입장에서 생각해 봤습니다. 아이들에 관한 건 아무리 최고로 쏟아부어도 만족이 없잖아요. 그게 부모들의 마음이 아니겠습니까?"

"그야…… 아이들에게 최선을 다하는 건 당연한 건데…… 그게 왜?"

"그 당연한 걸 안 하고 있잖습니까. 나라에서."

"예?"

"말은 아이들을 향해 나라의 미래라면서 해 주는 건 정작 70년대랑 다를 게 뭔가요? 육성회비는 사라졌다지만 아이들의 성장에는 교육 말고도 필요한 게 아주 많습니다."

"어머! 그러네요. 제 동생 은주도 그랬어요. 밥 먹는 것부터 옷, 책, 장난감 전부 무조건 최상급으로만 챙겼어요. 그것도 부족해 더 필요한 게 없나 살폈어요."

"거기에 답이 있어 보였습니다."

"여기에 답이 있다고요?"

"방금 말씀하신 것 중에 제가 드릴 제안이 있습니다."

"예? 뭐가…… 제가 무슨 얘기를 했나요?"

하아…… 안 되겠다. 안 되겠어. 내가 다 풀어야겠다. 젠장.

스친 장대운의 눈길이 흐뭇하게 휘고 있는 것처럼 느껴지는 건 혼자만의 착각일까.

"밥 말입니다."

39

"밥이요?"

"예."

"밥이라면…… 어떤 걸……?"

"학교에서 밥을 주면 어떨까 하고요."

"학교……에서 밥을요? 근데 그거 하잖아요. 급식 안 해요?"

"하죠."

"근데……요?"

"돈 받잖아요."

"……?"

"급식비 내잖아요."

"……!"

"……!"

"……!"

모두의 입이 떡.

여기 있는 사람 중 학교에 도시락통 안 들고 다닌 기억이
없는 사람은 없었다. 그게 얼마나 귀찮고 난잡한 일인지도.

무겁고 손이 어지러운 것도 그렇거니와 자칫 김칫국물이라
도 새면 온 천지에 냄새가 진동한다. 옷에 묻으면 또 어떻고.

여름이면 그나마 나은데 겨울 되면 밥이 꽁꽁. 보온 도시
락이 생겼다고 해도 차이는 그다지 없었다. 갓 지은 밥에 대
한 로망은 언감생심.

초등학교부터 급식을 시작하며 제일 반긴 연령대도 바로 어
머니들이었다. 아이를 키우고 키워 봤기에 새벽 나절 도시락 싸

는 게 얼마나 피곤한지 잘 알았고 세상 좋아졌다며 크게 반겼다.

하지만 갈 길이 멀었다. 도종현이 눈을 부릅떴다.

"그러면 우리 학생들에게 급식비를 지원해 주자?"

"어머머, 그러네요. 인프라가 없는 것도 아니고 학교에서 밥 먹는 데 돈까지 내게 하는 건 아니라는 거죠?"

"진짜 그러네요. 식사도 어쩌면 공교육의 일종 아닌가요?"

"그렇죠. 그런 측면을 강조해도 되겠어요. 영양 잡힌 식사는 물론 예절 바른 식사. 이도 사회생활을 위해 배워야 할 덕목이긴 하죠. 배움의 장인 학교에서 학생을 가르치는 일로 돈 받아선 곤란하지 않겠어요?"

"그렇습니다. 공익적 목적으로는 최상인 것 같은데요."

"근데 전부 안 받는 겁니까?"

"그야…… 아니겠죠. 아주 많은 예산을 잡아먹을 테니까요. 준비가 필요하기도 하고 전체가 어렵다면 불우 계층부터 시작하는 건 어떻습니까?"

"불우라면……."

이쪽을 흘깃 쳐다본다. 말 꺼내기 어렵다는 것처럼.

김문호는 얼른 교통정리 해 줬다.

"전 괜찮습니다. 저도 불편했던 내용이라 공론으로 다뤄주시면 더 좋죠. 저는 환영입니다."

도종현이 바로 받았다.

"그렇다면 일단 불우……라고 할게요. 적당한 단어는 나중에 찾자고요. 만약 급식비를 불우 계층에 대한 지원의 대상으로 올린다면 그 범위를 어디까지로 잡아야 하는 겁니까?"

"그거야…… 으음, 상위 50%는 잘라야 하지 않을까요?"

"상위 50%라는 것도 애매하죠. 중간에서 짤린 애들은 무슨 잘못입니까? 그보단 생활 보호 대상자를 찾는 게 낫지 않을까요?"

"생활 보호 대상자라면…… 실효가 없지 않겠습니까? 이 강남구에서 생활 보호 대상자가 얼마나 될까요?"

"그것도 그러네요. 그럼 어떻게 해야 할까요?"

고속 도로를 마구 달리다 병목 구간을 만난 듯 순식간에 답답해졌다. 이럴 때는 또 빗질해 줘야 한다.

김문호는 얼른 자기 견해를 말했다.

"저는 전 대상을 기준으로 제안한 겁니다."

"전부요?"

"전부 다라고요?"

그게 가능하냐는 듯 정은희와 도종현이 반문했다.

김문호도 논리는 확실했다.

"공교육에서만큼은 평등해야 하지 않겠습니까? 누군 지원해 주고 누군 돈 내고. 그 자체로 역차별일 겁니다. 학부모들의 반발도 불러올 거고요. 안 했으면 안 했지 하려면 전부를 대상으로 해야 구민의 호응을 얻을 수 있을 겁니다."

"흐음…… 전적으로 옳은 말이긴 한데 예산이 상당한 규모로 잡힐 텐데……요."

두 사람이 권진용을 쳐다본다. 가능하냐?

권진용도 얼씨구나 입을 열었다.

"솔직히 말씀드려 이 건에 대해서는 한 번도 검토해 보지 못했습니다. 그러나 가능성은 있어 보입니다. 예산도 권한 내라면 전부를 대상으로 시행하는 게 맞는 것 같습니다. 실행 가능성도 구민이 반대하진 않을 테고…… 음, 괜찮은 것 같습니다."

강남구청장이 손을 들어 주자 김문호는 잽싸게 부연 설명을 해 줬다.

"이 일을 정치 문제로 승화시키는 것도 찬성입니다. 그럴수록 미래 청년당엔 플러스일 테니까요. 그리고 이 건은 전에 혼자서 궁리해 봐서 제가 좀 압니다. 정확한 내역이 없어 러프하게 잡은 거긴 한데 참고로 말씀드려도 되겠습니까?"

"좋죠. 지금은 대략적인 규모를 파악하려는 거니까요."

"예, 강남구에 초등학교가 30개소가 있습니다. 6개 학년에 약 25,000명. 하루에 점심 한 끼, 월 20일, 연 10개월 등교로 인당 책정 비용을 3,500원으로 정한다면 밥값만 180억 정도 예상됩니다. 인력 충원에 다른 소요들까지 합해 첫해는 200억 정도 봐야 할 것 같습니다."

"200억이요? 후우……."

"초등학교만 따져 본 겁니다."

"그럼 중고등학교까지 합치면 최대 연 600억 정도로군요. 흐음……."

권진용이 생각에 잠기자 통밥을 굴릴 수 있게 모두 기다려 줬다.

그러나 될까? 안 될까? 걱정하는 표정들은 아니었다. 이들도 알았다.

- 이건 된다!

김문호는 속으로 뿌듯했다.

호응도 호응이지만 군이 중고등학교를 언급하지 않았음에
도 권진용이 벌써 초중고를 아우르는 방향으로 가고 있었다.
안방 살림만 30년 한 사람답게.

이런 열정이라면 못할 게 없었다.

"흐음, 문호 씨의 계산이 맞다면 예산은 충분하고도 남습
니다. 다만 모두 아시겠지만, 구의회의 저항도 심각해질 것
같습니다. 그만큼 수익이 사라지는 걸 테니까요."

"그렇군요. 난리를 부리겠어요."

"이에 대한 대책은 있습니까?"

권진용이 반짝이는 눈으로 쳐다본다.

김문호는 피식 웃으며 눈짓으로 장대운을 가리켰다.

권진용이 바로 알아듣는다.

"아아, 그렇군요. 우리에겐 치트키가 있었어요. 그렇다면
한번 밀어붙여 보겠습니다. 바로 실행할까요?"

"아니요. 구청장님께서는 절차대로 해 주세요."

"예?"

"무조건 절차대로 가셔야 합니다."

"문호 씨, 구의회가 절대로 승인하지 않을 겁니다."

"그러니까 명분이 되는 겁니다. 구의회를 무시할. 안 그렇습니까. 의원님?"

"그래요. 문호 씨의 의견대로 갑시다. 핵심을 찍었는데 마다할 이유 있나요? 구청장님께서는 사업의 타당성 검사를 마친 뒤 구의회에 넘겨주세요. 그 순간부터 우리의 반격이 시작될 것 같군요."

그의 입꼬리가 호선을 그린다.

그 순간 기다렸다는 듯 문이 열리며 음식이 들어왔다.

"자자, 밥이 왔으니 식사부터 하시죠. 금강산도 식후경이라는데 앞으로 열심히 일하려면 속이 든든해야 하지 않겠습니까? 하하하하하하하하~~."

돌아가는 차 안. 줄곧 창밖만 보던 장대운의 입이 열렸다.

"오늘 문호 씨 활약 어땠나요?"

"제가 보기엔 더할 나위 없었습니다."

누구에게 묻는 건지 모를 백은호가 아니기에 대답도 쉽게 나왔다. 동의한다는 듯 장대운의 고개도 끄덕였다.

"곤란한 질문 하나 해도 될까요?"

"하십시오."

"노골적으로 물어볼게요. 우리가 진행하던 수도권 환승 프로젝트와 문호 씨의 무상 급식. 어느 것이 더 파급력이 클까요?"

"흐음…… 어려운 비교 건입니다."

"언뜻 떠오르는 걸 말씀하시면 됩니다."

"그 언뜻이 굉장히 헷갈리죠. 둘 다 두말할 나위 없이 훌륭하니까요."

"그렇긴 하죠."

"타깃은…… 조금 다르네요. 환승은 20, 30대 직장인들일 테고 무상 급식은 아이를 기르는 30대에서 40대가 되겠죠."

"그렇죠."

"하지만 둘 다 언제든지 전국적으로 퍼져 나갈 좋은 제안이기도 합니다."

"음……."

"그러나 저더러 꼭 하나를 꼽으라신다면 무상 급식이겠네요."

"무상 급식이군요. 이유를 물어도 되나요?"

"이유는 간단합니다. 어린아이와 청년. 우선 보호 대상을 봤습니다. 제 기준엔 비교 불가입니다."

"명쾌하시네요."

"의원님 곁에서 몇 년인데요."

"맞아요. 오늘 문호 씨를 보는데 등골로 전율이 돋았어요. 소리 지를 뻔했다니까요."

"의원님도 그랬습니까?"

"우와~ 이게 이렇게도 되는구나. 이거 하나만으로도 문호 씨가 우리에게 할 도리를 다한 느낌을 받았어요. 평생을 공짜로 먹여 살려도 부족하지 않을 만큼."

"저도 그랬습니다. 아무도 없었다면 격하게 안아 줬을 겁니다."

"맞아요. 저도 그럴 뻔했어요."

참느라 혼났다. 주먹이 꽉 쥐어지고 어금니가 절로 물리고.

참으로 오랜만에 느낀 감각이었다. 오르가슴으로 머리가 새하얗게 된 건.

달려가 격하게 안고 싶었으나 인내해야 할 자리였기에 티도 못 냈다.

'삶에서 비롯된 제안일 거야. 고아로 살며 받은 차별에 대한…… 하지만 문호는 공평과 공정을 택했어. 공격하지 않았어. 부모 없는 설움이 뭔지, 비바람을 막아 줄 우산이 없는 삶이 어떤 건지 모르는 이들에게 함께 사는 법을 말했어.'

기가 막혔다.

동시에 서서히 잊히던 초심에 대한 경종이 울렸다.

뎅 뎅 뎅.

'너도 그래. 절대로 잊어선 안 되잖아. 너도 그랬다는 걸. 그 때문에 더 치열하게 살아왔잖아. 그 상처, 그 갈증이 인격이 성숙해진들 가실 종류가 아니라는 것도 알고 말이야.'

김문호는 그마저도 활용해 내는 경지에 이르렀다지만 그래서 참으로 자랑스럽고 또 거기까지 이룩한 삶이 기특하기 이를 데 없다지만. 부작용이 없는 건 아니었다.

긁힌 생채기와 갈증은 절대 사라지지 않는다. 늘 함께 다니며 주인의 영혼을 놓아주지 않는다.

폭주가 일어날 수 있었다.

수단이 어느새 목적이 되어 버리는 역행.

그 가능성이 다분히 보이나.

괜찮다.

'내가 있으니까. 내가 계속 주시할 테니까.'

녀석이 짠했다.

여기까지 오며 얼마나 많은 마모를 겪었을까.

그렇기에 한 살이라도 더 산 어른이 해 줘야 할 일이 아주 많았다.

재능 있는 청년을 노련한 일꾼으로 키우고 좋은 기회를 주는 것.

더 오래 산 자가 할 일은 꼰대짓이 아닌 서포트였다.

그래서 김문호가 더 기대되었다.

완성되면 어떤 꽃이 될지.

'이게 사람을 키우는 기분인가? 왠지 뿌듯해지는 건 착각이 아니겠지?'

차창 밖을 바라보는 장대운의 입가에 미소가 그려졌다.

"이게 뭡니까? 무상 급식? 강남구 초등학교 전 학년 무상 급식이라니. 이게 뭔 개소리죠?"

"꼭 그렇게만 볼 일은 아닌 것 같습니다. 어떤 면에선 굉장한 파급력이 예상됩니다. 상당한 호응을 이끌어 올 것 같고요."

"부의장님, 거 참 답답하시네. 파급력이라뇨? 이따위 안건이 말입니까?"

"잘 살펴보십시오. 보통 일이 아닙니다."

권진용 강남구청장이 미래 청년당으로 당적을 옮긴 후 예상과 달리 조용하던 강남구청에서 어느 날 한 통의 신사업 사업 승인 요청서가 날아왔다.

초등학교 전 학년 무상 급식에 대한 제의라고.

웃기지도 않았다. 애들 밥을 공짜로 주겠단다.

아니, 왜?

급식비 못 내는 집안도 있나? 이 강남구에 못사는 애들이 어딨는데? 학교는 공부만 열심히 가르치면 되는 거 아닌가? 애들 밥까지 공짜로 먹여서 어쩌겠다고?

그러니까 그걸 왜 여기 강남구에서?

'음모가 분명해!'

이재민 의장은 제의 깔린 음모를 단박에 캐치했다.

귀중한 구 예산을 애들 입으로 퍼 넣겠다는 어떤 계략이 틀림없었다. 인기 좀 끌고 변화를 꾀하려는.

구정이 얼마나 다사다난한데, 이 강남구에 개발할 곳이 아직도 얼마나 많은데, 그 큰돈을 애들 밥 먹이는 데 퍼 넣겠다는 건지. 도대체 머릿속에 무엇이 들어 있길래 이런 제안을 보낸 건지 이해할 수 없었다.

'이놈들……'

더욱이 이재민 의장은 그날의 수모를 잊지 않았다.

건방진 초선 의원이 자기를 무시하고 구의회까지 농락했다.

무상 급식이 대단한 일이든 아니든 자신이 이 구의회 의장 자리에 있는 한 절대 통과시킬 수 없었다.

"권 구청장이 야심차게 밀고 있습니다."

"그러니까 더 해 줄 수 없죠. 사업의 의도가 불순하지 않습니까. 그 큰 예산을, 강남구의 미래를 위한 예산을 의미 없이 소모시켜 버리겠다는 발상 아닙니까."

입 밖으로 꺼내진 않았으나 이재민은 사실 이렇게 말하고 싶었다.

누구 좋으라고 이걸 승인해 줍니까? 라고.

"반려합니까?"

"아니죠. 트집잡힐 일 있습니까? 절차대로 합시다. 절차대로."

"알겠습니다."

구의회 정족수를 불러 모아 형식적인 찬반 투표 과정을 거치고는 '승인 불가'라는 붉은 도장과 함께 이유를 적어 보냈다.

[뜻은 좋으나 현실과 동떨어진 계획이라 불가.]

하지만 돌려보낸 지 채 이틀이 지났나?

다시 올라왔다. 똑같은 제목의 요청서가.

"뭐야? 이거 싸우자는 겁니까?"

"흥분하지 마십시오. 그보다 구청의 재정 계획 집행이 더뎌지고 있답니다. 구청장이 승인을 안 해 줘서 여기저기 다 막히고 있습니다. 그것부터 해결해야 합니다."

"그러니까요. 그걸 볼모로 잡고 해 달라는 거 아닙니까."

"업자들이 불만을 토로하고 있습니다. 전에는 없던 감시 인원이 나와 이것저것 캐묻고 도면대로 하지 않으면 클레임 걸고 일을 진행하기 어렵답니다."

"그렇다고 이걸 해 주자고요? 파급력이 엄청날 거라면서요?"

"그렇긴 하지만……."

"간단합니다. 표결로 부치세요. 기 싸움 하자면 못 할 것도 없죠. 업자들은 다독거려 주시고요. 고작 이틀밖에 안 됐지 않습니까?"

"……예, 알겠습니다."

표결은 당연히 부결이었다.

'승인 불가' 도장을 찍어 반송하자마자 이번엔 사흘이 지나 또 올라왔다.

"이 새끼들이 정말……."

"의장님, 분위기가 심상찮습니다. 구청장과 한번 만나 협의해 보는 게 어떠십니까?"

"부의장님은 그게 할 소리입니까? 당의 지침도 이미 내려왔지 않습니까. 어기시려고요?"

"불안해서 그렇습니다. 이렇게 힘 싸움하다간……."

"입조심하세요! 이 바닥에서는 그 입이 화근인 거 모르십니까?"

"……아, 죄송합니다."

"반려시키세요."

"표결에도 안 부치고요?"

"두 번이나 했는데 또 하라고요? 그게 무슨 행정 낭비입니까."

반려 사유에 '두 번의 표결로 구의회는 이미 반대 의견을 냈고 현재도 또한 사업의 실효성이 심히 의심되는바 의장 직권으로 돌려보낸다.'로 적은 문서에 의장 이재민이라는 도장을 콱 찍었다.

그렇게 돌려보내자마자 다음 날로 장대운이 직접 찾아왔다.

앞선 두 개의 반려와 의장 직권으로 반려한 문서 세 개를
들고 와 앞에다 내려놓는다.

"이게 뭡니까?"

"뭐겠습니까? 구의회의 의견이죠. 허락되지 않은 신사업이
니만큼 신중히 결정했습니다."

"신중히 결정하셨다고요? 그럼 여기 의장 직권은 또 뭔가요?"

"두 번이나 반려한 걸 또 보냈는데 굳이 표결에 들어갈 이
유가 있겠습니까? 제 직권으로 반려했습니다."

"그 말씀은 사안에 따라 의장님이 구의회의 의견도 묻지 않
고 승인 혹은 반려할 수 있다는 얘기로 들리는데 맞습니까?"

"그건……."

"똑바로 얘기하세요. 그게 가능한 일입니까?"

이재민은 순간 등줄기로 식은땀이 흘러내리는 걸 느꼈다.

이 일을 장대운이 물고 늘어지는 순간 의장직은 물론 구의
원직도 벗어야 할 것이다.

"……아, 아닙니다. 이번 건은 제가 과했습니다."

"직권 남용 맞죠?"

그걸 한 번 더 확인해 주는 장대운이 얄미웠지만, 이재민은
순순히 대답했다.

"……예."

"그래서 표결에 안 부치겠다는 겁니까?"

"지금 당장 부치겠습니다."

비상 연락망을 돌려 구의원들을 죄다 불러 모았다.

같은 일로 세 번이나 불러내자 구의원들도 불만이 속출했으나 장대운이 회의장에 들어오는 걸 보고는 조용히 자리에 앉았다.

"긴말씀 드리지 않겠습니다. 초등학교 무상 급식 사업을 진행하기 위해선 여러분들의 도움이 절실합니다. 여러분들이 승인해 주셔야 강남구청도 움직일 수 있고 우리 아이들과 구민들의 성원에 조금이라도 보답할 수 있게 됩니다. 다시 부탁드립니다. 이미 두 번의 불가에 한 번은 의장이 직권으로 반려했습니다만 강남구민을 위한 여러분의 진정성을 믿기에 이렇게 또 요청합니다. 마지막으로 표결에 부쳐 주십시오. 여러분의 선택을 믿겠습니다."

일순 구의원들의 시선이 의장에 머물렀다 떨어졌다.

미세하게 고개를 젓는 이재민.

결과도 역시 승인 불가였다.

결과지를 받아 본 장대운의 입가는 오히려 올라가 있었다.

그는 구의원들을 대놓고 책망했다.

"마지막 기회라고 말씀드렸는데도 이런 선택을 하시네요. 이런 수준이니 아직도 어쩔 수 없었겠죠. 알겠습니다. 제가 여러분을 포기하겠습니다."

나가 버렸다. 구의원들은 우르르 이재민에게 몰려들었다.

"이대로 괜찮겠습니까?"

"반대하래서 반대했는데 긁어 부스럼 만든 건 아닌지."

"장 의원의 표정이 냉랭하던데. 의장님, 앞으로 어떻게 해야 합니까?"

"장 의원이랑 척져서 괜찮겠습니까?"

"방금 그건 선전 포고 같던데……."

"우리를 포기하겠다고 했는데 무슨 뜻인지 아는 사람 있습니까?"

"설마 우리를 제외하고 일을 하겠다는 얘기는 아니겠죠?"

"설마요."

"장 의원이라면 자기 돈으로 할 수 있지 않겠습니까? 재산이 어마어마하잖아요."

"그건 그러네요."

"에이, 그럴 생각이라면 표결에까지 오지 않았을 겁니다."

"그런가요?"

"두고 보면 알겠죠. 그래도 그냥 넘어가진 않을 것 같긴 하네요."

"후우~ 이거 괜찮을지 모르겠네요. 천하의 장대운과 적이 되다니."

"저도 이래도 되는지 모르겠습니다. 그 사람과 적이 되긴 싫은데."

"어쩌겠습니까? 이미 쏜 화살이고 던진 야구공인데. 하늘에 맡겨야죠."

대놓고 걱정해 댔다.

이재민은 의장인 자신의 권위가 와장창 깨지는 게 보였다.

동료 구의원들에게 배신감마저 들었다.

장대운이 뭐라고 한마디 한 거로 술렁일까.

이럴 때일수록 오히려 더 뻔뻔하게 나가야 하지 않나?

"여러분은 그렇게 보복이 두렵습니까? 이참에 나도 좀 물어봅시다. 대체 무슨 건덕지로 장대운이 보복하겠다는 거죠?"

"그야……."

"우린 절차대로 했고 여기에 불법은 없었습니다. 이 때문에 무슨 일이 생긴다면 의회 정치를 기만하는 행위가 됩니다. 이래도 장대운이 두렵습니까?"

"그렇긴…… 하네요."

"달라질 건 하나도 없습니다. 강남구청이 신사업을 진행시키려면 반드시 우리 동의가 필요하죠. 즉 저 장대운도 우리에게 고개를 숙일 수밖에 없는 구조라는 겁니다. 이럴진대 뭐가 그리 두려우십니까? 뭣하면 당에 보고하면 되는 건데."

"으음, 듣고 보니 우려가 심했던 것 같습니다."

"그러네요. 그럼 우린 앞으로 의장님만 믿고 가면 되겠죠?"

"예예~ 어차피 장대운이 할 수 있는 건 없습니다. 왜 직접 달려왔겠습니까? 똥줄 타니까 그런 거 아니겠어요? 자자, 이 얘기는 그만하고 식사나 하러 가시죠. 제가 근사한 곳으로 예약해 뒀습니다."

"식사까지요?"

"이깟 일로 세 번이나 오시게 했는데 의장으로서 미안한 마음의 표시입니다. 가시죠. 가서 오랜만에 회포나 푸시죠."

◇ ◆ ◇

"미끼를 확 물어 버리는데요. 너무 꽉 물어 당황스러울 정
도였어요."

"저도 사실 이 정도로 격렬하게 나올 줄은 몰랐습니다."

"저도요. 한동안 밀고 당기고 힘 싸움 좀 할 줄 알았는데.
너무 쉬운데요."

돌아가는 차 안, 장대운과 백은호였다.

"다음 단계로 넘어가도 무리가 없을 것 같아요."

"저도 그렇게 판단됩니다."

"아 참, 의장 쪽에 사람 붙였죠?"

"며칠 전부터 일일이 체크하고 있습니다. 누굴 만나는지
어디를 가는지 전부."

"좋아요. 그럼 기다릴 필요 없겠네요. 바로 밀어붙이죠."

"예, 알겠습니다."

열흘이 지나 방송 일정이 하나 잡혔다.

시사 토론으로 상당한 영향력을 행사하는 프로그램이었
다. 주제는 '선진국형 복지, 도대체 어디까지인가?'

편 가르기는 쉬웠다.

조금 더 혜택을 줘야 한다는 쪽과 아직 개발도상국인 만큼
발전 드라이브에 더 투자해야 한다는 쪽.

당연히 장대운은 국민이 더 받아야 한다는 쪽이었다. 노동자의 권익을 위하는 자정당의 오미연 대표와 함께.

반면 발전 드라이브에 더 투자해야 한다는 쪽은 한민당 의원과 함께 예상외로 민생당 의원이 나섰다. 민생당은 복지에 조금 더 비중이 큰 거로 알고 있었는데.

어쨌든 미청당의 모양새가 두 거대 당과 맞붙은 다윗 같았다.

달이 지나며 7급 비서가 된 김문호는 방송 수행 겸 비서로 백은호와 이 자리에 동행했다.

'어, 저놈은……!'

발전 드라이브 쪽에 자리 잡은 두 사람 중 한 명을 보고 간만에 심장이 쿵 내려앉았다.

조두극이었다. 필생의 라이벌이었던 남자.

저놈의 권위를 훼손했다는 이유로 자신은 살해당했다.

기분이 묘했다. 젊은 조두극이라니.

인지 못 한 사이 주먹이 꽉 쥐어졌나 보다.

손등으로 따뜻한 느낌이 들어 돌아봤더니 백은호가 감싸고 있었다.

"문호 씨도 인간이구나."

"예?"

"무슨 일이든 거침없길래 사이보그인 줄 알았는데 긴장도 할 줄 알아요. 괜찮습니다. 이제부턴 의원님께 믿고 맡겨요. 우리 의원님 장난 아닙니다."

귀여워하고 있었다.

오해였지만. 굳이 설명할 필요는 없겠지.

"아…… 예. 죄송합니다. 제가 좀 떨려서."

"앞으로 자주 겪게 될 거니 익숙해지는 것도 좋습니다. 워낙에 공사다망한 분이시거든요."

"예."

어깨를 토닥토닥. 진실 여부는 둘째 치고 어깨에 닿는 손길이 보살핌받는 느낌이라 좋았다.

"이제 시작하나 보네요. 구경할까요?"

"예, 집중하겠습니다."

사회자의 방송 시작을 알리는 멘트가 나왔다.

오늘의 주제와 이 주제를 두고 토론할 인물들의 약력을 간단히 소개하며 분위기를 만들어 갔다. 특히나 장대운을 가리켰을 땐 방청객 쪽에서 크게 탄성이 터져 나왔다. 단지 인사만 했는데도.

반대쪽 조두극의 표정이 가관이었다.

부글부글. 아닌 척하지만 딱 보인다.

'젊은 조두극이라 그런지 아직 애송이야.'

수십 년 묵은 능구렁이는 이곳에 없었다.

출세하고자 하는 욕망에 사로잡힌 아해만이 있을 뿐.

어쩌면 이 방송이 저놈의 출사표가 될지도 모르겠다.

단단히 준비하고 나름 주인공이 될 요량으로 나온 것 같은데 엉뚱한 자가 스포트라이트를 받으니 배알이 꼴린 거다.

조두극의 인성으론 감당하기 힘든 수모.

'웃기는 놈이야. 아직 걷지도 못하는 놈이 날려고 해. 저놈의 시작이 저랬던가?'

참고로 조두극은 한민당 소속 국회의원으로 이 자리에 참석했다. 다만 함정인 건 지역구에서 정통성을 얻은 정식 국회의원이 아니고 비례 대표라는 건데.

비례 대표란 똑같은 국회의원이긴 하나 노골적으로 표현해 독립적인 지역구 의원과는 달리 당색에 따라 움직이고 당의 지시를 거역할 수 없는 바지 국회의원이라 할 수 있었다.

이미 많은 나라에서 이 비례 대표 제도란 걸 운용하고 있고 수많은 바지 국회의원이 난무하고 있었다.

즉 비례 대표 제도란 쉽게 설명해 지역구 의원을 뽑고 남은 국회의 의석수를 각 정당이 비율대로 조정하여 나눠 가지는 제도를 말했다.

정당의 득표율에 비례하여 당선자 수를 결정하는 선거 제도.

이번 17대 국회의원을 예로 들면,

당선자는 총 299명으로 현재 의석수도 또한 299석이었다.

이 중 지역구 의원이 243석, 비례 대표가 56석이다.

당의 이익과 방향성을 위해 뽑힌 바지 국회의원이 56명이나 된다는 얘기였다.

그 때문인지 이 제도에 의문을 품는 사람들이 상당히 많았다.

- 이딴 걸 왜 만든 거야?

민주주의 사회에서 국회의원이란 희한한 직종의 탄생은 국민이 자기 의견을 대표할 인물을 직접 뽑는 행위에서 그 출발이 있었다.

국회의원이란 본디 정당이 자기 마음대로 뽑고 자기 마음대로 쓰는 짐말이 아닌 국민의 편에 서서 국민의 입을 대신할 때 그 가치가 정당화된다는 것이다.

그러나 철밥통 국회는 비례 대표제를 두고 이렇게 설명한다.

- 일단 선진국들이 운용하니 훌륭한 제도임이 분명하고 우리도 본받을 수밖에 없다. 또 그 효용성을 보자면 사표(낙선한 후보를 찍은 표. 이게 왜 문제인지?) 감소와 국민 여론의 비례적 반영, 지역 이기주의 타파, 정치적 다양성 확보를 위한 방안 등등 긍정적인 측면이 아주 크다.

많은 사람이 비례 대표제를 정당 놈들이 제 입맛에 맞는 국회의원을 두려는 꼼수라고 말하고 있음에도 국회는 오히려 자기 말이 옳다 우겼다.

우기는 만큼 실제로 잘 돌아가면야 불만이 없겠지만.

비례 대표로 나오는 면면들을 보면 아주 가관이었다.

전혀 관련도 없던 뜬금포 분야는 물론 부정 청탁, 탈세 전적이 있는 부적합한 인물이 뻔뻔하게 튀어나오고 또 그런 이들은 행보마저 국민이 아닌 정당에 충성이다.

그러니까 정당이 누가 뭐라든 귀 닫고 거수기란 모욕을 들으면서도 끝까지 비례 대표제를 유지하는 이유는 하나였다.

권력을 잡는 데 유리하니까.

'······.'

그러나 인위적인 건 늘 문제점을 수반하기 마련이다.

비례 대표는 그 태생적 한계 때문이라도 늘 절박할 수밖에 없었다.

국민적 인식도 수준 이하에, 정당이 뽑아 주지 않으면 국회 의원 생활은 끝.

미디어에 나타나 막말하거나 구설수를 일으키는 돌발 행동들 대부분이 비례 대표 출신이란 건 예견된 일이었다.

그들로선······. 어떻게든······.

좋은 이미지든 나쁜 이미지든 얼굴을 알리는 게 중요하니까.

'박한 평가일 수밖에 없지만 사실 초선 의원도 그런 면에선 자유로울 수 없지.'

회기 내 국회를 돌아다니다 보면 어딜 가든 허리 굽히느라 정신없는 사람들을 볼 수 있었다.

정면으로 마주쳐도 의례적인 인사만 거치고 제 갈 길 바쁜 경로 의원들을 쫓아다니며 자기 얼굴을 알리려는 초선 의원들.

초선 의원은 처음 국회의원에 당선된 자를 말했다.

루키.

정치 경력도 짧고 대외 인지도는 물론 존재감도 낮아 이들도 소속 정당의 뜻대로 마리오네트처럼 좌지우지되는 경우가 많았다.

당권 도전을 위해 세력을 모으려는 야심가 빼고는 보통의 경로 의원들은 초선과는 연을 두지 않으려 했고 되레 '네가 뭘 알아?' 무시하거나 '감히 초선 주제에' 깔보거나 싹이 날 법 하면 아예 뭉개 버리는 짓도 불사하기에 좀처럼 기를 펴기 힘들었다.

'순진하게 굴었다간 개털 돼 떨어져 나가는 게 이 바닥이니까.'

물론 초선도 초선 나름이긴 했다.

자근자근 짓밟히는 초선 중에서도 네임드급은 분명 있었고 존재 자체로 어정쩡한 3선 의원보다 더 큰 영향력을 발휘하는 얼굴들은 매 회기 때마다 출현했다.

판검사, 변호사 같은 법조인 출신이나 주요 권력 기관 요직 출신, 장차관 출신, 언론인 출신 등 나설 때부터 주목을 받고 이슈가 된 인물들은 경로 의원들도 조심했고 존중했다.

누가 뭐라든 초엘리트들이었고 그들의 말 한마디에 여론이 들썩이니까.

그런 면에서 장대운은 네임드 중에서도 규격 외였다.

측정 불가의 남자.

이런 사람이 대한민국에 존재한다는 것 자체가 수학의 7대 난제보다 더한 미스터리였다.

그런 자가 날파리를 상대로 움직이고 있었다. 대통령이 와도 눈 하나 깜빡하지 않을 거인이 말이다.

"복지를 사전적으로 보면 '행복하고 건강하고 윤택한 환경이 어우러져 풍요로운 삶을 누릴 수 있는 상태'라고 정의합니다. 그 상태를 현실에서 구현해 주기 위해 존립하는 것이 현대 사회를 이끌어 가는 국가란 개념이고요. 즉 국민 한 분 한 분의 삶의 질을 향상시키는 작업은 국가를 이루는 근본 요소 중 하나라고 봐도 과언이 아닐 만큼 중요한 일일 겁니다."

포문은 자정당의 오미연 대표가 열었다.

"하지만 국가 시스템이 모든 걸 좌지우지하는 풍토에서의 복지는 일개 개인의 노력으로는 실현이 불가능합니다. 그렇기에 정부의 더 적극적인 개입이 필요하고 국민의 기본권 보장을 위해 더 많은 장치가 고려돼야 합니다. 이는 국가 존립의 이유이자 시대의 요구이기에 이를 부정하는 건 그 국가의 윤리관에 문제가 있다고밖에 볼 수 없습니다."

대전제부터 깔아 놓고 가는 건 토론의 기술 중 하나였다.

흔히 흑백 논리라고도 부르는데.

그녀는 복지를 보편적인 가치에서 비롯됐음을 밝히며 그 의의를 훼손하려는 자는 보편적 가치를 거스르는 나쁜 놈이라 하였다.

처음부터 입 열기 껄끄럽게 만든 것이다.

하지만 반대편에 있는 이들도 보통 위인들이 아니었다.

"좋은 말씀입니다. 오 대표님이 말씀하신 대로 이뤄지기만 하면 유토피아도 멀지 않을 겁니다. 다만 이 시점 우리 국민이 원하는 건 겨우 장자의 놀음이 아니라 현실적인 해법을 찾는 거겠죠."

민생당 의원이 반격을 가하자마자 조두극이 바로 거들었다.

"옳으신 말씀입니다. '행복' 참 좋죠. 그러나 문제는 이 '행복'이라는 개념이 상당히 추상적이고 또 상대적이고 경우에 따라서는 입장 차에 따라 상충되기도 한다는 겁니다."

"으음, '행복'도 상황에 따라 다른 개념이군요. 조금 더 자세히 설명해 주실 수 있습니까?"

민생당 의원이 받는다.

"물론입니다. 예를 들어, 얼마 전까지 쟁점이 된 인천 쓰레기 처리장으로의 이주 건을 보죠. 서울의 쓰레기장이 더 이상 하적이 불가능해진 관계로 조금 더 넓은 곳으로 이주하려 하였지만, 어떤 일이 벌어졌나요?"

"이주 후보지 주민들. 인천 주민들이 결사반대했지요."

"반대 이유가 공감 가십니까?"

"공감 갑니다."

"반대로 쓰레기 처리장 이주 계획이 발표됐을 때 쓰레기 처리장 주변에 살던 서울 주민들은 어땠나요?"

"기뻐했습니다."

"이도 공감 가십니까?"

"공감 갑니다."

"이렇듯 같은 주제로도 '행복'은 뒤바뀝니다. 즉 모두가 만족할 복지는 없고 이를 달성할 나라도 없다는 겁니다. 게다가 진짜 문제는 무엇인지 아십니까?"

"……돈 아닌가요?"

"맞습니다. 쓰레기 처리장 하나 움직이는 데도 엄청난 자원이 소모됩니다. 그 돈이 과연 어디에서 나왔겠습니까? 국민의 혈세 아닙니까? 잊지 마십시오. 우리나라는 아직 갈 길이 먼 개발도상국입니다. 할 수 있을 때 조금이라도 더 발전 동력을 키우는 데 그 돈을 투자하는 게 모두에게 이롭지 않겠습니까? 제 생각엔 선진국형 복지 정책은 아직 시기상조입니다."

주고받고 엎치고 메치고 언제부터 한민당과 민생당이 친했던지 아삼륙같이 굴었다.

오미연 자정당 대표가 나름대로 반격한다지만 저들은 복지를 증대시키려면 재원이 있어야 하고 그건 곧 세금이 올라간다는 논리로 방어했다.

세계 최고의 복지 국가라는 북유럽 국가들의 세금 수준이 현재 어느 정도인지 들며 '가진 재산의 절반을 떼어 가는 세율을 원하느냐?'고 말이다. 거기는 기름이라도 나지 우리는 무엇이 있냐고?

더해, 그들은 많은 이들이 본보기로 삼는 저 미국인들마저 보편적 복지 즉 복지 자체에 대한 인식이 그다지 좋지 않다는 말로 오미연 대표를 눌렀다.

"복지를 앞세우고 그 기능을 대폭 증대시키면 정부의 역할도 또한 지나치게 늘어나게 될 겁니다. 세금이란 명목으로 모인 엄청난 규모의 국부를 국가 미래를 위해 투자하지 않는 일이 벌어진다면 우리나라가 저 남태평양의 나우루 공화국과 다른 길을 간다고 누가 장담하겠습니까?"

갑자기 나우루 공화국도 나왔다.

나우루 공화국은 남태평양에 있는 작은 섬나라였다.

어딜 가도 지천으로 널린 인광석으로 인해, 1980년대 1인당 국민 소득이 3만 달러를 넘었던 나라.

당시 한국이 4천 달러, 미국과 일본의 1인당 국민 소득이 1만 달러 정도였다는 점을 감안하면 나우루가 얼마나 잘사는 나라였는지 조두극은 굳이 일일이 예를 들어 가며 밝혔다.

그중 재밌는 건 나우구의 복지 정책이었다.

듣다 보니 김문호도 혀를 내두를 만큼 기상천외하였다.

국가의 모든 수익을 1만 명 정도 되는 국민에게 공평하게 분배되는 정책을 시행한다.

이때부터 나우루 공화국은 전 국민이 풍요로운 생활을 영위하게 된다는 것.

100% 복지를 지향하며 무상 의료, 무상 교육은 물론 모든 국민이 일을 전혀 하지 않아도 1년에 연봉 1억씩을 지급받는다. 돈이 넘쳐나니 일할 필요성을 못 느꼈고 가정부는 물론 개인 자가용을 넘어 개인 비행기를 가질 정도로 사치를 부린다.

하지만 인광석은 무한하지 않고 그 쓰임새도 점점 떨어지자 국력이 급격히 쇠퇴한다. 지금은 세계 최빈국으로 전락.

"무서운 일이 아닐 수 없습니다. 어떻게 올라왔는데 다시 가난의 길로 가자는 겁니까? 나라의 국부를 정부 마음대로 전용하게 두면 이런 일이 벌어집니다. 이건 아니지 않습니까? 민주주의의 사회가 가진 '발전성'을 뿌리부터 말살시키는 정책이라니요. 아니, 멀리 나우루까지 갈 필요도 없이 저 위쪽의 괴뢰국을 보십시오. 저들이 자랑하는 인민이 지금 어떤 삶을 살아가는지 모르시는 분은 여기 없을 거라 믿습니다."

"그건…… 궤변입니다. 비교조차 불가한 사안이고 이 일은 안전장치를 두고 점진적으로 증대하다 보면 우리도 선진국처럼 될……."

"공산주의도 처음엔 투명했습니다. 나우루도 처음엔 그랬습니다. 그리고 줄줄이 망하고 있죠. 이제사 헐레벌떡 자본주의를 받아들이고 뒤늦게 능력 위주의 정책을 펼치느라 부산스러운들 따라오겠습니까? 모든 건 다 때가 있는 법입니다. 지금 오 대표님의 발언은 열심히 일해서 번 돈을 국가가 제멋대로 가져가도 된다는 뜻으로밖에 보이지 않습니다."

"지나친 비약이군요. 그런 뜻으로 말씀드린 게 아닌 걸 아시면서 무척 공격적이시네요."

"저는 미국인들조차 누구에게 어떻게 돌아갈지 모르는 혜택을 기대하느니 확실하게 세금 덜 뜯어 가는 게 낫다는 주의로 가고 있음을 강조하려던 것뿐입니다. 오해는 마십시오."

확실히 떡잎이 남달랐다.

두려움을 일으키고 권위 있는 자들의 말을 빗대 자기주장에 설득력을 싣는다. 경험이 부족한 관계로 뾰족하고 아직까지 애송이 냄새가 강하게 나나 조두극은 능력이 있었다. 괜히 한민당 대선 후보로 점찍어진 게 아니었다.

그건 그렇고.

'어째서 가만히 있지?'

장대운이 여태 한마디도 꺼내지 않았다.

시간은 어느새 절반쯤 지나가고 있는데.

방송은 어느 순간부터 조두극과 오미연 이파전이 됐고 카메라들도 두 사람의 발언에 집중하고 그들에 반응하는 방청객을 위주로 담았다.

속태우고 있는데 PD도 같은 생각인지 사회자의 시선이 순간 장대운으로 향했다.

"토론이 무척 격렬해지고 있는데요. 어느 쪽도 쉽사리 선택할 수 없어 보입니다. 근데 여기 방송 내내 미동도 없는 분이 계시군요. 저~ 장대운 의원님께서는 의견이 없으십니까?"

"아, 저요?"

왜 그러냐는 표정에 사회자가 벙찐 얼굴이 됐다가 금세 돌아왔다.

"예, 방송 시작 후 한 번도 발언을 안 하셔서 어떤 생각을 가지셨는지 시청자분들이 궁금하실 것 같아서 여쭈었습니다."

"으음, 특별한 의도는 없습니다. 경청도 미덕이라 무슨 얘기를 하고 싶은 건지 들어 보고 있었을 뿐입니다."

"아~ 경청……하신 거군요."

"모름지기 대화와 타협은 민주주의의 큰 장점 아니겠습니까? 마구 우기고 관철시키기만 한다면 사회주의와 다를 게 뭐랍니까."

"옳으신 말씀입니다. 대화와 타협. 이 두 가지를 이행하려면 각자가 원하는 바를 명확히 알아야겠죠. 그런 면에서 장

71

의원님은 방금까지의 토론을 어떻게 해석하시는 겁니까?"

"해석이라면…… 으음, 제 기준으로는 간단합니다. 결국 문제는 하나겠죠. 복지는 좋은데 돈이 많이 든다."

"아…… 그렇군요."

여태 조두극과 오미연이 떠들어 댄 게 그 얘기였다. 굳이 되짚어 주지 않아도 될 만큼.

더 멋진 말이 나올 걸 기대했던 사회자는 실망스러운 눈치를 보이다 무언가 PD의 지시를 받았는지 얼른 기색을 지우고 장대운의 옆구리를 쿡 찔렀다.

"그럼 복지를 늘려야 한다는 쪽으로 선택하셨는데 개인적으로 다른 의견은 없으십니까? 그냥 나오신 건 아닐 것 같은데."

"다른 의견이라…… 물론 저도 의견은 갖고 있습니다."

"들어 볼 수 있을까요?"

"물론이긴 한데 사회자께서 왜 몸이 단 겁니까?"

"예? 아, 그야……."

당황하는 사회자를 보며 피식 웃은 장대운은 괜히 조두극 쪽으로 시선을 돌렸다.

갑자기 눈이 마주친 조두극은 이내 지지 않겠다는 듯 시선을 똑바로 맞췄다.

그러든 말든 장대운은 다시 사회자에게 시선을 돌렸다.

"저는 아까 조두극 의원님의 말씀이 오늘의 주제를 관통하고 있다고 봤습니다."

조두극의 눈이 동그래진다.

사회자가 물었다.

"어떤 부분에서 그렇습니까?"

"미국인들조차 누구에게 돌아갈지 모를 혜택을 기대하느니 세금 덜 뜯기는 주의로 가고 있다 하시지 않았나요?"

"그렇죠. 그래……서요?"

"우리나란들 아니, 세계 유수의 나란들 이 생각에서 다를까 의심된다는 겁니다."

"그 말씀은……?"

"세금은 매일 지속되는 일상처럼 까먹지 않고 걷고 있고 국가가 아직도 유지되는 걸 보니 분명 어딘가에 잘 쓰이고 있는 것 같긴 한데. 문제는 세금을 낸 주체인 국민이 자기가 낸 세금이 어디로 가고 그 혜택이 어떻게 돌아오는지 전혀 체감을 못 하고 있다는 거겠죠."

"……아!"

"돈을 냈는데 반대급부가 없는 겁니다. 예를 들어, 물건을 샀는데 물건이 안 오는 겁니다. 이럴 때 어떤 생각이 들까요?"

"사기당했다?"

"그렇죠. 이러니 국가가 나한테 해 준 게 뭐냐는 소리가 나오는 겁니다. 으음, 이게 과연 옳은 방향성일까요? 매년 수십, 수백조 원에 달하는 막대한 세금이 어디론 가로 모입니다. 이게 어디로 가서 또 어떻게 사용되는지 명확하게 아는 국민이 있나요? 사회자께서는 아십니까?"

"저는…… 모릅니다."

부끄러운지 슬쩍 시선을 아래로 깐다.

"이게 문제라는 겁니다. 세금 문제가 어째서 비밀스러운 일이 됐을까요? 세금도 밀실 정치입니까? 비밀리에 해도 상관없다는 건 국가가 제멋대로 전용해도 괜찮다는 건가요? 중소기업도 감사를 받는데. 국가는 뭔데 감사를 받지 않나요?"

"어! 그런데…… 국가 행정에 관한 감사 기능은 국회에 있는 거 아닙니까?"

"그러니까요. 국회가, 여러분의 대표라고 거들먹거리며 자리를 차지하고 있는 국회가 단 한 번이라도 여러분에게 이 사실을 고한 적 있나요? 그 사실을 자세하게 풀어 준 언론은 있고요?"

"……!!"

이 자리에 있는 모두의 눈이 커졌다.

"설사 그런 자리를 마련했다 하더라도 나불대는 복잡복잡한 용어들을 알아들으려면 큰 난관을 넘어야 합니다. 바로 전문 지식이죠. 당최 무슨 소린지 알아듣질 못하겠어요. 쉽게 설명 가능한 것도 죄다 배배 꼬아 놨잖아요. 왜 이렇게 해 놨을까요? 왜 이렇게 해 놓은 줄 아십니까?"

"……?"

"아마도 조선의 지식층들이 백성들이 글을 깨우치는 걸 결사반대한 이유와 비슷하지 않을까요?"

"……!!!"

사회자마저 중재할 생각도 못 한 채 입을 떡 벌렸다.

방청객은 휘청.

카메라도 흔들리다 겨우 장대운에 초점을 맞춘다.

장대운은 어느새 카메라를 정면으로 응시하고 있었다.

"국민 여러분, 여러분은 여러분이 낸 세금의 사용처에 대해 보고받아 본 적 있습니까? 집을 사면, 차를 사면, 어디서 알아챘는지 모를 만큼 빠르게 뭉텅뭉텅이로 세금을 걷어 가면서. 안 내면 독촉을 해 대면서. 또 재산을 가지고 있다는 이유만으로 매년 세금을 내라 고지서를 날려 보내면서…… 어디에 쓰는지는 알려 준 적 있습니까? 아니, 이런 의문을 가져 본 적은 있나요? 집을 사면서, 차를 사면서 세금을 냈는데 왜 또 매년 세금을 걷어 갈까요? 세금 냈으면 제 것 아닌가요? 왜 죽을 때까지 세금 내야 하는 거죠?"

그러네. 그러고 보니 계속 내고 있네.

왜 자꾸 내라고 하지? 이중삼중 중복으로?

방청객들의 분위기가 한순간에 돌변했다.

맞은편에 앉아 있던 의원들마저 경악에 빠져 어떤 행동도 하지 못했다.

"죽고 나면 세금이 끝입니까? 아니에요. 상속세도 내야 한대요. 열심히 일해 모은 돈을 죽었다는 이유 하나로 국가가 절반이나 떼어 갑니다. 무슨 공산당입니까? 깡패입니까? ……아니, 뭐, 다 좋습니다. 다 좋아요. 국가란 시스템을 유지하고 국민의 재산과 생명을 지켜 주기 위해 필요한 재원을 마련하기 위해서라면 기꺼이 내야죠. 국민의 의무니까. 그렇다면 적어도 국민을 상대로 세금 장사는 하지 말아야죠. 담배, 휘발유, 주류, 부동산,

동산 가릴 것 없이 하다못해 아이들 사 먹는 과자에까지 세금을 붙여 놨으면 네놈들의 할 일 정도는 제대로 해야 하지 않겠습니까? 헌법에서 말한 대로 주권이 국민에게 있다면 말이에요."

도저히 참지 못하겠는지 방청객 쪽에서 웅성거리는 소리가 나왔다.

기도비닉처럼 숨소리조차 내지 않던 쪽에게서 드디어 반응이 터졌다. 점점 커지는 소란 속에서 장대운은 방청객을 보며 카운터를 찔러 넣었다.

"저는 살며 나라에서 세금을 활용하는 장면을 제 눈으로 직접 본 건 연말연시마다 멀쩡한 보도블록을 뒤엎고 다시 까는 것밖에 없습니다. 여러분은 어떠십니까?"

"아아~."

"맞아. 나도 그것밖에 못 봤어."

"그러네. 나도 한 번도 본 적 없어."

"정말이네. 그 돈을 다 어디에다가 쓰는 거지?"

"대체 어떻게 돌아가고 있는 거야?!"

토론장이 이루 말할 수 없을 만큼 시끄러워졌다.

너도나도 입을 열었고 서로의 얼굴을 보며 지금 생각하고 있는 게 맞는지 확인했다.

그들이 열을 올리는 건 하나같이 공통적이었다.

- 부당하다. 억울하다. 화난다.

그들을 진정시킨 건 PD도 아닌, 사회자도 아닌, 장대운이었다.

손을 탁 들자 소요는 단숨에 사라지고 방청객은 있는 듯 없는 상태로 돌아갔다.

하지만 그들의 눈빛엔 아까의 지루함은 1도 남아 있지 않았다. 목마름과 기대만이 가득했다.

"국가 행정을 크게 나누어 보면 기획 행정, 국방, 교육, 기술·국토 개발 정도가 되겠죠. 그러니까 그 돈이 여기 어딘가에서 쓰이긴 한다는 겁니다. 정확한 내용은 알 수 없지만 말이죠. 설마하니 개떡같이 일하는 공무원들의 입으로 전부 들어가는 건 아닐 테고 분명 쓰이긴 쓰이는데 말이에요. 우리는 어째서 언론에서 떠드는 몇 자만으로 만족해야만 하는 걸까요? 여러분은 만족하십니까?"

"만족 못 합니다!"

방청객 중 한 명이 소리쳤다. 하지만 장대운의 시선은 방청객이 아닌 조두극을 흘낏 지나갔다.

"앞에 계신 분들이 국가 예산은 발전 드라이브를 위해 미래 동력에 투자해야 한다고 말씀하셨습니다. 듣기에 이 얼마나 좋은 얘깁니까? 비전, 참 좋습니다. 멋있어 보이고 뭔가 있어 보이고 뭔가 진행되는 듯한데. 그런데 말이죠. 구체적으로 누가 어디에 얼마만큼 언제까지 투자하고 그게 어떻게 유지되는 건지 알려 주는 사람 봤습니까? 잘못됐다고 책임지는 사람은요?"

"못 봤습니다."

"한 번도 못 봤습니다."

"들어도 대략적으로 어디에 몇천억을 썼다는 얘기만 들어 봤습니다."

장대운의 고개가 끄덕끄덕.

"그렇죠? 들은 적 없죠? 저도 없습니다."

"""""""예! 우리도 없습니다~~!!!"""""""

김문호는 웃음이 터져 나올 것 같았다.

너무 재밌었다. 토론이 이렇게 재밌어도 되나 싶을 만큼.

그래서 더 소름 돋았다.

장대운은 말 몇 마디로 이곳에 모인 전부의 마음을 사로잡았다. 하다못해 PD까지 얼빠져 있다. 시청자들은 어떨까?

환상적이었다. 가히 환상적.

더 놀라운 건 장대운이 아직도 본론을 꺼내지 않았다는 점이다.

"세상에…… 이 꼴을 해 놓고 국민더러 자꾸만 기다리랍니다. 참으랍니다. 안 된다고 합니다. 국가 발전을 위한 자금을 헛된 데 쓰면 안 된다고 합니다. 이상하죠? 세금 내는 사람이 누군데 세금 내는 사람을 위해 돈을 쓰자는 걸 안 된다 하는 거죠? 내 돈 나한테 쓰겠다는데도 필사적으로 막습니다. 이거 미친 거 아닌가요? 주객이 완전 전도된 것 같은데요?"

말하면서 억울하고 화나서 어쩔 줄 모르겠다는 표정을 짓는다. 저 장대운이.

방청객이 완전히 몰입했다.

"맞습니다!"

"이, 이…… 나쁜 놈들."

"도둑놈들!"

"맞아요. 이 날도둑놈들이 미쳐서 세금을 자기 돈인 줄 아는 겁니다!"

장대운은 활활 타오르기 시작하는 방청객들에 불쏘시개를 하나 더 던졌다.

"여러분, 우리가 바보입니까? 우리가 우리나라를 나우루 공화국처럼 망가지게 놔둘 사람들입니까? 어떻게 여기까지 왔는데 한순간의 즐거움 따위로 나라를 망치겠습니까? 도대체 어떤 생각을 가져야 그 동네 인간들과 우리 민족을 비교할 수 있습니까? 자원 하나 잘 만나 떵떵거리며 살다 조상들이 물려준 기술까지 잃어버린 인간들과 건물 하나 온전히 없던 폐허에서 마천루를 쌓은 우리 국민이 어떻게 비교 대상이 됩니까? 이도 틀림없이 미친……."

"미친 겁니다!"

"국민을 우롱하는 겁니다!"

"우리를 기만하는 겁니다!"

"옳소!"

반응이 이루 말할 수 없이 격해졌다.

"맞습니다! 우리가 많은 걸 원했습니까? 원하는 건 그저 우리가 낸 돈이 어떻게 쓰이는지 알고 싶을 때 찾아볼 수 있게 해 달라는 겁니다. 알기 쉽게! 거기에서 아주 조금만 떼어 우리가 절실한 곳으로 지원해 달라는 겁니다. 이 바람이 나라를 망칩니까? 아니면 우리가 낸 세금에 기생한 도둑놈들이 나라를 망칩니까?"

아주 난리가 났다. 들썩들썩.

방청객들이 일어났다 앉았다. 분노에 고함이 터지고 험한 손가락질이 반대편에 쏟아지며 한마디라도 더 잘못 지껄였다 간 당장에 달려들어 아구창부터 돌릴 것처럼 격랑이 일었다.

장대운은 섣불리 움직이지 않고 기다렸다.

어느 정도 화풀이가 됐을 때야 손을 들었고 그걸 먼저 본 방청객들이 분노한 방청객을 말리며 언제 그랬냐는 듯 다시 조용해졌다.

"제가 강남구 국회의원인 건 아시죠?"

다들 끄덕끄덕. 본인도 끄덕끄덕.

"강남구 국회의원이 된 만큼 방금 말씀드린 내용을 고스란히 강남구에 대입해 본 적 있습니다. 연간 5천억의 예산을 집행하는 강남구 재정 계획을 살폈고 그 돈이 어디로 가서 어떻게 사용되는지를 확인했죠. 이 돈이 과연 어떻게 사용돼야 강남구민의 생활에 도움이 될 수 있을까? 일부라도 환원할 수 있을까 고민했습니다."

연간 5천억 부분에서 방청객들이 깜짝 놀랐다.

한낱 구에서 그런 예산이 집행된다는 걸 처음 알았다는 듯이.

장대운은 미소 지었다.

"보세요. 모르시잖아요. 이러니까 정치하는 놈들의 의도를 의심할 수밖에 없겠죠. 여러분은 여러분이 사는 지역 예산이 얼마고 어떻게 돌아가는지 아십니까?"

모른다.

"쓸쓸합니다. 여튼, 어떻게 하면 조금 더 생활 밀착형으로 구민 친화적으로 정책을 만들어 볼 수 없을까 궁리하다가 초등학교를 발견하게 됐습니다. 여러분도 학교 다니면서 도시락 싸 가지고 다닌 경험 있지요?"

그렇다고들 한다.

"새벽마다 어머니 혹은 부모님께서 싸 주신 도시락을 점심시간에 친구들과 먹은 기억이 있을 겁니다. 요새는 참 좋아져서 학교에서 급식을 하네요. 이것만도 부모님들의 부담이 훨씬 줄어듭니다. 그런데! 여기에서 문제가 생깁니다. 부잣집 도련님과 가난한 새싹의 도시락통이 비교되는 건 예전부터 있었고 또 익숙하다 할 수 있겠지만, 급식비를 걷는 행위가 새로운 문제를 불러일으킬 줄 누가 알았겠습니까."

영문을 모르겠다는 표정들.

"급식비를 못 내는 아이들 말입니다. 그 아이들이 선생님들의 독촉에 시달립니다. 그깟 돈도 못 내냐고 동급생들의 무참한 시선에 심장이 짓이겨집니다. 차라리 도시락통 멜 때였다면 몰랐을 고통이 새로이 생겨난 겁니다. 더 큰 차별의 씨앗이요. 우리 아이들의 학교에서 말이죠."

입을 떡.

"그래서 급식비를 지원해 줄 생각을 해 봤습니다. 그렇다고 부유한 집안 아이들을 지원해 주지 않는다면 역차별이니 아예 전부, 무상 급식으로 돌리려고 제안했습니다. 부유한 집안이든 가난한 집안이든 세금을 낸다는 측면에서 같으니 이도 또한 보편적인 복지라고 봤습니다."

방청객들의 얼굴에 의문이 들어갔다.

보편적 복지…… 좋긴 한데. 그래도 되나?

지원해 줘도 재정에 문제없나?

"첫해만 200억, 다음 해부터는 180억의 예산이 든다는 계산이 나왔습니다. 강남구의 연간 재정 계획의 3.6% 규모죠. 부가 가치세도 10% 환원해 주는데 3.6% 정도면 강남구 주민들을 위해 쓰지 못할 정도는 아니잖아요."

3.6%밖에 안 돼? 뭐야? 3.6%면 할 만하잖아.

근데 왜 이 얘기를 꺼내지? 그냥 하면 되잖아.

"하려고 했죠. 예산부터 실행 계획까지 짜서 구의회에 넘겨줬습니다. 어떤 답이 돌아왔는지 아십니까? 승인 불가."

왜?

"그 돈마저도 강남구의 발전 동력에 써야 한다며 결사반대합니다. 세 번을 보냈는데 세 번 다 승인 불가 도장에 마지막 네 번째는 제가 직접 가서 부탁드렸습니다. 아 글쎄, 죽어도 안 된답니다. 강남구청장님까지 검토해 보고 할 수 있다 단언한 제안을 말이죠."

"……!"

"……!"

"……!"

"이쯤 되면 그 강남구 발전 동력이란 게 도대체 뭔지 궁금해지지 않겠습니까? 저는 무척 조사해 보고 싶은 마음이 들더군요. 얼마나 대단한 걸 준비하고 있길래 우리 아이들 맘 편하게 밥 먹이는 것마저 반대할까? 하고 말이죠."

끄덕끄덕.

"그래서 샅샅이 훑어봤죠. 재정 계획부터 집행 내역 전부를 싹 다. 국회의원이란 게 본래 이런 일을 하는 사람들이니까요. 이게 순기능입니다. 거기에서 제가 뭘 봤는지 아십니까?"

"......?"

"......?"

"......?"

꼴깍. 누군가의 침 삼키는 소리가 울렸다.

"현 강남구의 예산 중 최소 20%를 삭감해도 아무런 문제 없이 돌아가겠다. 20~30%에 달하는 약 1천 500억의 예산이 어떤 무리에 의해 움직이는 정황을 포착했습니다. 여기 계시는 조두극 의원님과 아주 밀접한 곳에서 말이죠."

"그게 무슨 말씀이십니까?! 말씀을 조심해 주십시오!"

단박에 조두극이 반발하나.

장대운은 비웃으며 품에서 사진을 꺼내 보여 줬다.

"여기 이분은 현재 강남구청 리모델링 사업에 동원된 사업체 사장님이신데 옆에 자리한 이분은 조두극 의원님이라면 충분히 아시지 않겠습니까?"

"......!"

조두극의 표정이 단번에 일그러졌다.

강남구 을의 당선자 표진한이었다. 강남구 을에서만 3선 한 양반.

사진은 수십 장이었다. 같이 골프 치고 같이 술집 들어가고 같이 먹고 같이 놀고 어느새 차에다 사과박스 싣고.

이는 비단 인테리어 업자만이 아니었다. 다른 업종의 얼굴들은 물론 강남구 구의원들도 다수 포함돼 있었다.

"이 국회의원이란 양반이 엄청난 마당발이더라고요. 안 끼는 데가 없어요. 보세요. 여기 이 새로운 얼굴은 강남구 시설물 관리 업체 사장이고, 여기 이 사람은 얼마 전에 노인 복지 센터 건립권을 딴 사람이고, 여기 이 사람은 강남구청 하청 용역 업체 사장이고, 여기 이 사람은 강남구 폐기물 처리 업체 사장이고…… 아우~~ 정말 짜증 나네요."

경악의 경악의 경악.

"대체 여기 어디에 발전 동력을 위한 투자처가 있습니까? 이런 데다 예산을 쓰는 게 그 숭고한 비전입니까? 이따위로 해 놓고 우리가 도둑놈이라고 손가락질도 못 합니까? 조두극 의원님, 여기 이 사람들 진짜 누군지 모르세요?"

"……."

다시 한번 이름이 호명되자 조두극의 얼굴은 새하얗게 질려 버렸다.

김문호는 기겁한 조두극을 보며 놈의 정치 인생이 이렇게 끝장나나 싶었다.

필생의 라이벌이라 불린 놈이었는데.

장대운 몸짓 한 방에 이름 모를 낙엽처럼 사그라진다.

감탄만이 나왔다.

'맡겨 두라길래 뭘 어쩌나 했더니.'

TV 프로그램에 나와 초대형 비리 사건을 터트려 버리다니.

여기는 정치인의 비리가 밝혀지는 체험 삶의 현장.

앞으로 가든 뒤로 가든 강남구 을 국회의원 표진한은 끝장
이었다. 괜히 이 자리에 나온 조두극은 비리 정치인과 한통
속이라는 프레임에 휩싸였다. 관여됐든 안 됐든 상관없었다.
앞으로 이쪽에서 사골처럼 우려 줄 테니까.

쾅. 장대운이 탁자를 내려치며 고성을 발했다.

"겨우 이깟 짓 하려고 우리 아이들 입에 맛있는 밥 먹이려
는 걸 반대한 겁니다! 겨우 이깟 짓 하려고 우리가 마땅히 누
려야 할 복지를 누리지 못하게 한 겁니다. 이 쥐새끼들 때문
에! 우리가! 도무지 앞으로 나아가질 못하는 겁니다!"

쾅. 무언가 부서지는 소리에 밖에 있던 보좌관들이 우르르
들어왔다.

그들이 본 건 화면이 갈라진 TV와 그 아래 완전히 부서진
리모컨, 씩씩대는 주시정이었다.

"원내대표님······?"

"당장, 불러와. 표진한이 그 새끼. 당장 내 앞으로 끌고 와. 어서!!"

"예엡! 알겠습니다."

무엇 때문에 화가 났는지 모르겠지만 이럴 때는 일단 시키는 것부터 하는 게 최상이다.

보좌관들이 우르르 나갔다.

의원실에 남은 주시정은 화면이 쪼개졌음에도 여전히 방송이 나오는 TV를 보며 이를 갈았다.

5분쯤 지났을까. 헐레벌떡 표진한이 들어왔다.

"부르셨습니까. 주 원내대……."

"야, 이 개새끼야~~~~."

들창코에 벗겨진 머리, 포동포동 기름기 오른 살집, 바쁘게 오가는 시선.

어느 것 하나도 중견 정치인으로서 품격에 어울리지 않는 가당치도 않은 모습임에도 그를 강남구 을에서 3선까지 해 먹게 놔둔 이유는 선대 때부터 내려온 정리와 주제를 아는 태도 때문이었다.

표진한은 아버지가 강남구의 유지였고 한민당 강성이었으며 강남구 국회의원이었다. 그의 지역구를 그대로 물려받으며 충성 맹세를 하지 않았다면 절대로 이 돼지 놈을 곁에 두지 않았을 텐데.

"혀, 형님."

"형님?! 누가 네 형님이야! 이 썩어 문드러져도 모자랄 쓰레기 같은 새끼가!"

"히익!"

주시정의 손이 재떨이를 들자 다급히 머리를 가리는 표진한이었다.

던지지는 않았다. 이 순간, 저 씹어 먹어도 모자랄 돼지 새끼가 어디 다치기라도 한다면 그것 또한 문제다.

재떨이를 내려놓은 주시정은 심호흡으로 분노를 가라앉혔다. 표진한은 영문을 모르겠다는 표정이었다.

영문을 모른다고?

"너. 내가 이번 회기 들며 뭐라고 했어?"

"조……용히 있으라고 하셨습니다."

"근데 저건 뭔데?"

"예?"

TV를 보면서도 뭘 보라는 건지 당최 감을 못 잡는다.

정말 모르고 있었다.

돼지 새끼가 지금 세상이 어떻게 돌아가는지를.

다시 한숨을 내쉬 주시정은 떡을 따도 이유는 알아야 했기에 할 수 없이 녹화 뜬 내용을 보여 주었다.

바쁜 와중에 한낱 TV 프로그램을 녹화한 이유는 순전히 조두극 때문이었다. 한민당의 차세대를 이끌 떡잎이기에 모니터링이나 좀 해 줄까 했던 것.

이런 꼴이 날 줄은 몰랐지만 어쨌든 사진 속 얼굴이 표진한인 건 충분히 알아볼 수 있었다.

"이, 이게 어떻게……!!"

"이게 조용히 있는 거였어?"

"혀, 형님……."

"아무것도 하지 말라지 않았냐? 저 장대운이 근처에 있으니까 떨어지는 낙엽도 조심하라고 하지 않았어? 너도 알았다고 반드시 그러겠다고 약속하지 않았냐?"

"……형님, 저 어떻게 합니까?"

오들오들. 사시나무 떨듯 떤다.

저런 심장으로 무슨 정치를 하겠다고.

"뭘 어떻게 해. 새꺄. 이 마당에. 니가 저지른 짓이잖아. 니가 다 떠안아야지."

"그게 무슨 소리예요? 그 돈을 나만 먹었습니까?"

"뭐라고?!"

표진한은 말을 하고도 아차! 했다.

건드려선 안 될 영역이었다. 건드렸다간 전부가 끝장날 영역.

역시나 주시정의 눈빛이 싸늘해져 있었다.

"그래서? 줄줄이 다 엮어서 가시겠다?"

"아, 아니요. 그런 말이 아닙니다."

"오호라, 우리 표진한이가 그런 생각을 가졌는지 몰랐네. 그래서 어떻게 자폭하겠다고?"

"아니에요. 어떻게 하겠다는 게 아니에요. 저 좀 살려 주십사 부탁하는 거잖아요."

"여차하면 같이 죽겠다로 들리는데?"

"천부당만부당이요. 제가 어떻게 여기까지 왔는데 그런 말도 안 되는 생각을 하겠습니까. 형님."

"그럼 가서 죽어 이 새끼야. 장렬하게 사라져."

"형님……."

"난 분명 장대운 임기 마칠 때까지 참으라고 했다. 그 새끼 팔다리 다 자르고 벙어리로 임기 끝나게. 아이, 씨벌. 아이고, 두야. 도대체 요새 왜 이러는지 모르겠네. 권진용이 건도 그렇고 저 돼지 새끼는 그사이를 못 참고 헤집고 다니고. 야! 너 집에 돈 없어?"

"그게 아니라……."

"시끄럽다. 더는 말 안 한다. 혼자서 깨끗하게 마무리해라. 당에 불똥 안 튀게. 싹 다 털려 거지꼴 되기 싫으면."

"형님…… 제발……."

표진한이 무릎까지 꿇으며 사정하나 주시정의 싸늘함은 가시지 않았다. 차라리 아까 욕할 때가 훨씬 나았음을 표진한은 깨달았다. 괜한 말을 꺼내서는…….

정말 돌이킬 수 없는 건지.

처분이 결정 난 것 같았다.

"꺼져."

"……."

심장이 아팠다. 길이길이 이어 갈 줄 알았던 정치 인생이 이렇게 어이없게 막을 내릴 줄이야.

"끌어내 줄까?"

"아닙니다. 제 발로 나가겠습니다."

"모든 혐의를 인정하고 죗값을 달게 받는다고 해라. 그게 네놈이 살길이다."

"……알겠습니다."

"꺼져."

"예, 그동안 감사했습니다."

어쩔 수 없었다. 거역은 파멸이었다.

잘못하다간 일가족 전부 죽을 수도 있다.

그럴 바엔 한 3년 살다 나오는 것도 괜찮다. 욕은 얻어먹겠지만 다른 일을 찾으면 된다.

그래서 마무리가 아주 중요했다.

절을 올렸다.

"형님, 보중하십시오. 저는 이만 물러가겠습니다."

어깨가 축 처진 표진한은 나갔지만.

주시정의 일이 끝난 건 아니었다.

국회의원이란 본디 영원불멸의 직위가 아니었다.

낙선하면 끝이고 국회 재적의 3분의 2 이상 찬성하면 제명될 수도 있었다. 특히나 제명되는 경우 법원에 제소도 할 수 없다. 법 조항이 그랬고 이 조항으로 현직 국회의원이 제명당한 사례는 김영산 총재 제명 파동이 최초인데 물론 그 이후 현재까지 국회에서 제명당한 사례는 없다.

그 외에도 국회의원직을 상실하는 경우가 더러 있긴 했다.

부정 선거로 당선 무효가 되거나, 공직 선거법 및 정치 자금법 위반으로 100만 원 이상의 벌금형을 선고받았거나, 본인이 스스로 사퇴하거나, 범죄에 연루되어 피선거권을 상실할 때였다. 소속 정당이 위헌 정당 해산 제도에 따라 헌법재판소의 심판에 의하여 해산될 때도 직위를 상실하기도 하는데 이는 세계사를 들여다봐도 찾기 힘든 예였다.

당 차원에서 문제는 이렇게 국회의원이 자기 직위를 상실하고 나서부터였다.

자리가 비었으니 누군가를 채워야 하는데 이는 선거를 통하게 된다. 이걸 재보궐 선거라 부르고 이 재보궐 선거를 통해 당선된 자가 직위 상실한 국회의원의 남은 임기를 승계한다. 다만, 잔여 임기가 1년 미만이면 재보궐 선거는 없다. 다음 국회의원 선거 때까지 공석으로 남긴다.

이도 물론 지역구 의원에 한해서였다.

비례 대표는 비슷한 이유로 제명 또는 직위 상실되긴 하나 다시 뽑을 때가 달랐다. 총선 당시 소속 당의 비례 대표 차순위 후보자가 승계한다.

어쨌든 돼지 표진한은 뇌물 수수로 나가리 확정이다. 이를 막기 위해 검찰을 움직였다간 더 큰 피해를 낳을 테고 따라줄 검찰도 없었다. 즉 공석이 생겼다는 것.

17대 국회는 출범한 지 겨우 1개월 남짓.

무조건 재보궐 선거에 돌입한다. 하지만.

"누구를 넣어야 하나?"

다른 일도 아닌 비리 사건이 터진 지역구다.

들어갔다간 질 게 뻔한 자리.

그냥 지기만 하면 차라리 다행이다.

온갖 오물을 다 덮어써야 한다. 구민들도 구민이지만 후보를 낼 민생당이 이를 가만히 두고 보지 않을 테니까.

"다음 대 공천까지 준다고 해야 하나? 그런들 쉽게 나올까?"

어렵다. 어려웠다.

한 번 쓰고 버릴 패라도 상당한 보상이 뒤따라야 한다.

"그나저나 이거 정말 큰일이야."

재보궐 선거만도 고구마를 열댓 개 먹은 기분인데.

제일 문제는 알토란 같은 강남구가 한민당의 손을 떠난다는 것이다.

양대 축이었던 국회의원 두 명이 날아갔고 중심을 잡아 줄 강남구청장은 아예 당적을 옮겼다. 그나마 남은 건 구의회지만 국회의원도 파리 목숨이 된 마당에 그놈들이라고 무사할까.

이 상태가 만일 다음 대 총선까지 지속된다면 제아무리 견고한 지지층의 강남구라도 흔들릴 게 뻔했다.

머리가 아팠다. 어떻게 해야 이 난관을 뚫어 낼 수 있을까.

TV 속 장대운은 여전히 호통치고 있었다. 쥐새끼들이라며.

쥐새끼란 단어가 송곳처럼 가슴을 찔렀다.

"결국 저놈인가?"

주시정의 표정이, 미간의 골이 더욱 깊어졌다.

아무래도 이렇게는 안 될 것 같다고.

폭탄이 터졌다.

생각지도 못한 특종을 잡은 언론은 여왕의 부름을 받은 벌 떼처럼 모여들었고 수사 기관들 또한 가만히 둘 수 없는 지경에 이르렀다.

나라가 들썩.

하지만 정작 그 중심에 있는 강남구민은 어리둥절, 무슨 일이 벌어진 건지 전혀 감을 잡지 못했다.

"신경 쓸 거 없어요. 기민하게 움직이면 보수가 아니죠. 대형 선박도 주 엔진을 움직이기 위해서 보조 엔진부터 돌려요. 언론이 경쟁적으로 파고들기 시작했으니 시간문제입니다."

장대운의 풀이처럼 강남구에 소속된 국회의원, 구의원들의 비위 의혹이 언론을 통해 증폭되며 수사 기관들도 덩달아 흐름에 동조하였다.

겨우 덮어 놨던 지난 강남구청 비서실 스캔들이 다시 수면 위로 떠올랐고 표진한과 함께 대서특필되며 국가적 이슈로 올라갔다. 발맞춰 시사 프로그램에서는 이 일의 발단인 무상 급식에 대한 내용을 의제로 다뤘다.

반응이 꿈틀꿈틀, 사무실로 무상 급식에 대한 문의가 조금씩 늘어나고 바람이 일었다.

밀물이 들어오는 듯하자 장대운은 시간 끌지 않고 강남구민과의 간담회를 열었다. 기자들도 초청, 구민 백여 명이 모인 자리에서 무상 급식에 대한 안건을 다뤘다.

"요지는 간단합니다. 우리 강남구가 이 일을 해낼 수 있느냐? 없느냐? 그렇지 않습니까. 구청장님, 이 일이 가능한지부터 답변해 주십시오."

"답변은 어렵지 않습니다. 실행 가능성은 내부적으로 검토가 끝난 상태이고 문제는 구민 여러분들의 우려처럼 무상 급식 시행에 따른 부가적인 세금 인상 여부일 테니까요."

"세금이 인상됩니까?"

"안 해도 됩니다. 충분히 감당 가능한 수준이고 더 늘려도 무방할 정도입니다."

"이 보십시오. 쥐새끼들 때려잡았더니 이렇게나 여유롭습니다. 강남구의 예산이 구 예산 중 전국 톱을 찍은 이유가 무엇이겠습니까? 다 여러분이 세금을 많이 내기 때문이 아니겠습니까? 그 세금의 일부를 우리의 미래인 아이들에게 쓰겠다는 게 그렇게나 아까운 겁니까?"

너희에게 돌려주겠다.

너희 아이들, 손주들에게 혜택을 주겠다.

영양사부터 좋은 재료를 공수할 업체까지 제대로 뽑아 균형 잡힌, 갓 지은 따뜻한 밥을 주겠다는 데 반대할 구민은 없었다.

만장일치로 찬성.

축제의 장이 펼쳐진 곳에 장대운은 꽃을 하나 더 던졌다.

"제대로 시행되는지 두고 볼 겁니다. 잘된다면 중학교도 고등학교도 무상 급식을 해야 하지 않겠습니까? 설마 초등학생만 이 혜택을 받으라는 건 아니겠죠?"

이날의 결론이 언론에 공개되자 연일 화제에 올랐다.

그렇지 않아도 초딩만 우리 미래냐는 말이 나오던 시점이었다.

중딩, 고딩까지 무상 급식의 범위에 들어갈 수 있다는 발언은 선국의 학부모가 들썩거릴 만큼 깅렬했고 그 여파에 정치권까지 놀라 허둥댈 만큼 파괴적이었다. 덕분에 장대운의 입지는 더욱 탄탄하게 더욱 선풍적으로 올라갔다.

이쯤 되자 강남구의회는 그야말로 초상집이 됐다.

승인 불가 도장을 네 번이나 찍었던 무상 급식이 전국적 관심사가 된 것이다. 그것도 압도적 찬성의 열망으로.

안 그래도 죽을 판인데 양심선언마저 터졌다.

주인공은 부의장인 성백선과 그 동조자들.

≪당 차원의 조직적인 방해가 있었으며 의장인 이재민 의원의 주도로 모든 것이 이뤄졌습니다. 저는 강남구의 구의원으로서 양심의 가책을 느꼈고 더는 이 일을 두고 볼 수 없다는 판단에 결단을 했습…….≫

다음 날로 강남구의회는 올스톱이 됐다. 끝.

무상 급식은 대세였고 그 거대한 흐름은 이미 강남을 넘어 서울시 전역으로 퍼져 나가고 있었다.

물론 전부가 찬성하는 건 아니었다. 우려의 시선도 컸다.

그 돈을 이렇게 써도 되는 건지.

정말 이래도 되는 건지.

이렇게 하다가 정말 잘못되는 건 아닌지.

장대운은 이마저도 간단히 일축했다.

국가로부터 무엇이라도 받아 본 적이 없는 국민이기에 순수한 마음에서 나오는 걱정이라고. 그 마음마저 이용하는 놈들이 진짜 쥐새끼들이라고.

≪전혀 끄떡없습니다. 그동안 낸 세금이 얼마인데 이 정도 받는다고 나라가 휘청입니까? 한국의 재정 건전도는 OECD 국가 중 최상입니다. 국가 1년 예산이 얼마인데 국민께 이 정도도 못 쓴답니까? 국민 여러분. 받을 건 받으십시오. 다 여

러분 덕택에 가능한 일입니다. ≫

◇ ◆ ◇

"방도를 마련해야 하는 거 아닙니까? 이렇게 계속 놔뒀다 간 재정 계획을 전부 새로 짤 판입니다."

"허어…… 그렇다고 무슨 수단이 있나요? 여론이 들끓고 있어요."

"강남구 건이 너무 컸습니다. 하필 비위 사건과 덧붙여 꺼 낸 바람에 빼도 박도 못하고 있어요. 반대했다간 비리 의원으 로 낙인찍힐 판이에요."

"그렇다고 이대로 놔뒀다간 대계에도 지장이 갈 겁니다."

"주 원내대표님, 당 대표께선 다른 언급은 없으셨습니까?"

한민당 최고의원 회의였다.

당의 대소사를 결정하는 최고 권위의 회의.

주시정은 더욱 미간을 찌푸렸다.

성치라면 날고 긴다는 베테랑에 그 경력만 합쳐도 100년이 훌쩍 넘어가는 중진들을 모아 놨는데도 해법이 없었다.

"하아…… 외통수네요. 단단히 걸렸어요."

"당 대표도 방법이 없는 겁니까?"

"어쩔 수 없지 않겠습니까? 엄마들이 움직였어요. 잘못하 다간 당까지 피해가 올 겁니다."

현대 사회에서 여성 파워의 무서움이란 비단 기업들만이

인지하는 요소가 아니었다.

거의 모든 마케팅이 세대 타겟팅만 다를 뿐 전부 여성을 겨냥하듯 정치 트렌드도 마찬가지였다. 여성의 마음을 움직여야 승리할 수 있다는 건 공식이었고 그래서 정부도 여성가족부라는 전에 없던 부서를 부랴부랴 만들었지 않나.

"이젠 물러설 수도, 모른 체할 수도 없습니다. 강남구는 벌써 시범적으로 지정할 초등학교를 물색하고 있어요. 다른 구도 우린 왜 안 하냐고 쳐다보고 있고요."

"우리 사무실로도 문의 전화가 쇄도하고 있습니다. 빨리 뭐라도 대책을 마련하지 않으면 다음을 기약할 수 없을 만큼 위험해질 겁니다."

"맞습니다. 분위기가 심상치 않습니다. 이대로 가다간 당의 기둥마저 흔들릴 것 같아요."

"하아…… 망둥이 새끼 하나 때문에 별꼴을 다 보네요."

"그렇긴 한데. 장대운이 보통 망둥이는 아니지 않겠습니까?"

"그렇죠. 더욱이 그놈이 첫 삽으로 무상 급식을 떴어요. 어떻게 하든 성공시키려 할 겁니다."

"그나저나 정말 놀랍습니다. 이 건이 이렇게나 큰 파급력이 있을 줄 알았더라면 먼저 시작했을 텐데요."

"최 최고의원께서는 무상 급식을 알고 있었단 말입니까?"

"무상 급식까진 아니고. 전에 말씀드렸던 급식 지원 사업 말입니다. 실효성이 의심된다며 폐기했던 그 안건 말입니다."

"아아, 그거 말이군요. 지원 범위에 대한 중지를 모으지 못

해 파기했던 것 말이군요."

"예, 처음부터 아예 무상 급식으로 잡았더라면 어땠을까 정말 아깝네요."

고개를 절레 흔드는 최준엄에 다른 위원들도 혀를 내둘렀지만 어떤 말도 꺼내는 사람이 없었다.

그 안건을 반대한 사람들이 바로 그들이었다. 넝쿨째 굴러온 복을 스스로 차 버린 격이었으니.

"그렇군요."

"그렇습니다."

"하아…… 이럴 줄은 정말 몰랐습니다."

"우리 전부가 그렇지요."

회의 분위기가 해법 찾기에서 점점 신세 한탄 쪽으로 흐르자 주시정은 얼른 제동을 걸었다.

"아무래도 정면 돌파밖에 없는 것 같은데 어떠십니까?"

"정면 돌파라니요?"

"제대로 한판 붙어 보는 거죠. 아니면, 시류에 편승할 수밖에 없고요."

"우리 주 원내대표께서 아무것도 못 해 보고 시류에 편승할 분은 아니시니 제대로 한판 붙자는 얘기로 들리는데 맞습니까?"

"맞습니다."

"어떻게 말이죠?"

"향수를 일으키는 건 어떻습니까? 가난했던 시절의 향수, 너도나도 잘살 수 있다는 희망이 넘칠 때로 말이죠."

"흐음, 이참에 중장년층의 결집을 노리자는 거군요."

"예, 산적한 과제들과 함께 반전을 노리는 겁니다. 과연 우리가 이대로 괜찮을까 의심을 심는 거죠."

"예를 들면요?"

순식간에 진지해진 분위기만큼 주시정도 자세를 더욱 가까이하며 생각하던 바를 얘기했다.

이야기가 진행될수록 갸우뚱하던 최고의원들도 점점 더 가능성이 보인다는 눈빛을 보였다. 다만, 여기에도 넘어야 할 산이 있었다.

"시선을 돌리는 것도 좋고 무상 급식의 약점을 찾는 것도 설득력이 있긴 합니다만 대체 누가 그걸 합니까?"

"흐음…… 그게 제일 크네요."

맞는 얘기였다. 누가 과연 이 일을 맡아 줄까.

"맞습니다. 제일 큰 산이군요. 아무리 봐도 '모 아니면 도' 같거든요. 상대는 장대운입니다. 세상이 인정하는 희대의 천재."

"그렇죠. 여태 그놈과 논리로 싸워 이긴 사람이 없어요. 아주 괴물이죠."

전부 다 틀린 얘기는 없었다.

그렇기에 장대운의 국회 입성을 막으려 했고 누구보다 적극적으로 방해하려 했던 게 한민당이었다.

이유는 간단했다. 장대운이 걷는 길에는 한민당이 없었기 때문이었다. 연예, 경제, 문화 전반에 걸쳐 강대한 영향력을 끼친 남자. 그는 결과로써 언제나 기존의 판을 뒤엎어 버렸다. 기득권을 끌어내렸고 그 자리에 우뚝 솟았다. 헤게모니까지 쥐고 말이다.

장대운이 덤빈 이상 정치판도 다를 게 없을 거라는 게 세상 대부분의 전망인 것처럼 '장대운 = 변화'는 공식이었고 변화는 곧 기득권과는 천적 관계였다.

아마도 모두가 지켜보고 있을 것이다.

빨갱이 타도와 북한 흡수 통일이라는 명제로 뿌리내린 한민당이 장대운이라는 파란을 어떻게 견뎌 내는지 또는 어떻게 요리하는지 또는 다른 것들처럼 휩쓸려 버릴 건지.

귀추가 주목될 것이다.

'만만치 않아.'

다른 이들은 아직 피부에 와닿지 않을지는 몰라도 주시정은 장대운을 처음 본 순간부터 예리한 칼날이 심장을 찌르는 듯한 느낌을 받았다.

그때 직감했다. 장대운을 죽여야 내가 산다는 걸.

그래서 국회 입성을 막으려 김춘배의 뒤를 밀었고 그 김춘배가 어이없이 나가리 되자마자 중도를 걷는 강남구청장을 교체, 충성파로 심고 구의회를 동원하여 강남구에서 아무것도 못 하게 손발을 자르려 하였다.

결과는 뭐, 이래나 저래나 전부 삑사리.

"이대로 물러설 수도 없는 노릇 아닙니까?"

"그렇긴 하겠죠. 지지자들도 불안해하고 있어요. 더 놔뒀다간 그들의 이익마저 침해될 겁니다."

"맞습니다. 빨갱이도 아니고 어떻게 신성한 국가 예산을 자기 마음대로 전용할 수 있겠습니까. 법대로 해야지요. 계획대로요."

"그렇지만 누가 장대운과 상대하려 하겠습니까? 우리는 일선이 아니니 나설 수 없고 걸맞은 무게감이 나타나야 하지 않겠습니까?"

"그렇긴 한데 이번에 TV 프로그램에 나갔던 조두극이를 보십시오. 완전히 망가졌습니다. 똑똑해서 키워 볼까 하던 놈마저 정신을 못 차리고 있는데…."

"하아…… 조두극이."

"후우……."

조두극은 지금 천지 분간을 못 하고 있었다.

방송을 탄 이래 여기저기 찾아다니며 억울함을 성토하고 다시 한번 기회를 달라 빌어 댔다.

차라리 가만히 있었으면 괜찮았을 것을.

차세대 한민당의 왕좌로 낙점한 인재인 만큼 기회는 얼마든지 줄 수 있었다. 천천히 시간을 두고 내공을 키운 뒤 고난을 딛고 일어선 인동초처럼 일어서면 될 일인데.

그걸 못 참고 조바심에 엉망을 일으킨다.

지금은 모르지만, 당은 기억할 것이다.

위기 시 조두극이 어땠는지…….

'대범하게 버티고 신중하게 언행해도 모자랄 판에. 등신 같은 놈이 날뛸수록 자기 가치가 떨어진다는 걸 모르나? 아니,

자기 가치를 낮추는 것도 모자라 장대운에 대한 두려움을 당에 전염시키고 있어.'

조두극이 겁먹어 날뛸수록 장대운의 이름값이 높아졌다.

밖에서 아무리 뛰어나도 초선 의원 주제에 뭘 할 수 있겠어? 자신만만했던 자들조차 등신된 조두극을 보며 마른침을 삼키기 시작한다.

"아무래도 그놈은 폐기해야 할 것 같습니다. 의원님들의 생각은 어떠십니까?"

"저도 동감입니다. 물을 흐리고 있어요. 미꾸라지 새끼가. 겨우 한 번 패한 거로 말이죠."

"근성이 없는 놈인지는 몰랐습니다. 저도 찬성입니다. 그런 놈이 대권을 잡으면 여러모로 잡음이 커질 겁니다. 자, 그럼 조두극이에 대한 결정은 본 것 같고. 그러면 앞으로 누굴 주목해야 할까요?"

"차선이 최선이 될 수도 있겠죠."

주시정의 안내에 최준엄이 반응했다.

"차선이라면 현은태?"

"평소 조두극에 의해 가려져 있었지만, 보통내기가 아닙니다. 화려한 맛과 존재감은 떨어질지언정 뚝심만큼은 차세대중 최상일 겁니다."

"하긴 뚝심이 있어야 장대운 같은 놈들을 상대할 수 있겠죠. 겉멋으로는 상대가 안 됨을 알았으니 굳이 다른 패를 찾을 필요 없을 겁니다."

"좋습니다. 어떻습니까? 현은태를 장대운의 대항마로 키우는 건?"

최고의원들의 시선이 주시정을 향했다.

주시정도 고개를 끄덕였다. 두말할 나위 없는 인사였다.

"몇 가지 더 검증해야 할 사항이 있긴 하지만 현은태라면 확실히 중심을 잡아 주긴 할 겁니다. 저는 찬성입니다."

"그럼 일단 그렇게 알고 있겠습니다."

"그건 그렇고. 상대로 서울시장은 어떻습니까?"

"서울시장이요? 요새 버스 노선 정리하느라 바쁘다고 하던데. 장대운을 상대하게 하려고요?"

"강남구도 결국 서울시 소속 아닙니까. 무상 급식이 시행되면 결국 서울시와 부딪치게 될 텐데 이참에 역량을 살펴보는 것도 나쁘지 않지 않겠습니까?"

"그 양반이라면 그냥은 안 움직일 텐데. 뭘 쥐어 줄 생각입니까? 엇비슷한 반대급부가 없다면 움직이지 않을 겁니다."

"17대 대통령은 어떨까요?"

"대권이요? 이번 순서는 박한업 대표 차례 아닙니까?"

"맞지만, 어차피 경선은 치러야 하지 않겠습니까? 후보를 한 명만 내는 건 민주주의 원칙에도 어긋납니다."

"오호라, 거기까지만 도와주겠다?"

"당원의 지지를 얻는 건 우리 몫이 아니죠. 기회를 주는 것뿐입니다."

"그거 괜찮겠군요. 안 그래도 여기저기 세력 끌어모으느라 바쁜 모양이던데. 장대운과의 싸움에서 이기기만 하면 날개를 다는 격이겠군요."

"예, 장대운과의 싸움에서 이긴다는 전제하에서죠. 그러면 우리도 전폭적으로 밀어줄 명분이 생기고요."

"알겠습니다. 제가 가서 한번 만나 보죠."

◇　◆　◇

"오빠! 이거 너무 맛있어."

"오빠! 대창이 이렇게 맛있는 거였어? 이거 진실이야?"

"형, 막 입안에서 진저리가 나는 것 같아. 씹고 있는데도 더 격렬하게 씹고 싶어."

"으아아, 나 미칠 것 같아. 이렇게 맛있는 게 세상에 있었어? 나 그동안 뭐 먹고 산 거야?"

"입안이 찌릿대서 죽을 것 같아. 짜릿짜릿 막 전기가 흐르는 것 같아."

"내가 살다 살다 밥 먹다가 천국 갈 것 같은 기분이 들다니. 형, 우리도 이제 성공한 거야? 이 정도면 성공한 거 맞지?"

일도 술술 잘 풀리는 데다 모처럼 외식하자 해서 동생들 데리고 대창 집으로 갔다.

반응은 역시나 폭발적.

굽는 대로 게 눈 감추듯 사라지는 대창, 막창을 보고 있노라면 김문호는 왠지 사는 보람이 느껴졌다.

애들 먹는 거 보는 것만도 감격스럽다. 얼마나 영화를 누리겠다고. 도대체 얼마나 우뚝 솟겠다고 그 난리를 부리며 살았던지.

성공이나 했으면 모를까.

언저리에서 살해나 당하고. 등신같이.

이 녀석들이 기뻐하는 얼굴을 보는 것만도 이렇게나 보상받는 기분인데.

"많이 먹어. 형이 이제 돈 잘 벌어. 자주 사 줄게."

"형~~."

"오빠~~."

"오빠, 사랑해~."

"형, 저도 사랑해요~."

대차게 소주도 한 잔씩 시원하게 털었다.

대창 기름에 쩔어 눅진해 가던 입안이 리프레시되는 감각에 동생들은 더는 버티지 못하고 흐느적댔다.

때맞춰 주인장이 칼칼한 차돌 된장찌개를 내온다.

한 수저 떠먹으니 캬~~~.

한겨울 찾아온 동장군마저 녹일 미소가 번져 나온다.

이것이었다. 저 미소.

저걸 보기 위해 오늘도 고생하였다.

≪······한칠레 FTA 발효로 상당한 파장이 예상됩니다. 다만 잊어선 안 될 부분은 한칠레 FTA 타결로 묻히긴 했지만, WTO

국가별 중요 농산물 개방 협상 또한 중요하다는 사실입니다. 정부는 WTO와의 협상에서 쌀 시장 개방을 10년 더 연기한다고 하지만 이번에는 쉽지 않을 거라는 전망입니다.≫

올해는 한칠레 FTA와 WTO 쌀 시장 개방 등 농업 정책에 대한 항의 시위가 유난히 많은 해였다.

주인장이 보기 싫은지 채널을 돌린다.

≪이제 내일로 다가왔습니다. 5월 30일, 헌법재판소가 기나긴 심의 끝에 대통령의 탄핵 여부를 결정하게 되는데요. 일단 여론을 보면 탄핵 반대가 우세합니다. 지난 3월, 대통령 탄핵 소추안이 가결되어 현직 대통령이 직무 정지 상태가 된 지 벌써 2개월이나 됐습니다. 어떤 결론이 나든 그것이 대한민국을 위한 결정이길 바라며…….≫

또 보기 싫은지 채널을 돌린다.

≪한국인 7명과 일본인 3명이 이라크 저항군에게 피랍되어…….≫

채널이 돌아간다.

≪유명 만두 체인점이나 전국 분식점에 만두를 납품해 오

던 ㅇㅇ식품이 저급의 중국산 단무지나 썩은 무로 만든…….≫

쓰레기 만두 파동 사건이었다.

바로 채널이 돌아간다. 이번에는 서울시장이 나왔다. 대한
민국 건설 역군 출신이라는.

≪정부의 행정 수도 이전 계획에는 찬성할 수 없는 입장
입니다. 일각에서는 반대를 위한 반대라는 말도 나오고 있지
만, 서울특별시는 관습 헌법적으로 명백한 대한민국 수도입
니다. 기능을 분리시키는 건 말도 안 되는 발상입니다. 그리
고 지금 정부가 추진하는 신행정 수도 건설 특별법은 위헌의
소지가 다분합니다. 저는 학계 교수들과 전문가 등 100여 명
으로 구성된 수도 이전 반대 국민 포럼을 구성하여 빠른 시일
내에 헌법 소원을 내기로 결정했…….≫

주인장이 인상을 찌푸리더니 돌린다.

≪검찰은 지난 3월 구속된 여 모 청와대 행정관과 안 모 전
대통령 캠프 정무팀장이 선거 기간 중 각각 5억 원의 정치 자
금을 받은 혐의를 확정하여 징역 7년과 추징금 51억 원을 구
형하였다는…….≫

채널을 돌리다 돌리다 포기했는지 아예 꺼 버리는 주인장

이다.

한마디 한다.

"애들을 학교에서 밥 먹여 준다고 해서 좀 보려고 했더니. 영~ 쓸데없는 뉴스만 나오네."

"......!"

그러고 보니 어제까지만 해도 메인 뉴스로 다뤄지던 무상 급식이 자취도 없이 사라졌다.

모두가 궁금해하는 화두를 여우 같은 언론이 놓치진 않았을 텐데. 왜?

'......!'

한민당일 것이다. 한민당이 언론을 움직였을 것이다.

김문호는 즉시 전화기를 꺼내 도종현에 알리려다 멈칫, 다시 넣었다.

동생들이 너무 행복해한다.

이 자리를 깨고 싶지가 않았다. 스스로도 만족스럽고.

'내일 하자. 그래, 내일 해. 조급할 필요 없다. 내일 해도 된다. 내일 해도 문제없다.'

속으로 되뇌며 2차로 노래방도 갔다.

신나게 놀고서는 집으로 돌아와 배 두드리며 자는 동생들을 보았다.

내일이면 또 아침부터 아르바이트를 나가야 한다. 그렇게 버는 돈이 한 달에 백만 원도 안 된다. 두 탕 세 탕 뛰는데도.

'시급이 1,800원이던가? 조금 더 쳐주면 2,200원도 있고.'

이 돈으로는 미래는커녕 당장 생활도 기약 없다.

자리 잡으려면 적어도 150만 원은 벌어야 이것저것 떼도 절반은 모을 텐데.

'시원이도 곧 퇴소한다 하고.'

얼마 있으면 천사 보육원을 퇴소할 녀석이 또 있었다. 여기에서 받아 주지 않으면 그 녀석은 차가운 시멘트 바닥에 맨몸으로 부딪쳐야 한다.

'이 좁은 집에 여덟 명.'

당장 급한 건 집이었다.

주인 눈치도 보이고 더는 이 집에서 살기 어려웠다.

'아무래도 집부터 알아봐야 할 것 같아.'

답답했다. 더 큰 성공이 필요했다.

더 크게 성공해서 돈을 아주 많이 벌어야 한다. 이미 과분할 돈을 받고 있다지만 안타깝게도 시간이 기다려 주질 않는다.

'어떻게 하지?'

머리가 아팠다.

언론플레이에 들어간 한민당의 수작도 치워 내고 장대운을 더 높은 곳으로도 올려야 하는데…… 동시에 이런 정도로는 끄떡없는 부귀도 손에 쥐어야 한다.

'주식 투자를 해야 하나?'

도통 기억나는 게 없다. 오성전자가 이름을 날릴 건 알고 있다지만 10년 20년씩 기약할 여력이 없다.

나중에 나올 코인이라는 것도 개념이 없다.

기억나는 것이라곤 누가 무슨 일을 했고 어떤 사건이 벌어지고 그로 인해 어떤 영향이 끼쳤는지 같은 쓸데없이 거시적인 것들만 오갈 뿐.

'후우…… 회귀도 잘난 놈들이나 통하는 거였구나. 나 같은 놈들은 기회를 줘도 얻어 갈 것이 거의 없어.'

겪으면 겪을수록 자존감만 낮아지는 기분이었다.

젠장, 젠장, 젠장!

잠도 안 온다. 긴 밤을 반쯤 뜬 눈으로 보낸 김문호는 어제와 다름없는 표정으로 출근했지만, 마음은 무겁기 그지없었다.

소망과 생활은 양립할 수 없고 이는 순전히 스스로 해결해야 할 부분이었다.

복작복작한 머리를 붙잡고 하루를 시작하는데.

"문호 씨."

5분도 안 돼 장대운이 부른다.

"옙!"

대답과 함께 예의 그 젊은이의 텐션을 끌어올리며 의원실로 가려 했다.

'으응?'

그런데 정은희가 바짝 따라붙는다.

도종현도 히죽이며 붙는다. 백은호는 오히려 앞장선다.

장대운이 자리에 앉으라 해서 앉긴 했는데.

그래서 한민당 언론플레이에 대한 대책 회의인가 싶었는데.

"문호 씨도 이제 7급 발령도 났고 정식 직원이 됐으니 그에 따른 복리후생도 따라가야 함이 맞겠지요?"

"맞습니다. 조금 늦은 감이 있습니다. 마음은 인턴 때부터 지원해 주고 싶었죠,"

정은희가 거들자 장대운은 아직 어리둥절한 김문호의 눈을 보았다.

"문호 씨."

"예."

"우리 뿌리가 오필승인 건 알죠?"

"옙."

"그래서 미래 청년당의 복리후생도 오필승에 준하게 가려합니다. 아무래도 정치 단체라는 특성상 기업처럼 마음대로는 하지 못하겠지만, 일부 정도는 따라갈 순 있겠죠."

"⋯⋯예? 예."

"문호 씨."

"예."

"현재 사는 집에 애착이 있거나 혹은 다른 이유가 있어서그 집에 꼭 살아야 하는 건 아니죠?"

"예?"

"이사할 생각이 있느냐는 겁니다."

"아⋯⋯ 그게⋯⋯."

"동생 여섯이랑 같이 산다죠?"

"⋯⋯예."

"보육원에서 퇴소하는 동생이 있으면 받아 주고요."

"예."

자동 응답기처럼 나오는 'Yes'에 장대운은 시선을 옮겨 정은희를 보았다.

"들으셨죠? 집이 좀 커야겠는데요. 혼자 살 게 아니라서."

"아파트로는 힘들겠네요. 이 일 때문에 100평짜리 아파트를 얻는 건 낭비고요. 여자애들도 있다던데…… 이참에 단독주택을 하나 구입할까요? 마당 딸린 2층짜리로."

"3층도 상관없어요. 방이 아주 많은 놈으로 하나 구해 주세요."

"예, 조 대표님한테 연락 넣겠습니다."

무슨 소린지 감을 잡지 못하는데 도종현이 옆구리를 찔렀다.

"오올, 우리 문호 씨가 미래 청년당 첫 케이스네."

"예?"

"몰라? 오필승이 원래 직원들 살 집 얻어 주는 거로 유명하잖아. 지금 의원님이 문호 씨 집 얻어 준다잖아. 사택이긴 하지만 나가지만 않으면 죽을 때까지 살 수 있어."

"예?!"

"뭘 그리 놀래? 나야 집이 있으니 필요가 없고 정 수석님도 그렇고 백 비서관님은 아예 오필승 타운에 살잖아. 문호 씨밖에 없지. 지금 미래 청년당에서 집 얻어 줄 사람은."

"의, 의원님…… 이게 무슨 말씀……."

김문호가 놀라 더듬대자 장대운은 흐뭇하게 웃더니 전혀 타격감 없는 경고를 하였다.

"더 열심히 일해 달라고 얻어 주는 거예요. 일 못하면 쫓겨납니다."

"……."

김문호는 할 말이 없었다.

오필승의 복리후생, 복리후생 하더니 이 정도일 줄이야.

정은희는 벌써 전화하고 있었다.

"예, 조 대표님, 저예요. 예, 열 명이 살아도 넉넉할 만한 주택 좀 하나 구해 주세요. 강남권에서요. 교통 좋은 곳으로요. 예, 우리 직원이 살 겁니다. 예예, 조 대표님의 솜씨야 우리가 믿죠. 그럼 부탁드려요."

진짜로 구해 주고 있었다.

이쯤 되면 가만히 앉아 있는 게 배신이었다.

김문호는 벌떡 일어나 정중히 허리를 굽혔다.

"감사합니다. 의원님. 이 은혜를 어떻게 갚아야 할지 모르겠습니다. 머리가 멍하고 어떻게 표현해야 제 마음을 다 꺼낼 수 있는지 당황스럽고 혼란스럽습니다. 그냥 지금 떠오는 건 한 가지뿐입니다. 은혜를 갚아야 한다. 은혜를 갚아야 한다. 제가 할 수 있는 한 사력을 다해 의원님을 보필하겠습니다. 저와 제 동생들 모두 의원님의 은혜를 잊지 않겠습니다. 감사합니다. 정말 감사드립니다."

이것도 실상 따지고 보면, 오필승의 입사와 동시에 펼쳐지는 복리후생 중 하나일 뿐이었다.

김문호도 일찍이 이 사실을 알고 있었다.

집 없는 사람 집 얻어 주고, 1년에 한 달씩 휴가, 월에 1일씩 쓰띠 휴가, 10년 근속과 1년의 안식년. 친족 학비, 친족 1명과 함께하는 연말 건강검진, 신혼여행 지원.

급여 자체도 일반 기업보다 최소 50%가 높다지만 연 2회 보너스마저 연봉급이다. 엇비슷한 회사 같은 직급의 최소 3배의 연봉. 언뜻 생각나는 게 이 정도뿐이었지만.

- 그게 뭐? 그게 나랑 무슨 상관인데.

내 것이 아닌 줄 알았다. 아는 것과 실제로 받는 건 전혀 다르다고 이렇게 받아 보니 다가오는 감격이 완전히 달랐다.

더구나 개인 사정까지 고려해 동생들과 함께 살 수 있는 집을 구해 준다고 한다. 앞으로 퇴소할 동생들마저 같이 살 수 있는 공간으로.

이걸 당연하다 여기는 건 양아치였다. 할 수 있는 최대한의 경의를 표했다. 이 순간의 감정을 어떻게 표현해야 좋을지 모르겠지만 가진 온 힘을 다해 담긴 진심을 전달하기를 원했다.

그런데 재밌는 건 이들의 반응이었다.

생색내며 더 열심히 하자. 더 가열차게 뛰자. 가 아니었다.

"우와~ 오늘 제대로 마음을 받는데요. 이 정도까지 진심을 받았는데. 어떻게 하죠? 저는 오늘 일하기 싫어졌어요."

"저도요. 오랜만에 받아 보는 공감적 감동인데요. 저도 일이 손에 안 잡힐 것 같아요."

"그럼 이참에 워크숍이나 갈까요?"

"워크숍이요? 좋죠!"

"어디 보자~ 어디로 갈까나. 부산으로 갈까나? 남해로 갈까나? 아님, 전주 한옥마을이나 구경하러 갈까요? ……아 참, 가온은 어떻습니까?"

"가온이라면 의원님이 일반 객실에 머무르진 않으실 테고. 설마 소경복궁이요?"

"정 수석님."

"옙."

"Very Good!"

"홍주명 대표님께 전화 좀 넣어 보세요."

"오오오, 알겠습니다."

갑자기 뭘 한다고……?

한창 한민당이 언론플레이로 훼방 놓고 있는데 지금 어딜 간다고?

워크숍? 워크숍이 이렇게 당일에 정해지는 건가?

도종현은 이미 수첩을 접었고 백은호는 일어나서는 차키부터 챙긴다.

중심을 잡아 주던 정은희마저 놀자신이 강림해서는 어디론가에 전화하더니 Go Go를 외친다.

"홍 대표님께서 얼른 오시랍니다. 소경복궁 준비해 놓겠다고요."

"우리 워크숍인 거 말씀드렸죠?"

"그럼요. 워크숍 준비 확실하게 해 놓으시겠답니다."

"오케이, 가시죠. 아 참, 백 비서관님."

"예."

"타운에 전화 좀 넣어 주세요. 오늘 못 들어갈 것 같네요."

"홍 대표께서 이미 하셨을 겁니다. 신나서."

"아아~~ 그렇겠군요. 그럼 출발할까요?"

차를 타고 슝.

도착한 곳은 석촌호수였다. 원래대로라면 오리배가 한창 한적하게 떠다니고 있을.

하지만 전혀 다른 모습이었다.

꺄아아아아악, 끼아아아아아~~~~.

비명이 터지던 놀이동산과 하늘을 찌르던 타워는 온데간데없고 거대한 궁궐이 하나 서 있었다.

입구 양옆엔 해태상이 어흥~~ 하고 있었고 성문으로나 썼을 법한 두께 20cm의 육중한 문이 앞으로 가렸다.

그런데 그 문이 열리며 드러난 건 또 자동문이었다.

로비는 7성급 호텔이 부럽지 않을 인테리어였고 아기자기 가득한 소품도 한국적이고 일하는 직원들도 한복을 갖추고 있는데 세련됐다. 조선이 현대까지 유지됐다면 이런 식이지 않을까 싶을 만큼 착 붙는 느낌.

"아이고, 어서 오십시오. 이게 몇 년 만입니까."

"홍 대표님, 잘 계셨어요?"

"총괄님을 못 빼서 혼났…… 아니군요. 이제 의원님이시군요. 아이고, 그놈의 정치 때문에 더욱 못 뵙게 됐군요."

"제가 자주 묵으러 올게요. 하하하하하."

"그럼요. 그럼요. 자주 오셔야지요. 이 늙은이 죽기 전에 많이 오셔야 합니다. 가온은 언제나 의원님께 열려 있습니다."

정승댁 차림을 한 노인이 시골집 손주가 놀러 온 것처럼 버선발로 환영했다.

장대운과 한참을 떠든 후에야 조금은 편안한 미소로 정은희와 정중히 인사했고 백은호와는 악수했고 도종현은 되레 홍주명에게 머리를 조아렸다.

한순간에 서열 관계가 지나간다.

정은희는 우세, 백은호는 대등, 도종현은…… 뭐.

그리고 김문호 앞에서 시선이 멈췄다.

"이 친구가 이번에 들어온 그 친구인가요?"

"안녕하십니까. 김문호입니다."

눈치도 빠르게 허리를 굽히자 홍주명은 너털웃음을 터트리며 서울에서 내려온 손주 친구를 본 시골 할아버지처럼 어깨를 토닥였다.

"어서 오게. 모쪼록 편히 지내다 가시게나."

"감사합니다."

"자자, 제가 시간을 너무 끌었습니다. 소경복궁도 어느 정도 준비를 마쳤을 것 같으니 입장하실까요?"

"홍 대표님의 안내라면 마다할 이유가 없죠."

장대운의 허락이 떨어지자 홍주명이 손짓했고 입구 반대

편으로 문이 또 열렸다.

디멘션 게이트가 열린 것처럼 가온의 안쪽 광경이 두 눈앞에 펼쳐지는데 우와~~~.

김문호는 보면서도 의심스러웠다.

'민속촌?'

아니다.

'조선?'

설마 진짜 조선?

기성복이 아예 없었다. 하늘에서 뚝 떨어진 것처럼 남자는 도포에 갓을 쓰고 여자는 두루마기를 둘러쓰거나 쪽진 머리를 하고 다닌다.

양반만 있는 게 아니었다. 마당쇠도 있고 평민도 있고 장사치도 있고 꼬맹이들도 돌아다니고 기가 막혔다.

입을 떡 벌리는 김문호를 봤던지 홍주명의 미소가 더욱 인자해졌다.

"가온은 세계 최초의 한옥식 호텔이기도 하지만 조선 시대의 미풍양속을 유지하는 최후의 보루이기도 하다네. 이를 위해 역사 고증 연구회도 운영 중이지."

"아, 아넵."

"자네의 놀라움이 기껍긴 하나 겨우 여기에서 멈칫대면 곤란하다네. 하이라이트는 아직 나오지도 않았어."

말이 끝나기가 무섭게 큰 전각이 나타나며 종사관 복장을 한 이들이 칼을 차고 앞을 지키고 있는 게 시선에 잡혔다.

편액에 '소경복궁(小景福宮)'이라 적혀 있었다.

일행이 다가가자 종사관들이 주변을 호위하며 큰 문을 열었다.

그러자 또 다른 세계가 펼쳐진다.

햇살이 비쳐 반짝이는 호수 한가운데 우뚝 솟은 작은 궁궐 하나. 주변은 대숲으로 푸르게 둘러쳐져 있고 뱃놀이도 가능한지 나무배 한 척이 꼭 한 폭의 그림처럼 매여 있었다.

전생, 야외 놀이공원으로 번잡했던 자리가 이렇게나 바뀌어 있을 줄은 꿈에도 몰랐다.

"저기 오는군요."

호수 가운데 작은 궁궐 문이 열리며 상궁 나인으로 보이는 이들이 우르르 나왔다. 그들이 아치형 돌다리를 건너오자마자 일행에게 한껏 허리를 숙이며 임금을 맞이하듯 외쳤다.

어서 오시오소서~~~~~.

이번엔 장대운이 놀라 달려 나갔다.

"할머니!"

맨 앞 상궁 복장을 한 사람에게 달려가 그 손을 잡는다.

얼굴을 드는데 주름이 아주 짙은 노인이었다.

노인을 보며 어쩔 줄 몰라 하는 장대운.

그런 모습을 처음 본지라 김문호는 놀랐는데 홍주명이 그의 어깨를 살짝 터치했다.

"성옥연 상궁일세."

"……예?"

"모르는군. 놀라지 말게. 저분이 바로 조선 최후의 상궁일세."

"예?!"

뭐라고?

"현재 가온이 제공하는 서비스의 1에서 10이 바로 저분의 경험에서 나왔다네. 가온 전통문화 연구회의 수장이기도 하시지. 초창기 몇 번, 다이애라 왕세자비의 영접 때나 직접 거동하셨는데 이번에 의원님이 오신다고 이렇게 발걸음을 해 주셨지."

조선 최후의 상궁이라고?

상상도 못 한 이력이었다. 게다가 장대운과 성옥연의 친밀함은 상상 이상이었다. 진짜 조손 같은 느낌.

홍주명은 이에 대해서도 덧붙였다.

"성 연구회장님과 의원님은 10여 년 전부터 한집에 사신다네. 의원님이 성 연구회장님을 모셔 오신 후로 외할머니와 형님 동생 하며 지내고 계시지. 일생을 출가하지 않으신 성 연구회장님께는 진짜 손주나 다름없다네."

손잡으며 다리도 아프고 허리도 아픈데 왜 나왔냐고 앞으론 그러지 말라고 걱정하는 장대운의 눈엔 진심이 가득했다.

손주의 지극한 사랑에 성옥연은 아니라고 손사래 치면서도 입가에 미소가 떠나지 않았다. 정말 손주처럼 여기는지 장대운을 바라보는 눈에 뿌듯함이 가득했다.

그렇게 또 한참, 격정의 시간이 흐르고서야 우린 소경복궁 안채로 발을 디딜 수 있었다.

'이야~~~~~.'

이곳은 내부 꾸밈새도 하나같이 귀하기 이를 데 없었다.

소경복궁은 말뿐만이 아닌 자체로 이미 궁궐이었고 그 고 아한 향취와 아늑한 분위기는 모르는 외국인이 보기에도 탄 성이 터질 만큼 격조가 높았다.

그런 우리 앞에 보기에도 무서운 50첩 반상이 깔렸다. 기 미 상궁을 자처하는 성옥연에 장대운은 또 안절부절못하며 엉덩이를 들썩였고 식사 시간만큼은 온전히 즐기라는 건지 상궁 나인이 자리를 비우고 나서야 겨우 한숨을 내쉬었다.

"후우……."

"휴우~."

"참 좋긴 한데 익숙지가 않아서."

김문호도 어깨가 다 뻐근했다.

아마 누구라도 그럴 것이다. 서비스가 참으로 좋고 큰 대 우를 받는 것 같고 무언가 엄청난 성공한 기분을 느끼게 해 주는 건 분명한데 태어날 때부터 남의 수발을 받아 온 사람이 아니라면 이 자리가 영~ 어색할 수밖에 없었다.

자그마치 임금을 모시는 컨셉이었다. 나라님을 해 본 자가 세상에 몇이겠냐마는 숙박비도 또한 뜨억 했다. 하룻밤 묵는 데 1억 2천이라고.

장대운도 겨우 긴장이 풀리는지 의자에 등을 기댔다.

"몇 번이나 다짐해 놓고 또 깜빡하고 말았네요. 가온이 보 통이 아닌 걸. 오늘 기분 좀 내려 했는데. 좀 과했죠? 후우~."

어쩌면 오늘 가장 많이 시달린 사람은 장대운일 수도 있겠다.

누구를 만나더라도, 생방송 중에도 여유를 잃지 않던 사람이 성옥연의 등장에는 금이야 옥이야 다칠까 깨질까 부들부들.

그녀를 얼마나 소중하게 생각하는지 굳이 학술적으로 풀이하지 않아도 알겠는데 이는 곧 다른 말로는 장대운의 역린이란 뜻이었으니 중점 체크 사항이었다.

"아이고, 한숨 돌리셨으면 워크숍을 진행해 볼까요?"

"먹으면서 해도 될까요? 저 배고픈데요."

"당연하죠. 음식 식잖아요. 어서 드세요. 먹으면서 하죠."

하며 자기가 먼저 갈비찜을 집는다.

뭘 먹으면서 한다고?

김문호가 의뭉스럽게 쳐다봤으나 정은희도 어느새 잡채를 집고 있었다. 도종현은 동태전을 집고 백은호는 신선로부터 뽀갰다.

식사가 시작되고 있었다. 오물오물 씹으면서 안건을 꺼낸다.

시작은 도종현이다.

"이미 아시겠지만, 무상 급식 이슈가 한순간에 덮였습니다. 냠냠."

먹어도 되나? 싶어 두부전을 집던 김문호는 순간 머리통을 세게 맞은 기분에 손을 멈췄다.

까먹고 있었다. 호텔 가온의 위세에 눌려. 이 중요한 안건을.

조용히 젓가락을 내려놓자 잡채를 그릇째로 마시던 정은희가 그러지 말라고 한다. 우물거리며. 식사하며 얘기하는 자리라고. 어서 들라고.

125

장대운도 그랬다.

"문호 씨가 멈추면 냠냠. 우리도 수저를 놔야 해요. 그리 진지한 대화는 아니니 들면서 해요. 자유롭게. 냠냠."

"아, 옙, 죄송합니다."

진지한 대화가 아니라고?

하지만 김문호는 막내다. 선배들의 식사 시간을 망치지 않기 위해서라도 젓가락을 다시 들어야 했다.

도종헌도 된장국을 떠먹으며 말을 이었다.

"아무래도 누군가가 힘을 쓴 것 같습니다. 냠냠. 안 그러면 이렇게 한꺼번에 사라질 수 없지 않겠습니까? 냠냠."

"그렇죠. 냠냠. 야료가 느껴져요."

"놔둬도 되겠습니까? 냠냠. 조치를 취해야 하지 않을까요?"

"놔두세요. 갈비찜이 맛있네요. 드셔 보세요. 권 구청장님이 곧 초등학교 10개소를 선정할 거예요. 그때 기자들을 부르면 돼요. 냠냠."

"하긴 급식이라는 행위가 자체가 달라지는 건 아니니까요. 냠냠."

"기사도 무상 급식에 대한 전체적인 분위기만 딸 거라 어려울 거 없어요. 냠냠. 반응이 좋게 나온다면 올해 안에 30개소 전부에 무상 급식을 실시할 거라고 하는 순간 이 문제는 우리 손을 떠나게 되겠죠. 냠냠."

"그렇군요. 일이 그렇게 되는 거군요. 맞습니다. 강남구에서 무상 급식을 하는데 서초구, 송파구가 가만히 있진 못하겠죠. 냠냠."

"얼마 안 가 저쪽에서 시비를 걸어올 수밖에 없을 거예요. 우리는 그때를 대비해 준비만 해 놓으면 됩니다. 냠냠."

우걱우걱 씹으면서도 장대운은 계획이 다 있다고 말했다. 1차, 2차, 3차로 넘어가면서도 한 치의 오차도 없을 시계태엽 같은 프로세스가 준비돼 있다고.

끝.

이거로 이 안건은 끝났다고 한다.

김문호는 나물을 씹다가 피식 웃을 뻔했다.

지금까지 어떻게 해야 이 한민당의 수작을 물리치고 다시 무상 급식을 검색어 1등으로 만들까 고민했는데.

끝이란다.

그냥 끝.

더 웃긴 건 그러자 뭘 씹는지 느낌도 오지 않던 입맛이 싸악 돌았다는 것이다. 눈앞 요리들의 진가가 슬슬 안으로 들어오기 시작했다는 것.

'으응? 이거 너무 맛있잖아. 나물이 이럴 수도 있는 거야? 이렇게나 고급스러웠어?'

한식 하면 김치찌개 아니면 된장찌개가 전부였던 세계관이 통째로 부서지며 다시 세워지는 듯한 경험이었다.

물론 김치찌개, 된장찌개가 여전히 최고긴 한데 여긴 흔한 나물 무침 하나에도 어떤 정성과 법도가 묻어나 있었다.

살며 단연코 이런 상은 처음이었다.

'단아하고 예쁘고, 슴슴하지만 속이 편하다.'

저 생선은 대체 어떻게 뼈를 발랐기에 흐물대지 않고 원형을 유지할 수 있는지.

저 산적은 대체 어떻게 구웠기에 베어 물기가 무섭게 육즙이 터져 나오는지.

찌릿찌릿 입안으로 흘러들어 오는 감칠맛은 또 무엇?

'너무 맛있어. 너무 재미나.'

꽤 많이 먹었음에도 속도 전혀 부담스럽지 않았다.

더 좋은 건 도종현이 꺼낸 언론플레이 언급 이후 더는 일 얘기가 없다는 것이다. 마치 워크숍이 끝난 것처럼.

"나머지 시간은 알아서 하세요."

식사를 마치자 알아서 놀라고 한다.

정은희가 뱃놀이 가자고 해서 호수에 홀로 놓인 나무배에 올랐고 사공이 젓는 길 따라 어화둥둥 차가운 식혜를 마셨다. 사공의 노랫가락을 따라 수면에 손도 올려 보고.

저녁이 되니 두께가 10cm는 될 것 같은 이부자리 금침이 반겼다.

아니, 그보다 하나둘 켜지는 가온의 조명에 홀린 듯 산책한 게 좋았다. 가온 동편으로 넘어가는…… 송파대로 위를 걷는 산책길이 서울의 명물이란 얘기는 들은 적 있었는데.

'이 정도일 줄이야.'

로맨틱하였다.

인공 조성된 성곽길도 대박.

낙안읍성을 그대로 가져다 놓은 것 같은 아름다운 성곽길을 따라 걸으며 추억에 젖어보려 했다. 일생에서 가장 좋았던 때를 말이다.

이 순간 더 어이가 없는 건 전생, 현생의 삶을 통틀어 가장 좋았던 때가 처음 국회의원이 됐을 때도 아니고 결혼했을 때도 아니고 아들 녀석을 보았을 때도 아니라 지금 현재라는 것이다.

어제 대창을 먹으며, 노래를 부르며, 웃던 녀석들의 얼굴 말이다.

'좋은 걸 보면 사랑하는 사람과 나누고 싶다더니. 대체 나는 무엇을 보고 살았던 걸까. 하나 있던 아들놈에게조차 정을 못 느끼고.'

온통 동생들과 이곳 가온을 공유하고 싶은 마음뿐이다. '여기 데려오면 또 좋아하겠지?'란 생각이 머릿속에 가득.

깜깜한 하늘을 보았다.

묻고 싶었다.

도대체 나에게 왜 이러십니까?

"지금이 좋은 타이밍인 것 같은데. 어떠세요?"

"저도 같은 생각입니다."

"어머머, 우리도 이제 사세…… 아니, 당세 확장에 들어가는 거예요?"

"조금 늦은 감이 있지만 시작해야죠. 물 들어올 때."

소경복궁에서의 아침을 간단히 들고 널따란 정자에 앉아 호수를 바라보며 다과를 즐기던 장대운이 갑자기 던진 화두였다.

당세 확장.

국회의원 스카우트 건이 아니었다. 비록 미래 청년당 최우선 목표가 교섭 단체로의 성장이라지만 그도 사실 근본적인 해결책은 아니었다.

지금 중요한 건 기반으로 삼을 토양을 마련하는 것.

단단한 지지기반 없는 성장은 어설픈 파도에도 한 방에 스러질 모래성과 같았다. 즉 여기에서 말하는 당세 확장은 당원 모집을 뜻했다.

잠깐 개념 정리를 해 보자면. 당원이란 정당의 회원으로 당 정책 결정 과정에 참여하여 당의 성격에까지 영향력을 끼치는 적극적인 지지자들을 가리켰다.

보통 일반 당원과 권리 당원으로 나뉘는데.

일반 당원은 정당의 당원이긴 하나 아무런 권리가 없는 이름만 올린 이를 말하였고 권리 당원은 전당 대회 참가 및 당 대표 선거, 공직선거 후보자 당내 경선 등 투표할 수 있는 권한이 주어진 열성 당원을 말했다.

상당한 차이인데. 구분도 아주 간단했다.

돈이다.

후원금을 내느냐, 안 내느냐.

무료 회원이냐, 유료 회원이냐.

당적에 이름을 올리는 행위도 적극적인 의사 투영의 일종이겠지만 직접 후원하는 이들의 적극성과 충성도는 궤를 달리한다.

세상 누구든 철새는 싫어할 테고 후원이란 그런 면에서 어이없는 짓거리만 하지 않는다면 끝까지 지지하겠다는 의사 표현이었으니 기대하는 이도 기대받는 이도 이들에 대해서

만큼은 딴말이 없을 만큼 정당 내 포지션은 확고했다.

물론 그렇다 해도 권리 당원이 국가 단위의 정치 참여나 국회의원과 함께할 수 있다는 말은 아니었다.

시장 소상인들이 평소 국회의원 얼굴 보기가 하늘의 별 따기이듯 높으신 분들은 말단 당원들이랑 만날 일이 거의 없었다.

이도 뭐, 선거 때는 달라지긴 한다지만 어쨌든 정당에서 중요한 건 권리 당원이었다. 그들의 숫자. 당 지지도의 척도이자 계파별 힘의 결집과 이동에 결정적인 영향력을 끼치는 그들의 숫자.

"권리 당원은 어떻게 구분하실 생각이십니까? 다른 당처럼 유료로 판단하실 겁니까?"

이 질문의 의미도 같았다.

일반적인 프로세스를 탈 거냐? 아니면 다른 생각이 있느냐?

장대운의 답은 명확했다.

"우리가 비록 신생당이기는 하나 당원의 적극성을 판단하기에는 이보다 좋은 방법은 없을 겁니다. 책도 빌리는 것보다는 돈 주고 사야 읽는 것처럼 말이죠."

"그럼 권리 당원의 소건도 같은 생각이십니까?"

"처음엔 파격적으로 월 100원을 생각했으나 이도 의미 없음을 깨달았죠. 월 1,000원에 모셔야겠습니다."

가만히 귀 기울이던 김문호도 장대운의 생각에 동감했다.

권리 당원으로서 100원 후원은 너무 적었다.

너무 적기에 권리 당원과 일반 당원의 구별이 의미 없어진다.

하지만 또 1,000원이 넘으면 부담스럽다.

강성들이야 10,000원이라도, 100,000원이라도 기꺼이 내겠지만 그러면 매니아층만을 위한 정책만 만들어지게 된다. 정당의 성격은 보편성을 띠지 않으면 권력을 쥘 수 없고 절대 대다수가 보통 사람들이었으니 1,000원이 적절하였다.

장대운은 자기 생각을 더 펼쳤다.

"근래 들어 이 권리 당원 모집에 편법과 위법이 기승을 부리고 있다는 얘기를 들었습니다. 그 이유에 대해 짐작하십니까?"

"경선에서 이겨야 본선에 나갈 수 있기 때문 아닙니까? 권리 당원의 투표가 후보 당락을 좌지우지하니까요."

"맞습니다. 결국 사람은 보지 않고 당만 보고 찍는 사람들이 아주 많다는 거겠죠."

"경선만 통과하면 당선은 떼 놓은 당상이라는 인식이 문제죠."

"예, 굳이 영호남을 예로 들지 않더라도 선거의 행태가 그리되고 있다는 겁니다. 하지만 뭐라 할 생각은 없어요. 그동안 정치가 게을렀다는 증거이기도 하니까요."

"으음……."

현행 선거 제도의 맹점이었다.

후보로 나서려면 권리 당원의 표를 많이 받아 당 내 경선에서 승리해야 한다.

그 승리가 곧 선거의 승리가 아닐 텐데도 영호남에서는 비밀 아닌 비밀처럼 여겨졌다. 영남은 어떤 당이 승리하고 호남은 어떤 당이 이긴다는 공식처럼.

그렇기에 그쪽 지역에서는 권리 당원의 키를 쥔 자들이 국회의원 못지않게 득세했다. 모집에서부터 위법이 공공연하게 벌어질 정도로.

예시들은 많이 모았다.

완주군 군수 출마 후보자 지인이 권리 당원을 모집을 위해 금품을 제공했다든가. 전주의 누군가가 경제 관련 단체에 권리 당원으로 협조해 달라고 부탁했다든가. 입당 원서를 받으며 허위로 주소를 기재하는 방법(권리 당원으로 처음 등재할 경우 다른 지역구로 주소지를 옮겨 권리를 행사할 수 있다는 맹점을 이용한 편법)을 쓴다든가.

"현행 공직 선거법 제57조에 '누구든지 당내 경선에 있어 후보자로 선출되거나 되게 하거나 되지 못하게 할 목적으로 경선 선거인에게 금품, 그 밖의 재산상의 이익을 제공할 수 없다' 규정하고 있죠. 우리는 적어도 썩지 않아야 할 텐데. 방법을 마련해 보세요."

장대운의 우려가 이해됐다.

신당이라도 세월이 흐르면 고인다. 삼봉의 조선도 변했다.

미래 청년당이라고 다른 당처럼 부정이 벌어지지 않는다는 보장이 없다.

이는 결국 그 피해가 고스란히 국민에게로 전해진다.

지역의 일꾼을 뽑는 지방 선거가 혼탁 과열 선거로 변질될수록 진정한 표심은 가려지고 지들 원하는 대로 지들 유리한 대로 국정이 돌아간들 국민이 직접 손으로 뽑았으니 제재할 방법이 없다. 아주 심각하고도 중대한 범죄 행위였다.

도종현도 이 사실을 정확히 인식하고 있었다.

"알겠습니다. 제도적으로 최대한 방어하고 선을 넘는 인원에 대해서는 단호한 대처로 임하겠습니다."

"가풍(家風)이란 게 있어요. 어째서 그걸 가풍으로 여기냐면요. 처음부터 그리 살았고 그것이 개인의 자부심 혹은 다른 집안과의 차별화로 인식되기에 유지되며 그 가정의 전통으로까지 격상되는 거죠. 아무리 좋은 취지라도 중간에 룰을 바꾸면 불만이 생길 수밖에 없어요. 아시죠? 굳어 버린 걸 변화시키는 건 너무나 힘겨운 일입니다."

"명심하겠습니다. 조금 더 큰 울타리를 잡고 뼈대를 만들어 보겠습니다. 그게 제가 이 자리에 있는 이유임을 잊지 않겠습니다."

좋은 날, 좋은 날씨, 좋은 차향을 맡으며 나눌 대화로는 다소 무겁겠지만 둘 사이의 대화를 듣는 김문호는 세포가 알알이 전기로 지져지는 기분이었다.

왜 그런지 모르겠다. 지금 장대운의 지적이 자기 마음대로, 편한 대로, 트렌드가 이끄는 대로, 세상이 원하는 대로 살아가는 삶에 대한 저격처럼 여겨졌다.

가풍에서 특히.

그것이 과연 네 삶과 맞느냐? 외양을 드라마처럼 꾸미고 영화처럼 단장한들 네 본질도 그러더냐?

심장이 찔린 것 같았다.

하다못해 강아지도 저 생긴 대로 성격이 천차만별인데.

하물며 사람이 천편일률적일까.

그런 사람들이 살아가는 세상이 영화에서처럼, 드라마에서처럼 단순하고 교과서적일까.

아니었다. 절대 그럴 리 없었다.

좋아 보이고 화려해 보인다고 그 삶이 내 의무를 상쇄시켜 주진 않는다. 결과를 책임져 주지도 않는다.

무서운 말이었다. 동시에 많이 부끄럽기도 했다.

짧았지만 아내와 아들과 함께한 삶은 남들이 보기엔 거의 그림과도 같았다.

단정하게 꾸린 살림과 단아한 부인, 예쁘게 자라는 아들.

무엇 하나 부족할 게 없는 가정의 모습이었으나.

'거짓이었고 겉돌았어. 어디에도 내 공간이 없었어.'

설사 누군가의 요구에 의한 결혼 생활이었을지라도 진지하게 아내의 눈을 바라보고 대화를 청했다면 어쩌면 다르게 흘러갈 수도 있었지 않았을까?

이도 사실 모르겠다. 모르는 것투성이다.

하늘을 보았다. 어느새 맑게 갰나.

'진기야. 우진기야. 정말 네 말이 틀린 게 하나도 없구나. 나는 어느 것 하나도 제대로 이룬 게 없었어. 이놈의 자식아, 난 정말 구제불능이었나 봐.'

∞ 거봐요. 형님. 형님은 리더 깜냥이 아니라니까요. 참모

가 훨씬 더 잘 어울려요. 웬만한 리더보다 뛰어난 게 함정이지만 난 그게 제일 안타깝소. 형님을 품어 줄 사람이 없다는 게.

빌어먹을 보좌관 녀석이 아련한 기억에서조차 위로는 못할망정 회초리를 휘두른다. 못된 녀석.

근데. 오늘따라 왜 이렇게 녀석이 보고 싶을까.

∞ 뭘 또 그렇게 그리워하시오. 난 남자의 프러포즈는 싫다니까 그러시네. 킬킬킬.

젠장. 잘난 척은.

"……."

어쨌든 숙제가 주어졌다.

이 일을 해결할 사람은 도종현과 나뿐.

목적 또한 명확했다.

- 미래 청년당 당규를 만들어라.

온고이지신(溫故而知新)이라.

당원 모집에 관한 새롭고도 확고한 규약을 만들기 위해선 먼저 기존의 것들을 알아야 한다. 한민당과 민생당 등 전 정당이 펼쳐 놓은 규약을 살피는 게 먼저였고 밤낮을 가리지 않고 도종현과 딱 붙어 지내야 할 이유가 됐다.

"이게 이 뜻이었어?"

이때 처음으로 당원을 영어로 'member of a party'라 부르는 걸 알게 됐다.

파티 멤버였다. 당원이. 웃기게도.

30년 정치 경력이 당원을 영어로 어떻게 부르는지 몰랐다. 부른 적이 없으니. 그래도 파티 멤버라니.

"……."

그러나 부르면 부를수록 입에 착착 붙는 게 이보다 더 적합한 단어가 없는 것 같기도 했다.

결국 우리는 파티 멤버에 빗대 규약의 목적을 찾아갔다.

파티 멤버란 끼리끼리 함께 즐길 만한 친한 놈이라는 뜻이니 또 '우리'와 걸맞았다. 우리 두 사람은 즉 '우리'라는 울타리를 미래 청년당의 뼈대로 삼았다.

"권리 당원도 '우리 당원'으로 바꿔 부르자. 일반 당원에게는 미안하지만, 프리미엄을 주는 게 맞겠지."

"아, 예."

"괜찮지 않아?"

"저도 찬성이긴 한데. '우리'로 우리를 묶었으니 '우리'의 규약을 어기는 행위는 우리에 대한 배신이라고 규정해도 되는데 막상 '우리 당원'이라고 부르려니 살짝 어감이 불편합니다."

"우리 당원, 우리 당원, 우리 당원…… 그러네. 조금 어색하긴 하네."

"미래 당원은 어떨까요?"

"미래 당원?"

"미래 청년당이니까 미래 당원이 어떨까 해서요."

"으음, 그러네. '미래'가 붙으니까 왠지 진취적인 것 같고 좋다. 출발점이 좋네. 그렇게 잡자. 아아, 이제야 뭔가 풀리는 기분이 들어. 기분이 막 좋아지는데. 문호 씨는 어때?"

"저도 속이 뻥 뚫리는 느낌입니다."

"그래? 나도 그래. 하하하하하하하."

골몰한 지 일주일 만에 터진 웃음이었다.

꼬질꼬질. 수염도 거뭇거뭇.

그렇지만 이 순간 도종현의 미소는 누구보다 훤했다.

"이제 가 볼까?"

"예."

전략이 정해진 이상 나머지 사안은 새털처럼 가벼웠다. 중간중간 나타나는 허들도 언덕배기에 불과했고 언덕배기를 공략할 전술쯤은 한순간에 만들 수 있다.

순식간에 '미래 청년당 당원 규약' 초안을 완성하고 장대운 책상 위에 놓는데 강남구청에서 연락이 왔다.

무상 급식 시범 학교를 정했다고 한다.

내일 보자고.

OK, Go Go!

◇ ◆ ◇

조용~했다.

순서대로 급식받고 반별로 자리에 앉아 음식을 먹는 과정에서 나오는 생활 소음 외 급식실은 적막에 가까울 정도로 침묵이 흘렀다.

눈치를 보는 아이들과 우르르 몰려나온 강남구청 인원들과 국회의원과 기자들, 학부모들이 지켜보는 가운데 아이들은 본연의 색을 잃고 우중충해져 있었다.

즐거운 점심시간에…… 혹여나 모를 사고 방지를 위해 어느 정도 통제가 들어가는 건 찬성하지만. 심했다.

"사단장이 오니 내무반에 짱박혀 있으라는 것도 아니고. 얼마나 갈궈 댔으면 애들이 저렇게 움츠려 있을까."

툭 튀어나온 진심에 교장의 시선이 꽂힌다. 교감은 대놓고 째려본다.

김문호는 같이 쳐다봐 줬다. 뭐? 뭐?

결국 시선을 돌리는 교장과 교감. 정은희가 옆구리를 찌른다. 그러지 말라는 게 아니었다. 자기도 킥킥댄다.

김문호는 정은희에 힘입어 한마디 더 했다.

"더 있다간 애들 체하겠습니다. 사진 찍을 거 있다면 얼른 찍고 나가시죠. 오늘의 목적은 학교 급식의 우수성을 취재하고자 하는 게 아니잖아요."

맞는 말이긴 한데.

기자들이 장대운과 구청장을 본다. 그래도 되냐고?

고개를 끄덕끄덕.

3분도 안 돼 원하는 샷을 얻은 기자들은 미련 없이 발걸음을 돌렸다.

그에 따라 우르르 교장실로 향하는데.

나가기가 무섭게 급식실에서 웅성대는 소리가 들렸다. 아마도 우리 얘기를 하는 것이리라.

장대운의 입가도 호선을 그렸다. 저게 정상이라고.

교장실에 왔다.

"여기 학교에서 내놓은 자료를 보면 이 역시도 결론은 참담합니다. 단 한 번도 급식비를 완납한 달이 없습니다. 급식비를 내지 못한 인원은 어떻게 하시죠?"

"그야…… 그 사실을 알려 줍니다."

"아이에게 직접 말이죠?"

"……예."

"반 아이들이 보는 자리에서?"

"……."

교장의 묵언 수행에 장대운은 둘러 서 있는 학부모들을 보았다.

"어머님들도 학교 다닐 때 육성회비 내지 못하는 친구를 본 적 있지 않습니까? 그때 담임 선생님한테 닦달당하던 친구의 표정이 어땠는지 기억나십니까?"

"""""……"""""

조용하다. 장대운은 고저가 없는 톤으로 말했다.

혼내기 위해서가 아니었다. 이해가 필요한 자리였기에 조금의 감정도 싣지 않았다.

"육성회비는 위헌이라 다신 걷지 못하게 됐다지만 학교 급식은 아닙니다. 시대의 요구이니까요. 헌데 이럴 때 가난한 집안의 아이는 어떻게 될 것 같습니까? 밥 한 끼 먹는 것도 눈치를 봐야 해요. 차라리 도시락을 싸 다녔다면 모를까. 초등학교 6년을 그 시선 속에 살아야 합니다. 그렇다고 그 아이만 챙기는 게 맞습니까? 다른 아이들도 우리의 미래잖습니까."

다들 고개를 끄덕끄덕.

여기 있는 학부모 중 무상 급식을 반대하는 사람은 없었다.

이래나 저래나 국가로부터 무언가를 받는다는 행위 자체가 고무적이었다.

"여기 교장 선생님부터 일선 선생님들도 탓해선 안 됩니다. 이분들은 죄가 없어요."

일부 선생님들을 노려보던 학부모들이 급히 시선을 돌린다.

장대운은 여전히 사무적인 톤으로 일관했다.

"학생의 학업 성장을 위해 고민해도 모자랄 시간에 전문가도 힘든 추심을 하는 거잖아요. 돈 내놔라. 언제까지 내놓을 테냐? 교사 신분으로 누가 그걸 하고 싶겠습니까. 그거 하려고 어려운 임용 고시를 통과한 게 아니잖습니까? 저 같으면 자괴감이 들 것 같은데요. 어떤 선생님은 아예 자비를 털어 급식비를 대 준다고 하시네요. 이게 정상은 아닌 겁니다."

"……맞습니다. 확실히 잘못된 것 같습니다."

학부모 중에서 누군가가 호응하였다.

"그렇죠. 사회에서의 생활까지 국가가 간섭한다는 건 명백한 월권이겠지만 적어도 공교육 내에서는 공평한 서비스를 받아야겠죠. 대한민국 국민으로서 말이죠. 즉 무상 급식의 목적은 단 하나입니다. 평등 실현."

박수가 나왔다.

손뼉을 마주치는 학부모들의 면면이 점점 밝아졌다. 교장 선생님과 일선 선생님들의 표정에도 미소가 돌기 시작했다.

이들도 기본적으로 견해는 같았다. 애들 갈구기 좋아하는 선생님은 없을 테고 돈 문제에 관해서만큼은 교육의 장에서 사라져야 한다는 것.

타이밍도 좋게 권진용 구청장이 나섰다.

"오늘을 시작으로 하나씩 늘려 한 달 내로 10개소로 무상 급식 대상 학교를 늘릴 생각입니다. 문제가 없다면 올해 안에 강남구 30개소 전부 무상 급식으로 돌릴 예정이니 참고해 주십시오."

기자가 얼른 손들었다. 권진용이 눈짓하자.

"30개소 전부 무상 급식을 시행한다면 예산은 어떻게 나오는 겁니까? 일전에 방송에서 듣기로 구의회에서 무상 급식 사업 승인을 하지 않았다고 했는데요."

"예, 아직까지 구의회가 불통이긴 합니다만 강남구청은 신성한 교정에서만큼은 이런 부조리를 두고 볼 순 없다고 판단했습니다. 구에 남아 있던 예비비로 일단 충당할 생각입니다."

아직도 구의회가 승인하지 않았다는 대목에서 웅성웅성.

학부모들의 미간이 잔뜩 찌푸려졌다.

그걸 의식했는지 기자는 조금 더 자극적인 질문을 던졌다.

"그 말씀은 내년도 재정 계획에서 구의회와 부딪힐 수도 있다는 얘기로 들리는데 그렇게 해석해도 됩니까?"

"구의회는 구청의 행정 감시와 정책 개발에도 그 의의가 있겠지만, 구민의 바람을 중앙에 반영하는 데 진정한 기능이 있을 겁니다. 저는 앞으로 무상 급식 사업이 통과될 것을 의심하지 않습니다."

"그렇군요."

"여기도 질문 있습니다."

다른 기자가 손 들었다. 권진용이 눈짓을 보내니 그 기자도 수첩을 열었다.

"무상 급식 사업이 승인되면 상당한 금액의 공적 자금이 움직인다는 거로 알고 있습니다. 그럼 이에 대한 관리 문제도 중대한 사안이 될 텐데요. 그와 관련하여 준비는 하고 계시는지 묻고 싶습니다."

"예, 강남구에서만 실시해도 수백억의 예산이 투입되는 사업입니다. 전국에서도 처음 시작하니만큼 당연히 그 중차대한 목적은 인지하고 있고 준비에도 상당한 고심이 들어갔습니다. 아직 확정되지 않은 관계로 정확한 내용은 말씀드릴 순 없겠지만 우선 계획은 이렇습니다."

가제로 급식 사업 부서를 신설, 구청장 직속으로 두고 학교는 물론 식자재 공급 업체까지 전부 감시한다.

전문 인력을 특채로 고용해 사업이 원활히 흐를 수 있게 도울 생각이라고 하였다.

"공적 자금이 투입되는 만큼 보다 책임감을 가지고 임할 수 있게 환경을 마련할 생각입니다. 다만 불미스러운 일에 대해서만큼은 상당한 불이익이 가게끔 단호한 대처로 임하겠습니다. 농담이 아닙니다. 저는 지금 사생결단의 각오를 말씀드리는 중입니다."

◇ ◆ ◇

→ 방금 강남구청에서 발표한 거 보고 왔음. 올해 안에 강남구 내 초등학교 전부를 무상 급식으로 돌린다 함. 나 서초구민인데 강남구로 이사 가야 함?

└ 진짜임. 나도 보고 옴. 지금 강남구 맘 카페 난리임. 자기네 학교부터 해 달라고 성화임.

└ 헐~. 진짜로 함? 서초구는 왜 안 함?

└ 서초구청에 문의했는데 아무것도 모르고 있음. 그게 뭐냐는데?

└ 근데 무상 급식이 뭐예요?

└ 윗사람 어그로 끌지 마세요. 지금 졸라 진지함.

└ 무상 급식 그거 안 된다고 누가 그러던데. 진짜로 해요?

└ 님은 좀 늦네요. 벌써 시범 학교 선정해서 돌입했다고 하잖아요. 이번 달 안으로 10개 학교 정하고 간대요.

└ 나도 확인하고 왔어요. 강남구청 홈페이지에 적혀 있더

라고요. 하루 빨리 30개소 전부를 시행하겠다고요.

└ 장대운 국회의원이 직접 그 초등학교에 갔대요. 학부모들과 간담회도 하고. 나도 거기 있었어야 했는데.

└ 우와~ 진짜로 하나 보네. 그럼 우리는요?

└ 구청이랑 구의회 다 반대하잖아요. 무슨 미래 사업에 투자해야 한다고.

└ 무슨 미래 사업이요? 서초구 하면 법원밖에 없는데 법원을 옮긴대요?

└ 여기 송파구 맘입니다. 우리 쪽도 발칵 뒤집혔어요. 다들 송파구청으로 쳐들어간다고 하던데요.

└ 어머, 송파구도 그래요? 우리도 서초구청으로 가야 하는 거 아니에요? 여태 뭐 하고 있었는지는 알아야 할 거 아니에요?

└ 근데 정말 이래도 될까요? 아직 개발도상국이고 한창 바쁠 때인데.

└ 님, 서초구청 공무원이세요? 아님, 구의원이세요?

└ 어제 무슨 리서치 회사에서 전화 받았는데 무상 급식에 찬성하냐고 묻더라고요.

└ 어! 나도요. 찬성한다고 했는데.

└ 이야~ 세상이 정말 좋아지려나 봐요. 학교에서 아이들 밥도 다 챙겨 준다고 하고.

└ 초등학교만 한다는 게 아니잖아요. 중학교, 고등학교도 할 수 있다면 한대요. 장대운 의원이.

└ 그래요? 그럼 학교 다닐 동안 계속 혜택을 받는 거네요.

우와~~.

ㄴ 강남구에서 성공해야 전체로 퍼지겠죠. 지금 여기저기에서 압박받고 있을 거예요. 왜 쓸데없는 짓을 하냐고.

ㄴ 강남구를 응원합시다. 강남구에서 성공하면 서초구도 손 놓고 있진 못할 거예요.

ㄴ 맞아요. 우리가 내는 세금이 얼만데 못 지원해 준다는 거죠? 생각할수록 짜증 나네요.

"이것 좀 보십시오. 맘 카페를 중심으로 일파만파로 퍼져가고 있습니다."

"……."

"서초구는 차라리 양반일 정도입니다. 종로, 동대문, 서대문, 은평, 노원 등 강북 쪽은 지금 언제 할 거냐며 문의가 쇄도하고 있답니다. 분위기가 보통 험한 게 아니에요."

"……."

"검토 중이라고 일단 막아 뒀다지만 오래는 못 버팁니다. 빨리 무슨 수를 써야 합니다."

"하아……."

주시정은 한숨이 터져 나왔다.

되는 사업인 건 알고 있었다. 그게 한민당 주도가 아니고 한민당의 이권과 맞부딪쳐서 문제지 무상 급식은 무조건 되는 사업이었다.

"알겠어요. 내가 직접 서울시장을 만나 보죠."

"예."

10년 후라면 모를까 아직은 시기상조여야 했다.

무조건 막아야 한다.

초등학교 무상 급식이 시행되는 순간 중학교, 고등학교는 무조건 딸려온다. 그 때부터는 돌이킬 수가 없다. 한번 들어간 복지는 절대로 무르지 못할 테니.

속으로 다짐한 주시정은 즉시 서울시청으로 향했다.

"어서 오십시오. 주 원내대표님."

"아이고, 조금 늦었습니다. 차가 워낙에 막혀서요."

"아닙니다. 겨우 5분 정도인데요. 자, 들어가시죠."

마음은 급했지만, 시장실로 안내받고 비서가 차를 내오고 작은 토론 정도 하고 등 일련의 과정을 거쳐서야 본론으로 들어갔다.

"저번 제안, 생각해 보셨습니까?"

"흐음, 그것 때문에 오셨군요."

알면서도 너스레라.

짜증이 솟구쳤지만 주시정은 내색하지 않았다.

"일이 심상치 않더군요. 초기에 진압하지 않으면 산을 태워 먹을 겁니다."

"저도 그 부분에 대해서만큼은 인지하고 있습니다. 알아보니 여기저기 들끓고 있더군요. 아줌마들 사이에서."

"그래, 결정은 보셨습니까?"

"쉬운 일이 아닙니다. 이런 분위기라면 저도 제 정치 생명을 걸어야 합니다."

"물론 어렵다는 건 알지만, 이는 당의 문제만이 아닙니다. 시장님도 직접적으로 연관됐지 않습니까. 설마 안 하시겠다는 말씀은 아니겠죠?"

"그건 아니지만. 그렇다 해도 한창 이슈된 사업을 좌초시킨다면 그 원성을 누가 다 감당하겠습니까?"

"다소간 피해는 감수해야겠지요. 대신 시장님의 다른 사업을 앞세우면 되지 않겠습니까? 서울시 대중교통 정비 그거 좋지 않습니까?"

다른 이슈로 덮자. 서울시 대중교통 사업을 노골적으로 밀어주겠다고 하자 서울시장도 잠깐 멈칫했다.

안 그래도 버스 운송 사업 노조와의 협의가 암초에 걸려 지지부진한데 당이 움직여 주면 상당히 수월해질 것이다.

"흐음……."

"무상 급식은 보통 사업이 아닙니다. 서울시를 예를 들자면, 구 개수가 25개. 초등학교부터 시작한대도 중등, 고등까지는 금방이겠죠. 한 구당 최소 500억 원을 잡아도 1조 원이 넘는 돈이 겨우 애들 밥 먹이는 데 들어가게 되는 겁니다."

"……."

"경기도는요? 충청도는, 강원도는, 전라도는, 경상도는요? 천문학적인 돈이 의미 없이 사라지는 겁니다. 규모를 봐 주세요. 거기에 달린 이권이 얼마인지 모르시지는 않지 않습니까? 이는 절대로 통과돼선 안 될 정책입니다."

"그렇지만 무작정 반대해도 문제가 되지 않겠습니까?"

"설마 아직도 결정하지 못하셨습니까?"

"……."

두 사람의 시선이 마주쳤다. 주시정은 그제야 서울시장이 원하는 바가 무엇인지 깨달았다. 허리를 다시 의자에 기댔다.

"이런! 제가 너무 제 얘기만 했군요. 일하시려면 분명 필요한 것들이 있을 텐데 말이죠. 좋습니다. 먼저 제 패를 까죠. 다음 대 대통령 후보 경선은 어떻습니까?"

"대통령 후보 경선이요……?"

서울시장의 상체가 딱 멈춘다. 구미가 당긴다는 뜻이다.

"무상 급식을 덮고 서울시 대중교통 정비를 완성하신다면 자격은 충분하겠죠."

"박 대표는 괜찮답니까?"

"박한업 대표께서 다음 차례긴 하나 혼자 후보로 나설 것도 아니지 않겠습니까? 공산당도 아니고요."

"그렇긴 하겠군요."

끄덕끄덕.

"제가 약속드릴 건 최고 회의는 중도를 지킬 거라는 겁니다."

"정말 거기까지 해 주시는 겁니까?"

"비록 박 대표가 내정돼 있긴 하나 당의 최우선 사항은 정권을 되돌려받는 것 아니겠습니까. 언제까지 민생당 머저리들에게 대한민국의 살림을 맡길 수는 없을 테니까요. 이럴 때 수도권 시민의 압도적 지지를 받은 서울시장님이 나서신다면 막을 이유가 하나도 없겠죠."

"흐음, 그러시다면…… 알겠습니다. 안 그래도 이것저것 거슬리던 판인데 준비를 해 보죠."

"신호를 주시면 당도 호응하겠습니다."

악수하는 서울시장과 주시정은 서로의 얼굴을 보며 함박 웃음을 지었다.

◇ ◆ ◇

호텔 가온에서의 호화찬란한 하룻밤을 보낸 후 복귀한 사무실엔 처음 보는 인물이 앉아 있었다.

백은호는 중년 남자를 이렇게 소개했다.

"KN리서치의 리처드 황 대표입니다."

"안녕하십니까. 리처드 황, 한국 이름으로 황창현입니다. 만나 뵙게 되어 영광입니다."

정식으로 인사한다.

"리처드 황 대표는 조지타운 대학에서 정치학을 전공하고 GIA 워싱턴 지사에서 근무한 경력자입니다. 이번에 저희의 요청에 따라 한국으로 들어오시게 됐고요. KN리서치를 설립하셨습니다."

일련의 설명을 듣는데 김문호는 팔뚝으로 소름이 촥 끼치는 걸 봤다.

조사 기관이었다. 리서치 회사.

'헐~ 내가 조사 기관 설립을 주장한 지 얼마나 지났다고.'

내부 교통정리에 정책 개발에 언론플레이를 하면서도 다른 곳도 아닌 GIA 출신을 데려왔다. Gallup International Association. 세계적으로도 명망이 높은 조사 기관에서도 가장 중요하다 할 수 있는 미국 정계의 중심지 워싱턴 지사 출신을 말이다.

'그때 분명히 처음 듣는 표정이었는데.'

요것 봐라 하던 표정이 기억난다.

리처드 황은 여유로운 표정으로 무언가를 담은 파일철을 앞에다 내놓았다.

제목이 '무상 급식 사업에 관한 제의'였다. 똑같은 서류가 다섯 개로 하나씩 나눠 주는데.

'벌써?'

"회사 조직을 갖추던 중 좋은 이슈를 들었습니다. 조사 안 할 수가 없는 정책이었죠. 지금 준비한 자료는 무상 급식에 관한 강남구민과 서울시민의 인식을 나타낸 겁니다. 각각 1천 명을 기준으로 하였고 표본 오차는 ±3%입니다."

김문호는 조사 자료를 받으면서 손이 덜덜덜 떨릴 뻔했다.

정말 조사 기관을 세웠다.

시기상 듣자마자 실행하지 않았다면 이 자료는 불가능했다.

"자료를 보시기에 앞서 우선 KN리서치에 대해 설명해 드리자면 이니셜인 KN은 강남을 뜻합니다. 실제로 강남구에 사옥을 두고 있고요. 현재 50회선의 상설 전화를 구축해 놨습니다. 향후 200회선까지 늘릴 생각입니다. 거기에 디지털 녹화 시스템, 외국인을 위한 동시통역 시설은 물론 최대 30명까지 수용 가능한 관찰실을 갖춘 좌담회실을 4개 갖출 예정이고 다목적 대형 세미나실도 2개 정도 준비해 놓을 겁니다. 식음료를 위한 시설로 즉석에서 조리하고 맛보며 테스트할 수 있는 조리 시설도 갖출 생각입니다."

"……!"

"……!"

"이 밖에도 모집단 대표성 확보, 심도 있는 여론 수렴, 다양한 보조 자료 활용 측면도 강화할 예정인데 특히 국가 통계 산출과 학술 연구 용역에 유용하게 사용될 신기법을 개발 중입니다. 제가 미국에서부터 연구한 게 있어서요. 강원도와 제주도를 제외한 전국시도에 지사를 파견, 지역적 네트워크도 구축할 생각이고요. 참고로 강원도와 제주도에 대한 조사는 현지 업체와의 제휴로 해결할 생각입니다."

돈을 막 퍼붓는 모양이다.

빌딩을 하나 사서 인테리어하고 시설을 들이고 인력 충원까지 얼핏 들은 규모만도 수백억 단위였다.

'언제…… 이렇게나 집어넣은 거야?'

김문호도 리서치 회사가 상당한 건 알고 있었다.

가히 돈 잡아먹는 하마라고.

하지만 이 정도일 줄은 꿈에도 몰랐다. 신나게 사용할 줄만 알았지 리서치 회사를 차린다는 생각을 해 보지 못했으니 당연하긴 한데 그렇다 해도 이 순간 장대운의 말이 가슴에 콕 박히는 건 어쩔 수가 없었다.

∞ 나 같은 규모를 나같이 마음대로 움직일 수 있는 사람은 보고서가 거의 필요 없어요. 현황, 문제점, 개선점, 확장성 따위를 순서대로 정리해 댄 종이쪼가리는 내 관심을 전혀 끌지 못한다는 얘기예요. 그럼 어떻게 하느냐?

∞ 내가 묻는 건 딱 하나예요. 되냐? 안 되냐?

∞ 된다 싶으면 될 때까지 돈이고 사람이고 자원이고 싹 때려 붓는 거고 안 된다면 쓰레기통으로 슝~~ 여기까지 말했으면 무슨 뜻인지는 아시겠죠?

예, 정확히 알겠습니다.

당신이 하고자 한다면 못할 게 없음을요.

아무렴, 그렇고말고요.

'대단하다. 대단해.'

장대운의 입꼬리가 한껏 승천했다. 기분이 좋다는 것.

겪어 본바 장대운이 저럴 때는 일이고 뭐고 무슨 이유를 찾아서든 놀려고 한다. 역시나.

"오늘 우리 황 대표께서 오셨는데 이렇게 밋밋하게 보내 드릴 수는 없겠죠?"

"어디로 모실까요?"

백은호는 이미 눈치챘다.

"으흠, 한우 어떨까요?"

"한우라면…… 거기 말입니까?"

"예."

"바로 예약하겠습니다."

사무실에 들어온 지 30분이나 됐을까? 다시 Go Go Go.

2004년도인데도 1인분에 4만 원씩 하는 초특급 한우를 구워라 부어라 마셔라.

리처드 황이라는 양반은 술이라는 윤활제가 들어가자 뭐가 그렇게 할 말이 많은지 KN리서치의 비전에 대해 쉴 새 없이 나불댔다.

"진짜 할 일이 많습니다. 부동산부터 식음료, 유통, 여행, 금융, 정보 통신, 보건 의료, 공공 정책 등 뻗어 나갈 분야가 천지입니다. 어서 빨리 규모를 갖추고픈 마음밖에 없습니다."

"기업 분야를 예로 들까요? 기업 이미지, 브랜드 전략, 신상품 개발, 광고 효과, 고객 만족도, 내부 직원 만족도, 조직 문화까지 할 일이 얼마나 많습니까? 자사의 현황과 현재의 경쟁력을 가늠하는 건 곧 선택이 아닌 기업의 필수 사안이 될 겁니다."

"공공 정책도 똑같죠. 중앙 정부, 지방 자치 단체, 국책 연구 기관이 의뢰하는 대규모 실태 조사와 주요 현안 같은 건 공신력 있는 조사 기관이 붙어야 합니다. 표본 설계 분야의 최고 전문가가 상주하며 원하는 방향을 이끌어 낸다면 국가 프로젝트는 KN리서치의 손아귀에 있는 것이나 다름없습니다."

"의료 분야도 그렇죠. 한국인의 기대 수명이 점점 늘어나고 있습니다. 이제는 치료의 단계가 아니라 헬스케어 서비스로 넘어가고 있다는 겁니다. 국민 건강 인식과 생활 습관, 의약품 및 의료 기기 시장, 의료 서비스와 관련 정책도 무시 못할 규모죠."

"정보 통신은 다른가요?"

"금융은 다른가요?"

"유통은요?"

"부동산은요?"

"제 보기에 한국은 블루 오션이나 마찬가지입니다. 제게 이런 기회를 주신 장대운 의원님께 너무나 깊은 감사를 드립니다. 기필코 대한민국 최고의 조사 기관으로 성장하여 보내 주신 믿음에 보답하겠습니다. 아 참, 정 대표께서 안부 인사를 전하셨습니다."

정 대표는 또 누구신가요?

의문을 품을 새도 없이 장대운의 반응이 컸다.

"엇! 우리 정 대표님도 잘 지내고 계시죠?"

"그럼요. 언제 한국으로 돌아갈까 날짜만 세고 계십니다. 달력을 보며."

"달력……이요? 흐음, 다른 말은 없었나요?"

"왜 없겠습니까. 무슨 의미인지는 모르겠는데. 똑똑히 기억해 두고 있겠답니다."

이 말이 떨어지기가 무섭게 한숨을 푹 쉬는 장대운이었다.

"그 양반 삐치면 오래 가는데……."

"벌써 삐친 것 같은데요."

정은희까지 끼어든다.

장대운에게서 쩔쩔매는 표정이 나왔다.

"아무래도 미국에 한번 들어가야 할 것 같은데요. 기억 얘기가 나온 이상 리미트가 찬 것 같아요."

"내일 당장 티켓 끊을까요?"

"당원 모집 행사 있지 않아요?"

"그렇긴 한데. 한 사흘 미룰까요? 일주일 정도도 어떻게든 할 수 있을 거 같은데."

"그런 식이라면 저도 한 달은 버틸 수 있어요."

"심상치 않다면서요."

"아뇨. 꼭 바쁠 때 삐치더라."

누구 얘긴지 모르겠지만, 중요한 사람 같았다. 정 대표란 인물은. 그렇다고 기공지된 미래 청년당 당원 모집 행사에 장대운이 빠질 수는 없었다.

바로 사흘 뒤, 미래 청년당은 당원 모집과 함께 앞으로 미래 청년당이 대한민국 정치에 어떤 메시지를 내던질 건지에 대해 성대한 선포식이 있을 예정이었다.

다른 정당에는.

- 너희들 그동안 편했지? 이제 나도 그 파이를 갈라 먹겠다. 이놈들아.

요런 의미가 되겠지.

김문호는 그래서 이해가 되지 않았다.

한민당, 민생당 두 거대 정당은 물론 모든 중소 정당과 국민적 관심이 주목될 자리였다. 그걸 미룰 생각을 한다. 그 자리에서 빠질 생각을 다 한다.

영화 크랭크 인에서 주인공이 없다는 게 말이 되나?

그런데 정 대표란 양반을 달래기 위해선 그마저도 감수할 것 같은 뉘앙스였다.

'뭐지?'

물론 김문호의 고민은 길게 이어지지 못했다.

장대운이 '손님 불러 놓고 주인이 나가지 않는 건 안 되겠지?'란 말 같지도 않은 말을 하며 당원 모집 행사에 참여할 뜻을 굳혔기 때문인데.

당연한 거 아닌가? 이게 논란이 될 사안인가?

황당하였지만 일단은 체크다.

'정 대표라 했겠다…….'

레이더망에 걸렸으니 무조건 파헤쳐 주겠다. 한순간이나마 스케줄을 흔들어 버린 인물을 놓친다는 건 있을 수 없는 일.

중점 체크 사항. 하지만 곧 김문호는 정 대표를 잊어먹었다.

'VIP 참석 여부를 확정해야 하고 간단한 식음료도 준비해야 하고 미래 청년당의 설립 목적과 비전 설파를 위한 PPT도 준비해야 하고 참석할 인원의 규모를 파악해야 하고 혹시나 모를 불미스러운 일을 막기 위해 경찰 경호를 신청해야 하고

기타 팜플렛부터 유인물도 제작해야 하고……'

이 전부를 일일이 다 재확인해야 하고.

참석 인원이 적으면 어떡하나 마음도 졸여야 하고.

너무 바빴다. 몸이 열 개라도 부족했다.

정 대표란 의문의 인물은 결국 그날 수첩에 적어 놓은 이래 완전히 잊어버렸다.

그리고 행사 당일. 아이돌 콘서트장처럼 길게 늘어선 줄을 본 김문호는 모처럼 카타르시스를 느꼈다. 전율이 쫙! 머리 끝에서부터 발끝까지 전기가 관통한다.

재밌는 건 저 입장 대기 인원 대부분이 여성이라는 것이다. 비율로 따지면 거의 90%에 육박해 보일 정도. 나머지 10%는 아주 젊은 남자거나 아주 어르신이거나.

중간이 없었다.

교통정리 겸 스쳐 가며 청취한 저들의 수다도 엇비슷했다.

무상 급식에 대한 기대 아니면 FATE와 만난다는 설렘이 전부.

이 역시도 중간이 없었다.

다행인 건 강남구 어머니들만 온 게 아니라는 것이다. 처음엔 강남구민이 압도적이었으나 서울 각지에서… 경기도, 인천에서도 엄청 왔다.

반응은 아주 뜨거웠다. 두근두근 나대는 심장처럼 김문호 도 설 고 저들도 설레고 긴장하고 있음이 느껴졌다.

FATE를 가까이 볼 수 있을까? 무상 급식이 돼야 할 텐데. 라고 말이다.

"……저희 미래 청년당은 오직 한 가지를 목적으로 이 자리에 섰습니다. 한민족의 영광. 이것 외엔 들여다보지도 관심을 가지지도 않을 겁니다. 그러기 위해 우리나라의 아주 작은 곳까지 세세히 살필 것이며 우리 민족의 염원을 사소한 이득을 위해 외면하지 않을 겁니다. 저 장대운이 여러분께 약속드립니다. 여러분의 앞날에 미소가 끊이지 않길. 희망찬 미래로서 여러분의 자부심이 되어 드릴 겁니다. 감사합니다."

기조연설이 끝나자마자 별 내용 없었음에도 박수 세례가 터졌다.

우레와 같은 함성으로 장대운을 연호했고 장대운은 아예 단상 아래로 내려가 직접 참석자들과 손잡으며 그들과 함께 만세를 불렀다.

- 대한민국 만세. 만세. 만세.

이 정도면 아주 잘 풀리고 있었다.

입장하며 나눠 준 미래 청년당 입당 원서는 이름과 주소, 사인이 적혀 한쪽 수집대에 가득 쌓였고 그럴수록 김문호는 그동안의 피로가 다 사그라지는 기분이 들었다.

하지만 웃는 건 잠시였다. 어디에서든 남의 기쁨을 망치려는 자들이 있다는 걸 간과했다.

특히나 미래 청년당은 돌풍을 일으킨 만큼 적이 많아졌다.

균열은 기자 쪽에서 시작되었다.

웅성웅성. 누가 주도한 건 아니고 바깥에서 무언가 일이 벌어진 게 틀림없었다.

발동한 촉이 얼른 노트북을 펴 보라 했기에.

서울시장의 인터뷰가 1면에 떠 있었다.

≪무상 급식이요? 좋죠. 참으로 좋습니다. 분명히 말씀드리지만 언젠간 이뤄져야 할 좋은 정책임은 확실합니다.≫

≪어! 방금의 '언젠간'이라면 지금은 아니라는 말씀이십니까?≫

≪예, 아니죠. 당연히 아닙니다. 지금으로선 한창 성장해야 할 대한민국의 날개를 꺾을 최악의 정책이라 생각합니다.≫

≪최악의 정책이라고요?≫

≪전형적인 포퓰리즘입니다. 인기를 얻기 위해 국가의 성장 동력까지 건드는 어리석은 정치 행위. 같은 정치인으로서 이는 절대로 막아야 할 악행이라고 부르고 싶습니다.≫

≪악행이라고요? 아주 많은 분이 이 정책에 호응하고 있는데 너무 심한 말씀 아니십니까?≫

≪심하다고요? 그럼 제가 지금 모든 국민께 연 1억 원을 드리겠다는 공약을 펼치면 어떻겠습니까?≫

≪예?≫

≪기자님 표정부터가 벌써 말도 안 된다고 하시네요. 맞습니다. 반대하시겠죠. 이렇다는 겁니다. 1억 원 공약은 공약 자체도 문제가 있고 공약을 이행할 재원도 없습니다. 또 그

것이 사회에 미칠 영향을 생각한다면 절대로 입 밖에 내선 안
될 공약이라는 것도 인정하실 겁니다. 제 말씀은 무상 급식도
똑같은 내용이라는 겁니다. ≫

≪그래도 비약이 좀 심하신 게…….≫

≪대한민국은 아직 휴전국입니다. 잊으시면 곤란합니다. 겉
으론 평화로워 보일지언정 우리나라 주위엔 아직도 미사일을
겨누고 있는 북한이 있고 그 옆에는 거대한 중국이 있고 그 위
에는 세계에서 제일 큰 땅덩이를 가진 러시아도 있습니다. 일
본은 또 어떤가요? 미국은요? 이런 마당에, 정신 바짝 차리고
온 힘을 다해 성장 드라이브를 걸어도 모자랄 판에, 아직 무엇
도 이뤄 놓은 게 없는 우리가 파티를 벌이다뇨. 여러분 1997년
국가 부도 사태를 잊으시면 안 됩니다. 흥청망청 잘못했다간
무슨 일이 벌어질지 모릅니다. 물론 아예 안 하겠다는 게 아닙
니다. 10년 후라면 모를까 무상 급식은 시기상조라는 말씀입
니다. 조금만 늦춰 달라는 겁니다. 이 시점 더 시급한 곳에 투
자하겠다는 얘깁니다. 국민 여러분의 생활 향상을 막겠다는
게 아니라 조금 더 참아 달라 부탁드리는 겁니다. 저는 앞으로
제 정치 인생을 걸고 이 사안을 막을 생각입니다. 이것이 국민
여러분을 향한 제 충성임을 의심하지 않기 때문이지요. ≫

씨벌너미. 개소리를 작작하고.

뭐, 충정? 네가 충정이면 지나다니는 사람 삥 뜯는 깡패 새
끼도 우국충정이겠다.

김문호의 입에서 욕이 튀어나왔다.

저 새끼, 인터뷰도 일부러 오늘로 맞췄을 것이다. 미래 청년당 행사에 똥물을 뿌리려고. 저 얌시러운 서울시장 놈이.

역시나 기자들의 눈빛이 달라졌다.

구경 중 제일 재밌는 것이 싸움 구경이라.

이전의 토론이야 조두극이 초선 의원에 비례 대표라 무게감이 떨어졌지만, 이번엔 서울시장이 등판했다. 대기업 임원 출신 시장이 장대운의 저격수로.

기사 쓰기에 이만큼 절묘한 매치는 없었다.

물론 이를 행사 중인 면전에다 내던지는 몰상식은 여기에 없었지만. 이게 금융 치료를 받아 봐서인지 그래서 몸을 사리는 건지는 몰라도 오늘만큼은 무사히 지나갔다.

그러나 다음 날로 아주 자극적인 기사들이 온 세상을 도배했다.

【서울시장, 무상 급식 반대 표명. 아직 10년은 이르다】

【무상 급식은 전형적인 포퓰리즘이다. 서울시장의 생각을 알아보자】

【선진국도 하지 않는 무상 급식. 왜 우리는 벌써 거기까지 갔는가?】

【아동을 위한 복지는 찬성하지만, 당장 해야 하는 일인지는 의문이 남는다. 과연 급식에 천문학적인 예산을 투자하는 것이 우리를 위한 게 맞는지 묻고 싶다. 지금 당장 어느 것이

중요한지】

【서울시장 曰, 한국은 휴전국이다. 중국, 러시아, 일본, 미국이 각축전을 벌이고 있는 이때 무엇을 먼저 해야 하는지는 명약관화하다】

【무차별적인 복지 정책이 가져올 후폭풍은 누가 책임질 것인가? 다시 국민인가?】

【무상 급식. 정말 최악의 정책인가?】

【한국의 1년 국가 예산과 비교해 보다. 무상 급식이 불러올 파장은?】

【한 잔에 3,000원 스타번스 커피. 아이들 급식비와 맞먹다】

【스타번스 커피값, 이렇게 비쌀 이유가 있나?】

【스타번스 커피값 = 짜장면값. 커피가 이렇게 비싸야 할 이유는?】

【스타번스에 열광하는 젊은이들. 문제는 없나?】

【스타번스 커피 한 잔의 원가는?】

한창 무상 급식을 까더니 어느새 불이 스타번스로 옮겨붙었다.

스타번스 코리아는 오필승 건설의 자회사였다.

전국 매장만 1,500개에 육박하는 거대한 프렌차이즈.

더 이상 가만두면 안 되겠다는 말을 하려는데…….

"하아아아암."

장대운이 대뜸 하품을 한다. 무슨 일 있냐는 듯.

슬슬 더워지는데 점심으로 차가운 메밀면을 먹는 게 어떠냐며 1도 신경도 쓰지 않는다. 신경 쓰지 않는 척이 아니라 정말 관심 없어 보인다.

왜? 막 억울하고 안달 나고 화나고 욕 튀어나오는 게 정상 아닌가?

정책 대결이 아닌 네거티브 공격이었다.

뉴스를 보면 어느새 장대운은 인기를 끌기 위해 나라의 미래를 팔아먹는 놈이 되었고 물론 어느 언론도 확정적으로 기사를 적지 않고 의문문으로 건들고만 있으나 누가 봐도 몰아가는 게 보였다. 그 뒤엔 결국 한민당이 있을 것이다.

민생당은 과반수를 얻은 후 내홍 중이라 다른 데를 살펴볼 여력이 없다. 17대 총선에서 과반수를 차지한 제1당 민생당은 아주 가관이었다. 로또 당첨된 가난뱅이처럼 가진 돈을 주체하지 못하다 인생까지 말아먹는 한심이 꼴로 지들끼리 싸우는 중.

'이러니 다음 대 총선에서 국민한테 외면당하지.'

그러나 장대운이 가만히 있는 한 우리도 움직일 수 없었다.

부글부글 끓어도 참는 수밖에.

재밌는 건 서울시장이 떠들든 말든 그에 호응한 언론이 부화뇌동하든 말든 미래 청년당에 입당하겠다는 지원자들은 날마다 늘어만 간다는 것이다. 그들 전부를 데이터베이스에 저장하는 일은 미래 청년당 직원들의 몫이고 곧 내 일이다.

"그래, 여기 있는 내용 그대로 입력하는 거야. 어렵지 않지?"

"응, 안 어려워."

"오빠, 정말 이거 다하면 200만 원 주는 거야?"

"그럼. 정 수석님이 허락했어. 아르바이트 쓰겠다는 걸 너희 주려고 내가 다 가져왔어. 아깝잖아. 우리가 다 할 수 있는데."

"오오옷! 당연하지!"

"걱정 마 오빠. 싹 다 해 놓을게."

미래 청년당은 장대운 외 일할 수 있는 직원이 세 명뿐이었다. 권진용은 번외. 반면 쌓인 입당 원서는 수만 장이다.

이 정도면 한다 안 한다의 규모를 넘어섰다.

결단한 정은희가 대대적으로 아르바이트를 쓰겠다는 걸 겨우 막아 동생들에게 가져왔다.

아 참, 이번에 집도 옮겼다. 강남구에 위치한 3층 주택으로. 각 방마다 에어컨에 책상에 컴퓨터까지 풀옵션의 주택이 자취방이 됐다. 단칸방에서 일곱 명이 때려 자던 가난이가 일순 부르주아 금수저로 환생한 것처럼.

이사한 집을 보고 동생들이 입을 떡 벌리던 순간을 김문호는 도저히 잊지 못할 것 같았다.

이사라고 해 봤자 옷가지 몇 개를 들고 들어온 집.

첫날엔 황송해서 잠도 못 잤다. 하루 이틀 저택에서 적응하며 지금 받은 것이 어떤 건지 또 어떻게 해야 은혜를 갚을 수 있는지 고민하던 차에 아르바이트를 쓴다 하여 옳거니 싶어 가져왔는데.

정은희 曰, 어차피 쓸 돈이니까. 문호 씨가 하면 예산 다 줄게요.

오우~ jesus. 돈까지 준단다.

한순간에 인당 월 200짜리 알바가 탄생했다.

두세 탕씩 한 달 내도록 일해도 60에서 80선에서 머무는 수입에 200이 얹어진 거다. 충성을 안 한다면 그놈부터 조져야 마땅하다.

"최선을 다하자. 이렇게 믿어 주고 도와주시는데 허투루 일하면 안 돼."

"걱정 마. 내가 다 일일이 검수할 거야."

"흐응, 난 계속 이 알바만 했으면 좋겠다."

"나는 하루 종일도 할 수 있어."

"나도."

"그 편의점 사장 새끼만 안 볼 수 있으면 나도!"

"말하는 건 괜찮은데 손은 쉬지 마라. 누가 멈추랬어?!"

그렇지 않아도 열의가 넘치지만, 열의만 가지고 수만 장에 달하는 입당 원서를 커버할 순 없었다.

보상이 더 있어야 했다.

정은희가 넘겨준 예산은 2,000. 얼마 전에 합류한 남동생 이시원까지 아르바이트 인원은 총 여덟.

신에겐 아직 400의 여력이 있습니다.

"지금부터 각자 입력한 거 다 셀 거다. 성과급을 줄 거야. 1등 하면 200 플러스. 2등은 100 플러스. 두유 언더스탠드?"

남은 100은 회식비다.

Chapter. 13

일주일이나 지나갔음에도 네거티브는 멈추지 않고 줄기차게 때렸다.

잘못된 복지 정책이 가져올 후폭풍이 어쩌고저쩌고. 그에 대한 책임을 누가 질 거냐며 무상 급식에 찬동한 학부모들과 시행 중인 강남구를 매국노처럼 몰아갔다.

무상 급식을 찬성하는 순간 나쁜 놈이 되어 갔다. 자기만 아는 이기적인 족속처럼 프레임이 씌워졌다. 누구든 함부로 이야기를 꺼내지 못하게.

그래도 미래 청년당은 일절 대응하지 않았다.

아니, 대응할 여력이 없다는 게 맞겠다.

희한하게도 언론이 때리면 때릴수록 하루하루 입당하는 인원이 늘어만 갔다.

온라인으로 들어오는 이들이 대부분이었지만 아날로그는 여전히 강성했고 어느 순간부터 여덟 명을 풀로 돌려도 감당 못 할 지경에 이르렀다.

정은희가 특단의 대책으로 1,000만 원의 예산을 더 책정하자마자 이것도 달라고 했다.

'이것도 하려고요?'라는 물음에 곧 퇴소할 천사 보육원 동생들에게 사회 경험차 시켜 볼 예정이라고 하니 두말없이 꺼내 줬다.

"해서, 어머니, 애들 알바 좀 시키려는데 도와주세요."

"으음, 그 입당 원서를 컴퓨터에 입력만 하면 되는 거야?"

"예, 미래랑 소희, 민수, 서진, 순길, 재진, 시원이까지 돌리는데도 넘쳐요. 의원님께서 돈 천만 원을 또 할애하시길래 얼른 받아 왔어요. 어머니가 도와주시면 애들한테 100만 원이라도 줄 수 있어요."

"아이고, 어쩌면 이렇게 고마울 수가. 얼마 전에도 컴퓨터에 애들 옷에 운영비에 얼마나 많은 도움을 받았는데. 너희들 살 집까지 챙겨 주신 분에게. 내가 이럴 게 아니지. 알았다. 이 어미가 전부 해결해 주마. 모두 다오."

"감사합니다. 어머니."

"무슨 말을 그렇게 하니. 다 가족인데. 문호 네가 동생들 거두고 있는 걸 알고 있다. 이 어미가 네 덕에 큰 걱정을 덜었어."

"제 동생들인데요. 형이 챙겨야죠."

"그래도 고맙다. 문호야. 난 네가 정말 자랑스럽다."

어루잡은 손에서 느껴지는 어머니의 진심은 아주 오래전이나 지금이나 한결같았다.

따뜻한 사람. 원장 어머니. 나의 어머니.

무슨 말만 해도 반항하고 틱틱대고 짜증이나 부리던 어리석은 놈을 큰 품으로 안아 주신 분.

언제 이렇게 주름이 많이 생겼을까. 이놈은 한민당 대선 경선 후보까지 올라 놓고도 아무것도 하지 않는데. 도리어 어느 순간부터 과거를 지우려 했고 피하려고만 했는데.

젠장. 가슴이 미어진다.

나는 정말 나쁜 놈이었다. 천하에 썩어 뒈질 놈이다.

뚝뚝뚝.

"어……머니."

"왜 울어. 이 녀석아. 이 좋은 날에."

"죄송해요. 어머니. 정말 다 죄송해요. 흐흐흑."

"네가 무슨 잘못을 했다고 그러니. 눈물을 다 흘리고."

"저는…… 저는……."

"괜찮다. 괜찮다. 나는 괜찮아. 너희만 잘되면 나는 아무렇지도 않아."

어머니가 안아 주었다.

얼마나 오래된 기억이었던지. 아득할 정도였다.

너무 작았다. 한 줌도 안 될 만큼.

어머니는 이렇게 상상도 할 수 없이 작은 몸으로 우리를 키우신 거다. 낳아 준 부모조차 외면한 우리를 씻겨 가며 먹여 가며 사랑을 주셨다.

하지만 이 작은 품에서 느껴지는 안정감이란 무엇보다 컸다. 어쩌면 이 느낌을 찾기 위해 평생을 헤맨 건지도 모르겠다.

'엉뚱한 곳에서 찾은 거구나. 난 정말 구제 불능이었어.'

한숨이 나왔다. 이렇게 가까이 두고 무엇을 보고 살았던지.

"제가 잘할게요. 더 잘하겠습니다. 어머니."

"그래, 그래, 우리 문호는 내가 믿지. 암 그렇고말고."

"사……랑해요. 어머니."

"오냐. 오냐. 나도 사랑한다. 내 아들아."

◇ ◆ ◇

→ 물어볼 게 있어요. 무상 급식이 그렇게 잘못된 거예요? 초등 2학년 맘인데 사람들이 자꾸 이상하게 쳐다봐요.

└ 어머, 나도 그랬는데. 아이를 데리고 가는데 글쎄, 어떤 어르신이 혀를 찼어요. 아무 이유도 없이요.

└ 맞아요. 요즘 아이만 데리고 나가면 눈초리가 사납더라고요.

└ 왜 그런 거죠? 무상 급식 찬성하면 매국노인가요?

└ 나라의 발전을 막는다잖아요. 무상 급식이.

└ 강남구는 이미 시행하고 있잖아요. 어디 나라가 망했어요?

┗ 구마다 여건이 다르대요. 제 의견은 아니고 신문 사설에서 봤어요.

┗ 윗분은 뭐죠? 엄마 맞나요?

┗ 인신공격은 지양합시다.

┗ 애들 밥 먹이겠다는 게 무슨 큰일이라고 다들 난리죠?

┗ 화가 나네요. 그게 그렇게 욕먹을 일인가요?

→ 오늘 무상 급식 실태 점검 나갔다 온 맘임. 아주 만족스러운 하루였어요. 위생부터 식단까지 어느 것 하나 소홀함이 없었어요. 난 누가 욕하든 말든 무조건 무상 급식 찬성입니다. 사진 첨부.

┗ 어머, 반찬 봐요. 더 좋아졌어요.

┗ 그러네요. 전에 저도 급식 실태 점검 나가 봤는데 이 정도는 아니었어요.

┗ 이런 급식을 먹인다는 거예요? 강남구는?

┗ 강남구청장 직속으로 부서가 만들어졌대요. 급식 실태부디 재료 공급 업체까지 싹 다 점검한다고요.

┗ 부럽다…… 나도 강남구로 이사할까 봐요.

┗ 근데 괜찮나요? 요새 무상 급식 한다고 하면 엄청 손가락질하던데.

┗ 이미 하고 있잖아요. 하면 되잖아요. 강남구는 장대운 의원이 자체 정비해서 예산을 편성했다 하잖아요. 강남구청장도 가능하다고 하고.

ㄴ 그러게 말이에요. 서초구는 왜 안 하죠? 서초구나 강남
구나 뭐가 다르죠? 정비하면 다 할 수 있는 거 아니에요?

ㄴ 짜증 나네요. 저런 급식이면 저도 무조건 찬성이죠. 무
상 급식이라고 해서 허투루 나오면 반대하려 했는데. 이번엔
제대로 일을 하나 본데요.

ㄴ 멋져요. 강남구. 장대운 의원이 대단한 건가요? 강남구
청장이 대단한 건가요? 언론에서 뭐라든 말든 올해까지 30개
소 학교 정말 다 한다더니 진짜 다 할 생각인가 봐요.

ㄴ 우린 왜 못하죠? 답답하네요.

ㄴ 못하는 게 아니라 안 하는 거 아니에요? 사람의 차이로.

ㄴ 사람의 차이라뇨?

ㄴ 할 수 있는 사람과 할 수 없는 사람. 하는 사람과 안 하는
사람 말이죠.

ㄴ 에휴~ 신경질 나는데. 미래 청년당 홈페이지나 가 봐야
겠어요. 당원 모집한다던데 난 맨날 말로만 떠드는 사람보단
뭐라도 해 주는 사람이 좋아요.

ㄴ 그럼요. 나도 미래 청년당 당원 할래요. 당원 해서 서초
구도 해 달라고 할래요.

ㄴ 저도요.

ㄴ 송파구 맘도 동참합니다.

5만에서 살짝 정체기가 왔던 미래 청년당 당원수가 순식간
에 30만이 넘어갔다. 주는 30대, 40대 여성들이었다.

숫자가 폭증한 이유는 명백했다. 무상 급식이 먹혔다는 것.

'정치에 1도 관심 없던 엄마들이 움직이기 시작했어.'

자기 아이를 위해서.

속속들이 올라오는 무상 급식 실태 후기와 음식 사진들이 그녀들의 마음을 움직였다. 대의고 나발이고 우리 아이 좋은 거 주겠다는 데 반대할 엄마는 대한민국에 없었다.

당위성이었다. 언론이 아무리 잘못됐다고 한들 그 논리가 아무리 그럴싸하다고 한들 엄마들의 입소문을 막을 순 없었다. 바닥에서부터 번진 불길은 꺼질 생각도 없이 점점 더 관악구, 강동구 쪽으로, 북으로는 강북 지역으로 넘어가며 거대한 여론을 형성하였다.

미래 청년당은 아무것도 하지 않았다. 조금도 안달 내지 않았고 가만히 뽕이나 따고 있었을 뿐인데도 당세가 어느새 100만을 바라보기에 이르렀다. 단지 정책 하나에.

'정말 해내는구나.'

반대쪽의 공격이 유독 극심했던 날, 김문호는 장대운에게 물은 적이 있었다. 뭐라도 해야 하는 거 아니냐고.

저들이 '무상 급식 찬성 = 국가 발전을 저해하는 멍청이'란 프레임을 만들고 있는데 반박 성명이라도 내야 하지 않겠냐고.

다급한 요청임에도 장대운은 예의 그 여유로운 미소를 잃지 않았다.

이렇게 답했다.

- 불씨는 우리가 제공했지만, 완성은 우리 몫이 아니죠. 엄마들을 믿어 보세요. 대한민국 엄마들은 무척 강하답니다.

결국 한민당의 견고하던 지지율마저 흔들리고 있었다.

김문호는 손에 들린 공문을 다시 확인했다.

[방송 출연 요청의 건]

저번 조두극을 박살 냈던 그 프로그램에서 무상 급식 논란을 제대로 다뤄 보자는 의견이 왔다.

이게 바로 한민당이 흔들리고 있다는 증거였다.

다급해지지 않았다면 결코 꺼내지 않았을 카드.

한민당은 엄마들의 노여움을 샀고 뿌리부터 흔들리는 지지율을 반전하기 위해 정면 대결을 선택했다.

방송에서 맞붙자고.

장대운은 이도 아무 말이 없었다.

조용히 창밖을 내다보며 경관을 즐기듯 커피를 마셨다.

1분…… 5분…… 10분…….

대답하지 않는 그를 지켜보길 얼마나 지났을까.

해를 가렸던 구름이 이동하는 건지 사위가 갑자기 밝아지며 장대운의 발끝에서부터 화창한 햇살이 올라왔다. 그를 가만히 감쌌다.

장대운은 여전히 미동도 없었다.

미세 먼지마저 반짝이며 시야를 현란스럽게 주위를 떠돌고 있건만, 그 주변만 유독 고요하였다.

김문호는 어쩐지 답을 받은 느낌이었다.

이번 싸움도 결국 우리의 승리라는 걸.

◇ ◆ ◇

부산스러웠다.

저녁 7시로 가는 시각, 승리의 징조를 받았다지만 방송 시간이 가까이 올수록 김문호의 초조함은 극에 달해 갔다.

준비할 것도 많았고 아침부터 온통 신경이 곤두선 상태다.

상대는 서울시장이었다.

방송 스케줄이 잡힌 후부터 예상 공격 루트를 작성하며 상대의 반응을 면밀히 살폈지만 아무리 봐도 부족한 느낌이었다.

'생각해라. 생각해라. 더 생각해라. 니가 저들이라면 무엇으로 공략할 거냐.'

주 공략지로 무엇을 선택함에 따라 질문 또한 수십 가지로 달라지고 그에 대응한 경우의 수도 그만큼 늘어나는 통에 죽을 지경이라도 김문호는 멈출 수가 없었다.

'같은 수법을 계속 쓸 건지. 아님, 다른 대응 방안을 마련해 올 건지…….'

사소한 것 하나 허투루 보지 않는다.

약점을 보인다면 상대는 득달같이 달려들 것이다.

여기에서 간과해선 안 될 점은 장대운의 완전무결성이다. 누구와 상대하더라도 이기는 무패의 남자.

그래서 장대운은 전부 알아야 했고 전부 명쾌해야 했다. 지금껏 국민께 보인 모습이 그랬고 장대운 하면 딱 떠오르는 이미지도 초천재였다.

머뭇대거나 버벅대는 순간 박제돼 수없이 재생산해 댈 것이다. 장기적으로 봐도 내가 저들이라면 장대운의 이미지를 훼손시키기 위해 방송 따윈 안중에 두지 않을 확률이 높았다.

여러모로 많이 불리했다. 이쪽은 두 마리 토끼를 다 잡아야 하는데 저쪽은 한 마리라도 잡으면 성공이니까.

"공교육 현황도 중요합니다. 이건 교육부 자료인데 숙지하셔야 합니다."

"전국 초등학교 실태 조사 자료입니다. 숫자를 외우셔야 합니다."

"이것도 보셔야 합니다. 전국 식가공 업체 리스트입니다. HACCP 인증된 업체만 따로 추린 거니 참고하십시오."

"서울시 재정 계획입니다. 강남구 재정 계획과 비교해 보십시오."

"출산 통계 요람입니다. 혹여나 모르니 참고해 주십시오."

이쪽이 할 일은 그 틈새를 최대한 방어하는 것.

나라면 어떻게 공격할까 방어진을 짜면서도 김문호는 여전히 가시지 않는 불안감에 화가 났다.

그 이유는 또 장대운이었다.

이 내가, 비서인 내가 장대운의 전부를 모른다.

'답답하네. 모르는 게 너무 많아. 한민당 쪽도 연결 고리가 없어 캐 볼 수도 없고. 경로만 알면 조금 수월할 텐데. 우리 의원님은…… 여전하시구나.'

조바심은 혼자만의 것인지 장대운의 주변은 온통 미소와 온화한 기운만 돌았다. 도리어 이쪽을 보고 위로해 준다.

"괜찮아요. 문호 씨. 너무 걱정할 필요 없어요. 운명의 화살은 쏘아졌고 이는 이미 막을 수 없는 대세랍니다. 아니, 막으면 막을수록 역효과만 일어날 거예요. 우린 믿고 거들기만 하면 됩니다."

보좌진을 토닥이는 국회의원이라니.

보좌진으로서 실격이다. 당치도 않을 국회의원이다.

김문호는 자기도 모르게 웃고 있음을 깨닫고 당황스러웠다.

'하아…… 또 실수했어.'

이랬다. 장대운이라는 사람은.

아주 중요한 순간마저 별것 아닌 것처럼 만들어 버리는 사람.

그래서 얽히고 얽힌 인생이 보다 쉬이 여겨지게 하는 사람.

'하긴. 나도 할 만큼 했어. 나머지는 믿고 맡겨야지.'

신뢰를 담뿍 담은 눈길로 그의 등을 밀었다.

지정된 자리로 가 앉은 장대운은 웃는 낯으로 옆자리 동료인 자정당 오미연 대표와 인사를 나눴다. 오늘의 대결 상대는 맞은편 한민당 3선 한회돈 국회의원과 서울시장이다.

방송은 시작부터 치열한 난타전이 이어졌다.

"요즘 강남 학부모들을 중심으로 무상 급식을 의무 교육의 선상에 놓고 의무 교육을 받고 있으니 급식비 또한 그리해야 한다는 주장이 오가고 있는데 이는 크나큰 오산입니다. 의무 교육과 급식을 같은 선상에 놓을 수는 없습니다. 이는 일방적인 요구일 뿐입니다. 더구나 우리는 이미 교육비를 면제받고 있지 않습니까? 여기에 학생들의 먹는 문제까지 집행하는 건 상당한 무리가 있습니다."

"아닙니다. 무리가 안 됩니다. 무리가 없음을 저번 방송에서는 물론 강남구에서 이미 만천하에 보이고 있는데도 엉뚱한 말씀을 하시네요. 무상 급식은 이제 선택이 아닌 필수입니다. 국민이 받아야 할 당연한 권리이자 시대의 요구이지요."

"그 말씀 자체가 오산이라는 겁니다. 급식은 학교 교육과 별개의 문제입니다. 그리고 강남구의 현황은 강남구의 현황일 뿐입니다. 그 데이터로 전체를 가늠하시면 안 됩니다. 자, 그 증거로 급식 시스템을 한번 살펴볼까요? 이게 왜 생겼느냐? 전통적 가정 문화와는 달리 사회가 발전하고 여성 전문직이 늘어나고 여성의 사회적 참여가 많아짐에 따라 학생들 도시락 마련이 힘들어졌습니다. 그 고충을 해결하기 위해 들여온 시스템이 바로 학교 급식입니다. 처음부터 의무가 아니었죠. 물론 일부 급식비를 내지 못하는 경우가 더러 있는 걸 알고 있습니다. 이는 선별적으로 지원하면 될 수준입니다."

"아닙니다. 방금의 말씀이야말로 일방적 주장일 뿐이죠. 의무 교육이 시행됨에 따라 의무적으로 학교에 다녀야 하는 이상 무상 급식은 헌법에 의해 주어져야 할 국민의 기본권에 속하게 된 겁니다. 배려가 아닌 국가적 의무임을 다시 한번 강조하겠습니다. 헌법으로 명시된 가치를 도입 이유를 들어 훼손하시면 안 됩니다."

"그렇군요. 자정당 오미연 대표의 말씀을 잘 들었습니다. 의무 교육 범위에 있어서 학교 교육에 필요한 모든 부분을 무상으로 제공하는 것은 참으로 바람직한 방향이라고 할 수 있겠으나. 균등한 교육을 받을 권리와 사회적 기본권을 실현하는 데 있어서 국가의 재정 상황을 도외시하는 건 배보다 배꼽이 더 커지는 경우가 아닙니까?"

"뉘앙스가 무상 급식이 국가 재정 파탄의 이유가 된 것처럼 말씀하시는데 이는 명백한 선동이라고 지난 방송에서 지적한 바 있습니다. 말씀을 삼가세요."

"그럴 리가요. 다시 말씀드리지만, 지금까지 보인 건 강남구에서의 현황뿐입니다. 1년에 5천억씩 예산을 다루는 구가 얼마나 된다고 전체를 가늠하십니까. 다른 구의 재정은 보이지 않으십니까?"

"그래서 서울시의 역할이 중요하겠죠. 25개 구의 재정 상황을 고려하여 적절한 지원이 움직인다면 충분히 해결할 수 있는 수준입니다. 무엇보다 학교 급식이 중요한 건 학생들에게 한 끼의 식사를 제공하는 차원을 넘어서는 부가 가치가 있기 때문입니다. 편식 교정, 식생활 개선, 공동체 의식 함양 등 그 안에서 다룰 주제가 아주 많지요."

"그 말씀이야말로 요점을 벗어나는군요. 제가 반대한 건 학교 급식이 아닌 무상 급식입니다. 저는 학교 급식이 가진 교육적인 측면을 부정하지 않았습니다. 그리고 정확히 봐야 할 점은 방금 오 의원님께서 언급한 듯이 급식이 기본적이고 필수적인 학교 교육 이외의 것이라는 겁니다. 부가적인 성격을 띠고 있다는 것이죠. 즉 보충적인 성격으로 본질적이고 핵심적인 부분이라고 할 수 없다는 겁니다. 그걸 부인해서도 안 되고요."

두 사람의 열기가 스튜디오를 뜨겁게 달구었다.

일진일퇴의 공방전. 다소 거리가 떨어진 방청객들조차 그 열기를 감당하지 못하고 손부채를 하는 이들이 많아졌다. 사회자 또한 손수건을 꺼내 땀을 닦아 대는 등 언제 터질지 모를 긴장감에 모두의 집중력이 높아졌다.

그때 오미연 대표와 논쟁을 벌이던 한민당 3선 한회돈 의원의 시선이 장대운에게로 돌아갔다.

"장대운 의원께 질문이 있는데 해도 되겠습니까?"

사회자가 겨우 숨을 내쉬며 장대운을 보았다.

장대운이 고개를 끄덕이자.

한회돈은 자기가 가진 자료를 뒤적이며 질문을 시작했다.

"현재 강남구에서 진행하는 무상 급식 시행 내용을 보니 한 끼에 3,000원으로 책정이 되어 있었습니다. 맞습니까?"

"맞습니다."

"어째서 그 금액으로 잡았는지 말씀해 주실 수 있으십니까?"

"지금요?"

"예."

"으음, 이건 강남구청장님께 여쭤보는 게 제일 정확하긴 한데…… 뭐, 저도 어느 정도는 알고 있으니 답변해 드릴 수는 있습니다. 가격 결정에는 여러 가지 요소가 있겠지만, 핵심적인 건 결국 급식의 질 때문이겠죠."

"급식의 질이라고요?"

"강남구뿐만 아니라 다른 구에서도 학교 급식이 실행되는 중인데 대체적으로 한 끼에 2,400원에서 2,500원 수준에 머물러 있더군요. 그래서 월에 50,000원에서 55,000원 수준으로 급식비를 책정하고 있는 거로 알고 있습니다. 그 금액에서 우유를 마시냐 안 마시냐에 따라 또 금액대가 달라지는 것도 확인했고요. 기가 막히게도 말이죠."

"으음…… 그렇다면……."

한회돈이 무슨 말을 하려는데 장대운이 잘랐다.

"이왕지사 무상 급식을 시행하려는데 기존보다는 더 좋아져야 하지 않겠습니까? 3,000원이면 우유를 먹느니 안 먹느니 따져 가며 학생에게 돈을 더 받느니 마느니 우유를 주느니 마느니 꼴사나운 짓을 할 필요가 없게 된다는 겁니다. 일선 선생님들과 이를 관리하는 영양사들이 환영의 박수를 쳐 주더군요. 자기들도 힘들었다고."

실제로 있는 일이었다.

급식비가 55,000원이라면 7,000원 정도가 우유값이었다.

급식비 통지서에는 이 우유를 먹는다 안 먹는다에 체크하게 돼 있었고 식당에서는 그 인원을 선별해 우유를 나눠 줬다.

이를 위해 어떤 학교에서는 우유 먹는 아이들과 그렇지 않은 아이들의 줄을 따로 세우기도 했으니 날마다 전쟁이었다.

대답을 마친 장대운이 더 할 말 있냐는 눈빛으로 쳐다보자 한회돈은 얼른 당황한 기색을 감추고는 아래에서 조그만 판넬을 꺼냈다.

거기엔 며칠 전 기사 몇 개가 스크랩돼 있었다.

【한 잔에 3,000원 스타번스 커피. 아이들 급식비와 맞먹다】
【스타번스 커피값, 이렇게 비쌀 이유가 있나?】
【스타번스 커피값 = 짜장면값. 커피가 이렇게 비싸야 할 이유는?】
【스타번스에 열광하는 젊은이들. 문제는 없나?】
【스타번스 커피 한 잔의 원가는?】

이곳에 있는 모두의 머리 위로 '?'가 떴다. 갑자기 웬 커피값?

무상 급식 찬반 토론장에 커피값 논쟁을…… 이해를 못 한 방청객이 웅성대고 사회자도 미간을 찌푸릴 만큼 한회돈이 한 짓은 도를 넘어섰다.

그러나 철판 깐 한회돈은 이도 또한 토론의 일부라고 우기며 진행시켰다.

"저는 한 끼에 3,000원이라는 급식비 책정에 대해서는 불만이 없습니다. 급식의 질이 오르면 학생들의 영양 수준도 올라갈 테니까요. 다만 그동안 가만히 있었던 건 학부모들의 부담이 키지는 것을 경계했을 뿐이죠. 아무튼 그건 그렇고 장의원께서는 스타번스 커피값 논란에 대해서는 어떻게 생각하십니까? 요즘 세대 간 갈등의 불씨이기도 한데."

아뿔싸! 김문호는 주먹을 꽉 쥐었다.

이곳에서 아니, 전국에서 장대운이 오필승의 수장임을 모르는 사람은 없었다. 게다가 세대 간 갈등의 불씨라니.

뒤통수를 뻑 하고 맞은 기분이 들었다.

방송 전 사전 협의는 분명 무상 급식에 대해서만이었고 무상 급식 찬반 토론장이니만큼 무상 급식에 대해서만 준비했을 거라 생각했는데.

오산이었다. 상대가 한민당인 걸 또 간과했다.

'이걸 꺼냈다는 건 이놈들은 처음부터 정면 대결할 마음이 없었다는 거야.'

애초부터 세 마리 토끼를 노리고 이 자리를 마련한 거다.

장대운에게. 폭리를 취하는 악덕 기업인 프레임을 씌우고, 국가 재정을 파탄 내는 포퓰리즘 정치인이란 낙인을 찍게 하고, 세대 간 갈등을 일으키는 주범으로 만든다.

'개자식들이…… 정말.'

하지만 아무것도 할 수 없었다.

카메라는 돌아가고 있고 생방송이다. 돌발 상황이지만 이미 시청자가 한회돈의 질문을 들었다. 사전에 약속한 것이 아님을 어필해도 소용없었다. 자리를 박차는 순간 그런 사람이

189

되는 것이다. 방청객마저 귀를 쫑긋대고 있다.

'어떻게든 헤쳐 나가야 하는데.'

그때 장대운의 입꼬리가 살짝 비틀어진 게 보였다.

화가 난 거다. 역시나 나오는 대답도 범상치 않았다.

"이쯤 되면 싸우자는 거네요. 토론에 상관없이."

"무슨 말씀이십니까. 충분히 나올 만한 질문 아닙니까? 화제의 중심이잖습니까. 왜 대답이 어려우십니까?"

한회돈은 대놓고 비아냥댔다.

장대운이 어떤 인물인지 모를 리 없음에도 저런다는 건 한회돈도 이번 토론에 목숨 걸었고 그에 따른 베네핏도 상당하다는 뜻이었다. 그만큼 한민당이 많이 준비했다는 것.

하지만 장대운은 언제 그랬냐는 듯 비틀린 입꼬리가 사라지며 여유로운 미소로 돌아와 있었다. 방청객을 둘러보았다.

"지금 질문의 의도는 가만히 있는 오필승 그룹을 겨냥한 겁니다. 제가 오필승 그룹의 총괄이었다는 걸 모르는 분이 없으니 객관적으로 대답할 수 없을 거라는 전제하에 말이죠. 정확히 말씀드리겠습니다. 스타번스를 운영하는 스타번스 코리아는 오필승 건설의 자회사입니다. 오필승 건설이 미국 스타번스와의 계약에 따라 우리나라에 들여온 커피 브랜드죠. 즉 이번 토론 주제인 무상 급식과는 전혀 관계없습니다. 한회돈 의원은 사전 약속에도 없는 내용으로 여러분을 호도하고 있고 이는 토론의 본질을 흐리는 행위입니다. 한 의원님께 경고하겠습니다. 지금이라도 제정신을 차리고 돌아오십시오. 방금의

무례는 질문자님의 열의가 과했다고 여기고 넘어가겠습니다."

김문호는 주먹을 꽉 쥐었다. 제대로 된 반격이다.

자신이 이 일과 전혀 관련이 없고 먼저 공격당했다는 걸 알리며 한회돈에게도 기회를 준다. 돌아오라고.

하지만 김문호도 장대운도 상대가 스타번스를 꺼낸 이상 멈출 리 없다는 걸 잘 알고 있었다.

즉 이는 토론을 위한 게 아니었다. 개싸움의 전초전이었다.

역시나. 한회돈은 불도저처럼 밀고 나갔다.

"말을 돌리시네요. 스타번스에 대해 말 못 할 이유가 있는 건 아니고요? 자신 있다면 밝혀 보십시오. 고작 커피 한 잔이 어떻게 짜장면값과 비등해야 하는지. 제 보기에 이는 소비자에게 바가지를 씌우고 우롱하는 처사인 것 같은데요."

"흐음……."

"저는 아무리 이해해 보려 해도 납득할 수가 없었습니다. 고작 차 한 잔이죠. 차 요만큼에 어떻게 한 끼 식사값이 책정되는지 말이죠. 외국 것이라면 무조건 가격부터 높이는 그런 행태가 아닌지 한 사람의 국회의원으로서 의심스럽다는 겁니다!"

불독처럼 문 한회돈은 놓지 않았다.

놔라 경고했음에도 더 꽉 물고 비틀기까지 했다. 눈빛을 번들거리며 장대운을 올무에 걸린 사냥감 취급하였다. 저 장대운을 잡아먹으려 들었다.

왈 왈 왈왈왈왈~~~~.

어디서 개가 짖나?

장대운은 한회돈을 보지 않았다. 서울시장을 보았고 방청객을 보았고 카메라를 통해 시청자를 보았다.

"그렇게 궁금하다 하시니 어쩔 수가 없네요. 주제를 잠깐 스타번스로 옮겨 가도 되겠습니까? 여러분이 허락하시면 잠깐 시간을 내 보려는데. 어떻게 할까요?"

다시 서울시장을 보았고 다시 방청객을 보았고 다시 카메라를 보았다. 한회돈을 안중에도 없는 것처럼.

한회돈은 이마저도 못 참겠는지 버럭 소리를 질렀다.

"커피 한 잔이 짜장면값이랑 맞먹는 이유를 대라는 겁니다! 우리 국민을 우롱한 이유를 말하란 말이에요!!"

깜짝 놀란 방청객들. 그 사이에서 웅성거림이 나왔다.

웅성거림은 금세 소란으로 번졌고 이제는 의문문으로써 장대운의 입을 주목했다. 분위기가 엿 같았다.

"흐음, 알겠습니다. 여러분도 궁금하시다는 거군요. 그럼 허락하신 거로 알고 진행하겠습니다. 한회돈 의원님."

"말씀하시죠."

"한 의원님은 통계를 아십니까?"

"예? 갑자기 통계는 왜?"

멈칫. 한회돈의 눈에서 잠깐 당혹이 드러났다 사라졌다.

"모르시는군요. 통계를 모르실 거라 짐작은 했습니다. 그렇지 않으면 이 어이없고 얼토당토않은 유희 거리 기사를 들고 여기까지 나오진 못했을 테니까요. 아니면 보좌진들의 문제든가요."

"뭐, 뭐라고요?!"

"어떻게! 무슨 정신머리라야 짜장면이랑 커피랑 같은 군에 두고 비교할 수 있을까요? 아직도 모르시겠습니까?"

"무슨……."

"야구 선수를 축구장에 던져 놓고 축구 선수와 시합하게 한 꼴 아닙니까? 그래 놓고 넌 그 돈을 받는데 왜 축구를 못 하냐? 묻는 거고요."

"……?"

"역시나 못 알아듣네요. 짜장면은 한 끼 식사입니다. 그리고 커피는 기호 식품입니다. 정녕 이 차이를 모르시겠습니까?"

"……."

"모르는군요. 한숨만 나옵니다. 기호 식품이란 생존을 위해 먹는 음식이 아닌 맛이나 향기를 위해 습관적으로 찾는 식품을 말하죠. 취향에 따라 즐기는 군것질거리를 말하는 겁니다. 기호 식품군에는 과자, 담배, 술, 차, 청량음료, 아이스크림 정도가 있습니다. 즉 커피값을 비교하려면 과자값이나 담뱃값, 술값, 찻값, 청량음료값, 아이스크림값과 비교를 하셔야 타당하다는 겁니다. 엉뚱한 짜장면을 가져다 붙이는 게 아니라. 이게 통계라는 겁니다."

"……."

"자, 그럼 짜장면이랑 비교 가능한 군이 무엇이 있을까요? 한 끼 식사를 위한 것이니 국밥이 있겠고 백반이 있겠고 돈가스가 있겠고 김밥이 있겠고 동태탕, 김치찌개, 된장찌개 등등 얼마나 많습니까? 이것들을 두고 왜 굳이 스타번스의 커피값을 끌고 왔을까요? 이유는 한 가지뿐이겠죠."

"나는 왜 커피값이 비싼 이유를 묻는 겁……."

"들으세요. 모르시면. 여러분, 처음 말씀드렸듯 한회돈 의원은 토론과 관계없이 오필승 그룹을 겨냥한 겁니다. 한 끼 밥값을 고작 커피에 써 버리는 젊은 세대를 싸잡아서요. 그들의 소비 패턴을 사치라고 허세라고 변질시켜서 말입니다. 그 더러운 프레임을 씌워 세상에 내보내려는 겁니다. 우리 젊은 세대가 정신머리 없이 사치를 부리고 있다고요. 욕 좀 해 달라고요."

입을 떡 벌리는 방청객들이었다.

거기까진 생각 못 해 봤다는 듯.

이 기사가 그런 내용인 줄은 처음 알았다는 듯.

그러나 이내 곧 스타번스에 들를 때마다 묘하게 따라오는 불쾌한 시선들을 기억해 냈다.

공감한다는 듯 고개를 크게 끄덕였다.

장대운은 한회돈에게 시선을 옮겼다.

"보다시피 통계를 위한 것도 아니고 무상 급식을 논하는 자리에 이런 얘기를 꺼낸다는 것 자체가 말이 안 되는 겁니다. 그 이유가 바로 여러분을 욕하기 위함이라는 걸 알고 들으셔야 한다는 거죠. 보십시오. 통계도 모르면서 마구 떠들지 않습니까?"

"무, 무슨 말도 안 되는 비약입니까?! 충분히 가질 수 있는 의문 아닙니까. 커피값이 왜 그렇게 비싸야 합니까? 자판기에서 150원이면 빼먹을 수 있는 커피가 말입니다!"

한회돈도 질 수 없다는 듯 소리쳤다. 그러나 아무리 소리쳐도 장대운의 여유로운 미소를 앗아 갈 순 없었다.

"아주 재밌는 논리네요. 같은 커피인데 왜 가격 차가 나느냐? 맞나요?"

"그렇소. 내 보기에 별 차이도 없는데 어째서 거기만 그렇게 비싼 겁니까?"

"그럼 한 의원님의 자동차는 왜 같은 자동차인데 비쌀까요?"

"예?"

"고급 세단이라서요? 그럼 명품 브랜드의 옷들은 왜 같은 옷인데 수백 배나 비쌀까요? 명품 가방은요? 명품 화장품은요? 한 의원님이 좋아하는 골프 브랜드는요? 술도 소주나 양주나 같은 알콜을 기반으로 하는데 어떤 놈은 1,000원이면 사고 어떤 놈은 몇억 원씩 하는 걸까요?"

그제야 한회돈은 장대운이 자기를 놀리고 있다는 걸 알았는지 얼굴이 붉으락푸르락 변했다.

그리고 꺼내서는 안 될 말을 꺼내고야 말았다.

"이, 이이, 이 사람이 정말. 나는 스타번스 커피 한 잔의 원가가 50원밖에 안 된다는 걸 알고 있습니다. 그것부터 해명하시지요."

50원? 방청객들의 입이 떡 벌어졌다.

말도 안 되는 금액에 일제히 시선이 장대운에게로 돌아갔다. 어서 말해. 정말 원가가 50원이냐?

장대운도 기가 막힌지 피식 웃고 있었다.

그 웃음을 약세로 판단한 건지 한회돈은 더욱 공격적이 됐다.

"쓸데없는 소릴랑 마시고 의혹이나 밝히시죠. 어떻게 50원
짜리 커피가 3,000원이 될 수 있는지."

"참 나, 모른다 모른다 했더니 상공업에 대한 기본 이해마저
없는 분인지 몰랐습니다. 어떻게 이런 분이 국회의원이 됐고 3
선이나 하고 계시는지 그 지역구 상인분들께 묻고 싶을 지경입
니다. 그 지역 여러분은 이런 사람 뽑고 잠이 오십니까?"

"뭐, 뭐요?!"

"시끄러워요. 사람이 부끄러운 줄 알아야지. 스타번스 커
피 한 잔 원가가 50원이라고요? 어디 가공가루 커피 가지고
오셨습니까? 분명히 말씀드리는데 이 발언은 고소감입니다.
아마도 스타번스 코리아와 미국 스타번스로부터 고소장이
날아들 것 같은데 부디 잘 해결하시길 바라겠습니다."

"묻는 말에나 답하세요! 50원이 맞잖아요! 50원이!"

"그 말씀은 스타번스 코리아가 150배나 달하는 폭리를 취
한다는 뜻인데. 방금의 발언을 책임질 수 있겠습니까?"

"의혹이나 밝히세요. 의혹이나. 허튼소리 마시고."

"꼭 취조하시는 것 같군요. 제가 죄인이 아닐 텐데. 저한테
도 고소장 받고 싶으신가요?"

"이 사람이 정말!"

"선불 맞은 멧돼지도 이 정도는 아닐 것 같으니 더 흥분하
기 전에 여러분께 고해야 할 것 같네요. 여쭙겠습니다. 여러
분도 궁금하신가요?"

"""""예~~~~~~."""""

방청객에서 대답이 나왔다. 장대운은 그에 대한 해답 대신 PPL로 있는 매실 음료를 들어 올렸다.

"여기 이 음료는 2000년에 아주 유명한 가수가 나와 광고 하면서 대박을 쳤죠. 그해 콜라 매출까지 넘어섰다고 하죠. 자, 이 매실 음료의 원가는 얼마나 될까요? 여기에 쓰여 있는 원재료를 볼까요? 정제수에 설탕, 매실농축액에, 합성향료, 구연산, 비타민 C 등이 있네요. 별거 아니죠? 이걸 다 합치면 얼마나 나올까요?"

"......?"

"......?"

"아니, 커피값을 말하라는데......."

"말하고 있잖아요. 자꾸 말을 끊으니 이야기가 길어지는 거 아닙니까. 모르시면 좀 조용히 계세요."

"크, 크음."

"아마도 순수 음료에 관한 건 약 50원 정도일 겁니다. 이건 제 예상에 불과하니 틀릴 수도 있어요. 그러나 시중가는 500원이네요. 10배 수익일까요?"

방청객들도 고개를 갸웃댔다.

아까는 한회돈에 휘둘리긴 했지만 이게 그렇게 간단하게 계산되지 않음을 기억해 냈다.

"맞아요. 10배 수익이 아니죠. 이 캔값, 생산비, 광고 등 마케팅 비용, 운송비, 그 외 인건비 등 고정비 등을 다 빼고 나

면 200원이나 남을까요? 물론 이는 정상적인 유통 제품에 한
한 비용 산출입니다. 재고분은 빼고요. 떨이분도 빼고요. 재
고와 떨이가 가능한 건 유통 기한이 길어서라는 특징이 있네
요. 이것도 특이점이네요. 자, 이제 돌아가서 커피를 보시죠."

"……."

"……."

일순 조용해졌다. 진짜 궁금했던 내용이 나올 판이니.

여기에서 쟁점은 커피 원가가 정말 50원이냐는 것이다.

사실 이 내용은 2004년이기에 논란이 될 수 있었다. 커피
전문점이 활성화될 10년 후부터는 절대 나오지 못할 논란으
로 그때쯤이면 커피 유통에 대한 국민적 이해도가 상당히 높
아져 있기 때문이다.

장대운은 정면 돌파를 감행했다.

"자세히 계산해 보지 않아서 확실한 금액은 모르지만 그리
비싸지 않은 건 맞습니다."

"50원이 맞지? 50원이 맞다고 했잖아. 으하하하하하!"

웃어대는 한회돈에 장대운의 입꼬리가 비틀어졌다.

"50원은 자판기 커피에서나 나올 만한 가격이겠죠. 어디
50원짜리 커피를 미국에서 직수입하는 원두커피에 비교하십
니까. 저는 한 의원님이 면세점가로도 30만 원이 넘는 로얄
샬루트 32년산 애호가인 걸 알고 있습니다. 로얄샬루트를 마
시며 소주 마시는 사람들을 비하한 것도요."

쿵.

깜짝 놀란 사람들이 모두 한회돈을 쳐다봤다. 정말이냐고.

"내, 내가 언제?! 내가 언제 소주 마시는 사람들을 비하했다는 거요?!"

"이 장대운을 너무 띄엄띄엄 보시지 마세요. 제가 언제 언론처럼 '카더라'를 시전한 적 있습니까?"

"내가 가만히 있을 것 같습니까?! 심각한 명예훼손으로 고소를……."

"서로 맞고소하고 좋겠네요. 어쨌든 커피값으로 돌아가서. 스타번스 코리아는 미국 스타번스와의 계약에 의해 미국 스타번스가 제공하는 원두를 사용해야 하고 미국 스타번스의 기준에 맞는 시설을 고객께 제공할 의무가 있습니다. 최대한 대량 구매로 단가를 낮추려 하였지만, 원두는 가공품이 아니므로 한계가 있죠. 유통 기한이 짧고 유통 기한 내에 전부 소진하지 않으면 전부 폐기 처분해야 합니다."

"……."

"……."

"그렇게 해서 제 알기로 커피 한 잔에 들어가는 원두값이 400원에서 500원 정도로 잡힌 걸 본 적 있습니다."

"무슨…… 50원이잖습니까."

"가공한 지 오래돼 향도 없는 가루 커피나 그렇겠죠. 미국에서 큰 냉장배 타고 들어온 신선한 원두를 직접 로스팅까지 하여 공급한 금액입니다. 허튼소리는 더 이상 하지 마세요. 조사하면 금세 나올 걸 말이죠."

"그, 그렇다 해도 6배나 넘는 차익이잖소."

끝까지 덤비는 한회돈에 혀를 차는 장대운이었다.

"같은 얘기를 또 하시네요. 그럼, 컵값은요? 컵을 싸는 가
드와 빨대값은요? 마케팅 비용은요? 직원들 월급은요? 시설
값은요? 여름에는 에어컨에 겨울에는 히터에 인테리어값은
요? 무엇보다 1,500개 빌딩값은요? 스타번스가 어디 건물의
1층, 2층이 아닌 빌딩 한 채를 전부 사용하는 거 아시죠? 빌
딩 한 채에 1억이라고 쳐도 1,500억 원이 들어갔어요. 10억이
면 얼마인가요? 그 이상이면? 스타번스는 무슨 공익사업인가
요? 수익은 안 남기나요?"

"……."

한회돈마저 입을 떡.

"무엇보다 짜장면 한 그릇 먹고 몇 시간씩 그 자리를 차지
할 수 있나요? 친구들과 몇 시간씩 둘러앉아 스터디를 할 수
있나요? 아니면 혼자 앉아 창밖을 보며 사색할 수 있나요? 노
트북으로 과제 할 수 있나요?"

"……!"

방청객이 벌써 알아듣고 고개를 크게 끄덕이자 뭔가 심상
치 않은 분위기를 느낀 듯 한회돈의 기세가 수그러들었다.

"여러분, 여러분 주위에 돈 3,000원에 몇 시간씩 있어도 되
는 공간이 있습니까? 자리값만 해도 어마어마할 텐데 커피도
줍니다. 최고 브랜드의 커피로요. 대한민국 어디를 가든 이
보다 더 값싸고 편하고 고급진 공간을 찾을 수 있다면 제가

사죄드리겠습니다. 그리고 방송을 보시는 어르신들, 오해 마십시오. 젊은이들이 사치 부리는 게 아닙니다. 요새 젊은이들 쉴 공간이 없어요. 저들이 열광한다면 왜 열광하는지는 먼저 살펴 주셨으면 좋겠습니다. 언론에 따라 이리 휘둘리고 저리 휘둘리지 마시고 불쌍히 여겨 주세요. IMF 이후 모든 기준이 바뀐 세상에 적응해야 하는 세대입니다. 이전과는 다른 세상. 그 속에서의 삶이 쉽겠습니까?"

스튜디오가 숙연해졌다.

장대운은 이를 놓치지 않고 화룡점정을 찍었다.

"자, 이래도 커피값이 비싸게 보이십니까?"

아니요. 전혀 비싸지 않아요. 오히려 싸요.

동의가 마구 쏟아졌다.

여기에서 끝났다면 그야말로 극장골이었겠지만 아쉽게도 이 자리는 스타번스 논란 때문에 만들어진 게 아니었다.

무상 급식 찬반에 대한 토론장.

한회돈의 흉계를 개박살 냈음에도 장대운은 일어나지 못하고 자리를 지켜야 했다.

"……."

게다가 이대로 놔뒀다간 스타번스가 논란의 중심이 되고 그것이 스타번스에 하등 도움이 안 된다는 걸 장대운은 알았다. 조금은 더 포장해야 할 필요성이 있었다.

할 수 없이 다시 입을 열었다.

"첨언하자면, 스타번스는 단지 커피만이 아닌 문화를 팝니다. 할리 데이비슨이 그들만의 문화를 이룩하고 서로 공유하듯 스타번스도 마찬가지입니다. 오래 두어도 편안한 나만의 공간. 그것을 지키기 위해 스타번스는 수많은 요청에도 불구하고 프랜차이즈로의 전환을 시도하지 않고 전 매장을 직영점으로 꾸렸습니다. 사업성만 따졌다면 프랜차이즈가 몇 배나 더 큰 수익을 줬을 텐데 말이죠. 우직하게도, 그래서 직영점 하나에 소속된 직원만 5~7명 정도입니다. 그러다 보니 어느새 전국 1,500개 매장에서 약 1만 명의 고용 창출을 이뤄 냈죠."

"……!"

"……!"

"그리고 스타번스 코리아는 외국 브랜드를 가져왔음에도 로열티를 내지 않습니다. 일본을 비롯 세계 30여 국이 스타번스 브랜드를 사용하는 대가로 약 3%의 로열티를 제공해야 하는데 한국만은 1원도 내지 않습니다. 이 규모도 상당합니다. 계산 편하게 1,000개 매장이 있을 때 매일 100잔의 커피가 나간다면 100,000잔의 매출이 잡힙니다."

"……!!"

"……!!"

"한 잔 가격이 3,000원이라면 약 3억 원의 매출이 찍히겠죠. 3억 원의 3%는 약 1천만 원입니다. 한 달에 30일이면 로열티 3억 원일 테고 1년이면 36억 원에 달하는 돈이 미국 스타번스 본사로 나가게 된다는 겁니다. 일본부터 세계 30여 국에서 예외 없이요. 스타번스의 규모가 더 커지면 더 큰돈이 나가는 건 당연한 일이겠죠. 그런데 스타번스 코리아는 한 푼도 내지 않습니다. 원재료 수급 외 어떤 금액도 외국에 나가지 않죠. 대한민국 기업 중 이 정도 하는 기업이 있습니까? 이 정도면 기업으로서 할 도리 다한 거 아닙니까?"

조용해졌다. 이런 식으로 계산해 본 적 없다는 듯 놀라운 표정으로 서로의 얼굴만을 쳐다보았다.

여전히 아무도 끼어들지 못했고 장대운이 일부러 시간을 끌어 줬는데도 감히 입을 열지 못했다.

결국 장대운이 중단시켰다.

"사회자님."

"아, 예."

"오늘의 주제가 뭡니까?"

"……무상……급식입니다."

"살짝 어긋난 것 같은데 다시 주제로 돌아가도 될까요? 제가 좀 불편해서 그렇습니다."

그제야 사회자도 PD도 자신의 실책을 깨달았다.

"아, 물론입니다. 오늘 주제는 무상 급식의 허와 실을 논하는 자리로…… 아, 예. 그게…… 장 의원님께서는 무상 급식에 대해 어떤 고견을 가지고 계십니까?"

당황했는지 사회자가 횡설수설.

장대운의 톤은 여전히 잔잔했다.

"저는 여러분이 아시다시피 무상 급식 정책의 입안자입니다. 국민의, 보다 나은 생활 영위를 위해 무상 급식을 제안했고 그에 대한 취지도 분명히 밝혀 이 자리에 앉았습니다. 저보단 왜 반대하는지를 물어보시는 게 낫지 않겠습니까?"

"아, 그렇죠. 맞습니다."

사회자가 급히 서울시장을 보았다. 옆에 앉은 한회돈은 지금 토론할 얼굴이 아니었다.

"서울시장님은 어째서 무상 급식을 반대하십니까?"

다소 공격적인 질문이었다.

역시나 서울시장은 놓치지 않고 지적했다.

"흐음, 방금의 질문은 상당한 오해를 일으킬 수 있으니 정정해 주십시오."

"예?"

"전 무상 급식을 반대하는 게 아니라 지금 하는 걸 반대한다는 겁니다."

"아……."

"아직 이르다는 걸 알리기 위해 이 자리에 왔습니다. 그걸 시행하기엔 아직 우리나라는 준비가 되지 않았으니까요."

"그럼…… 어떤 이유로 준비가 되지 않았다고 하시는 겁니까?"

질문이 끝나기가 무섭게 서울시장은 마이크를 틀어쥐었다.

"그에 앞서 이 일은 근본적인 것부터 들여다봐야 합니다. 애초 무상 급식이 제안된 과정을 보면 공교육 내 차별 방지였습니다. 급식비를 내고 걷고 하는 과정에서 나오는 잡음 때문인데, 제가 알아본 바에 의하면 빈부 격차로 인해 주로 차별을 느끼게 되는 부분은 급식이 아니었습니다. 그것부터 분별해야 합니다."

"학교 내 실질적인 빈부 격차가 발생하는 곳이 따로 있다고요?"

"예, 교보재를 위한 수업 용품 구매에서 아주 큰 문제가 발생하더군요. 이 부분은 수업 성취도와도 직접적으로 관련돼 있기 때문에 면밀히 살펴봤습니다."

"어떤 부분이었습니까?"

"이도 명확했습니다. 누군 살 수 있고 누군 살 수 없고, 누군 없어서 못 가져오고 누군 있는데 못 가져온 것. 이 부분에서 특히나 상대적으로 부족한 학생들은 자괴감을 느낍니다. 복지의 차원이라면 이 부분부터 먼저 개선해야겠죠. 학부모들을 대상으로 하는 설문조사에서도 이와 비슷한 결론이 나왔습니다. 무상 급식은 후순위로 밀려 있더군요."

하며 작은 판넬을 하나 꺼내 보여 주는데.

둥그런 원 형태를 파이로 쪼갠 그래프였다.

서울시장이 손가락으로 가리킨 무상 급식은 12.8%로 4위에 랭크돼 있었다.

"보십시오. 1위가 CCTV 확충 및 경비 인력 상주로 23.4%나 차지하고 있고요, 2위가 노후 건물 보수 및 시설물 관리 투자고, 3위가 방과 후 학습 강화입니다. 보다시피 무상 급식은 4위죠."

표만 보면 확실히 무상 급식이 뒤로 가 있었다.

방청객들도 의외의 결과라며 놀라고 있었다. 먹는 게 시급한 게 아니라니.

서울시장은 노련했다.

"자꾸만 무상 급식, 무상 급식을 외치는 통에 무슨 큰 난리가 난 것처럼 굴고 있지만, 사실은 더 중요한 일이 많습니다. 예를 들어, 기초 생활 수급도 받지 못하는 어려운 사람들이 약 100만 명이 됩니다. 이 사람들은 매일 끼니 걱정을 하며 삽니다. 이들은 우리 국민이 아닙니까?"

우리 국민이 아닙니까? 여운이 센 발언이었다.

웅성웅성. 분위기가 묘하게 돌아갔다.

그런데 이제껏 흐리멍덩하던 사회자가 갑자기 면도날 같은 질문을 던진다.

"어, 방금 그 말씀은 끼니 걱정하는 사람들을 도와야 한다는 취지 같은데. 무상 급식도 그에 일환 아닙니까?"

"……."

일순 입이 막힌 서울시장. 방청객도 눈이 번쩍.

사회자는 자기가 한 질문이 상당한 위력을 발휘했다는 걸 깨달았는지 더욱 집요하게 파고들었다.

"말씀의 요점이 불분명한 것 같습니다. 어려운 이웃을 돕는 게 우선이라면 무상 급식도 발을 걸치고 있고 또 그런 식으로 본다면 학부모들 설문조사 결과도 이상하지 않습니까? 당장 배고픈 사람들이 1순위로 CCTV를 원한다는 게 맞습니까? 설문 대상을 잘못 정하신 거 아닙니까? 급식비 정도는 아무런 문제 없이 낼 수 있는 분들을 상대로 말이죠."

수위가 강했다.

사회자가 중재자로서의 위치를 잊고 서울시장을 정면으로 반박한 것이다. 마치 무상 급식 찬성자처럼.

하지만 이쪽도 웃을 일은 아니었다. 사회자의 반박도 자세히 들여다보면 구멍투성이인 반론이었다.

서울시장 정도라면 충분히 헤쳐 나갈 만한 수준.

역시나 잠시 당황했던 서울시장은 신색이 원래대로 돌아왔다. 너털웃음까지 터트린다.

"허허허, 사회자님께서는 제가 드린 말씀을 곡해하고 계시는군요. 어려운 이웃에 대한 지원 정책은 아주 오래전부터 시행해왔고 지금도 역시 진행 중입니다. 정부와 지자체가 힘을 합쳐 2조 8천억 원이라는 예산을 꾸려 현재 58만 명의 끼니를 제공하고 있고요. 제가 지적하는 문제는 그게 아니라는 겁니다."

"무엇이 문제라는 거죠?"

"무상 급식이 어려운 이웃을 돕자는 취지는 분명합니다. 이는 저도 인정하는 부분입니다. 다만 그 결론이 전체를 지향하고 있다는 겁니다."

"전체를……요? 아!"

사회자의 표정에서 아차! 가 나왔다.

"이제 떠올리셨군요. 맞습니다. 제가 현시점 무상 급식을 반대하는 이유가 바로 거기에 있습니다. 58만 명 끼니 제공하는 데도 2조 8천억 원이라는 어마어마한 예산이 드는데. 전국 초등학생 수는 410만 명입니다. 이거 감당 가능합니까?"

전체가 입을 떡. 방청객들마저 그게 그렇게 돈이 많이 들어가는 일이었냐며 당혹해하였다.

서울시장은 확실히 만만치 않았다.

그는 들어온 물을 놓치지 않았다.

"기회비용이라는 게 있습니다. 사전적으로 여러 대안 중 최선책에 대한 비용과 선택에 따라 발생한 비용의 합계를 뜻하는데요. 정부나 지자체의 예산은 무한하지 않습니다. 풍선 효과처럼 한 곳을 누르면 다른 곳으로 튀어나오게 돼 있죠. 무상 급식을 선택하게 되는 순간 어마어마한 규모의 예산이 움직이게 될 테고 쪼그라든 쪽은 곧 사업 중단을 의미하게 됩니다."

"……!"

"……!"

"혹자는 무상 급식이 무에 큰일이냐고 애들 밥 좀 먹이겠다는데 왜 난리를 부리냐 탓할 수 있으나 전혀 아닙니다. 어떤 정책을 시행하거든 돈이 필요합니다. 그것도 국가 수준의 엄청난 예산이 말이죠."

"……!!"

"……!!"

"예를 들어, 무상 급식도 결국 교육의 일환일 테고 무상 급식이 시행되는 순간 교육 쪽으로 예산 편성 명분이 생기는 건 당연한 일일 겁니다. 그럼 그 엄청난 예산이 어디에서 옮겨오겠습니까? 하늘에서 내릴까요? 땅에서 솟을까요? 국방, 문화, 경제, 국토 개발, 노인 복지, 환경 개선 등등 이쪽에서는 아무것도 할 수가 없게 되는 겁니다. 이것만 문제일까요?"

"……?"

"……?"

"예산을 받는 교육부도 문제가 됩니다. 당연히 원하는 만큼 충분히 받아 올 수 없을 테니 교육부 예산 중에서 또 쪼개 무상 급식에 할애해야 합니다. 이는 곧 교육의 질과도 맞닿아 있겠죠. 이게 과연 옳은 길입니까?"

"……!"

"……!"

"저도 하지 말자는 게 아닙니다. 잠시만 기다려 달라는 겁니다. 저도 우리 아이들이 마음 놓고 편히 밥 먹길 원하는 사람입니다. 하지만 지금은 아이들 밥 먹이다 초가삼간 태울 판입니다. 초등학교에서 무상 급식이 시작되면 틀림없이 중학교, 고등학교도 옮겨 갈 텐데 그 예산을 누가 다 감당합니까? 이 때문에 세금을 올려야 합니까?"

"……!!"

"……!!"

세금까지 건드리자 싫다는 표정들이 역력하게 나왔다.

서울시장의 입꼬리가 미세하게 올라갔다.

"이래서 무상 급식을 배보다 배꼽이 더 큰, 시대를 역행하는 아주 잘못된 정책이라 지적한 겁니다."

옆에서 박수가 터져 나왔다. 한회돈이었다.

옳소. 하며 무상 급식은 선진국을 향한 우리의 염원에 태

클을 거는 아주 질 나쁜 정책이라며 소리쳤다.

분위기가 또 요상하게 고양되고 방청객들의 시선이 이게 어떻게 된 일인지 어서 설명해 보라며 장대운에게 꽂혔다.

그 순간 서울시장이 마지막 스트레이트를 날렸다.

"저는 서울시장으로서 이 자리에 왔지만, 대한민국 한 사람의 정치인으로서 잘못된 길로 가려는 의도를 막아 내야 할 의무가 있는 사람입니다. 서울시민 여러분께 진실로 고합니다. 저는 잘못된 걸 잘못됐다 말하는 것뿐입니다. 지금이 아니니 기다려 달라는 것뿐입니다. 작은 기쁨을 위해 전체가 위험해지는 일은 막아야 하지 않겠습니까? 그렇기 때문에 저는 이 순간부터 무상 급식을 막기 위해 최전방에 서서 싸우겠습니다. 국가 대계를 망치는 음모를 막아야 하기 때문에 할 수 있는 모든 것을 다할 생각입니다. 국민의 풍요로운 미래를 망치는 삿된 의도를 사전에 차단하고 무분별한 침략에도 온몸을 다 바쳐 싸우겠습니다. 저를 믿어 주십시오. 제가 서울시장으로 있는 한 무상 급식은 절대로 허용할 수 없습니다. 저는 이 일을 막기 위해서라면 제 직을 걸고 싸울 각오가 돼 있습니다. 부디 간악한 포퓰리즘에 흔들리지 마십시오. 나라를 망치는 길입니다."

Chapter. 14

쿵.

스튜디오에 큰 울림이 일었다.

선전 포고 같은 연설. 느닷없는 진격의 나팔 소리에 방청
객은 잠시 당황하였지만 이내 큰 박수와 호응으로 서울시장
을 격려하였다.

누군가는 이걸 속 시원하다고 말하는 사람도 있을 수 있겠다.

한회돈은 벌떡 일어나 박수를 쳐 댔고 마치 기사회생한 것
처럼 주변 호응을 유도했다. 자정당 오미연 대표는 얼굴이 흙
빛이 됐고 서울시장에 반론을 가했던 사회자는 PD의 눈치를
보았다. 거의 끝난 판처럼.

그러나 김문호는 똑똑히 보았다.

모두가 환호하는 와중에 홀로 고요한 남자를.

입꼬리를 올린 장대운은 판이 뒤집혔음에도 일말의 흔들림도 없는 자세로 다음 턴을 준비하고 있었다.

그때 서울시장 눈치 보던 사회자가 장대운을 발견했다.

홀린 듯 혹은 무언가 희망을 찾은 것처럼 장대운에게 마이크를 넘겼다.

"장 의원님께서는 여전히 무상 급식을 찬성하십니까?"

이 질문 한 방에 소란스럽던 스튜디오가 다시 잠잠해졌다.

장대운은 예의 그 여유로운 미소로 마이크를 잡았다.

"당연하지요. 제가 제안한 정책인데요."

"우기지 마시오. 이미 잘못된 정책으로 결정 나지 않았소?"

한회돈이었다.

도발에 피식 웃는 거로 넘긴다.

"한 의원께서는 공부나 더 열심히 하시지요. 아직도 무엇이 문제인지 모르시는 것 같은데."

"뭐, 뭐요?!"

장대운 방청객들을 보았다.

"괜찮습니다. 정보가 한정됐으니 흔들릴 수도, 오해하시는 것도 당연하겠지요. 자, 이 시점 여러분께 한 가지를 여쭈어 볼까 합니다. 간단한 겁니다. 대답 안 하셔도 됩니다. 여쭙겠습니다. 성품이 막되어 예의와 염치를 모르고 불량한 짓을 하며 돌아다니는 사람을 보통 뭐라 부르죠?"

방청객의 머리 위로 일제히 '?'가 떴다.

표정도 또한 뭐지?

"……?"

"……?"

"……무……뢰한?"

누군가가 말했다.

혼잣말에 가까웠으나 조용한 관계로 똑똑히 들렸다. 모두
의 시선이 답변한 방청객으로 돌아간다.

그 사람을 본 장대운은 다시 질문하였다.

"그럼 누군가가 빌려준 물건을 자기 것처럼 쓰며 도박에다
가도 던지는 사람은요?"

"파……렴치한이요?"

"아주 똑똑하신 분이시군요. 그렇죠. 파렴치한. 부끄러움
을 모르는 뻔뻔한 사람. 그럼 여러분께 묻겠습니다. 서울시
장직이 누구의 것입니까? 개인의 것입니까? 아니면 서울시민
이 뽑아 준 겁니까?"

"……그야 서울시민이 뽑아 준 거죠."

"서울시민이요."

"서울시민이 뽑아 준 거 아냐?"

"서울시민이 뽑아 줘야 시장이 되니까 서울시민의 것이네."

고개를 끄덕끄덕.

"그럼 서울시민이 서울시민을 위해 뽑아 준 직을 자기 기
분에 따라 자기 마음대로 거는 사람을 뭐라 불러야 하죠?"

띵. 방청객들의 시선이 일제히 서울시장을 향했다.

한 대 맞은 듯한 표정들이 아주 가관이었다.

그제야 가만히 있으면 안 됨을 깨달은 서울시장이 끼어들었다.

"무슨 말도 안 되는 말씀이십니까?! 제가 언제 직을 걸고⋯⋯."

"방금 방송에서 말한 것까지 부인하시는 겁니까?"

"아니, 설사 그렇다 해도 이게 그 얘기는 아니지 않습니까. 말도 안 되는 정책을 막기 위해 최선을 다하겠다는 얘기지 않습니까. 이는 명백한 모욕입니다. 당장 사과하지 않으시면⋯⋯."

"제가 뭔 말을 했나요?"

"⋯⋯!"

장대운은 아무 말도 하지 않았다. 그저 묻기만 했을 뿐.

"여쭈고 싶었을 뿐입니다. 이래도 되는 건지. 서울시민께서는 이래도 용납하시는지."

"지금 그게 중요한 게 아니잖소. 왜 쓸데없는 걸 꺼내 나라에 분란을 일으킵니까!"

"저는 이해가 안 가서 말입니다. 저도 서울시민입니다. 제가 뽑지는 않았지만 제가 뽑은 시장이 자기 마음대로 직을 걸고 그러면 굉장한 배신감이 들 것 같거든요."

"무슨 그런 말씀을⋯⋯!"

"저도 선출직인 국회의원입니다. 이 배지가 제 것입니까? 4년간 맡아 둔 것 아닙니까? 어떻게 직을 걸 수 있죠? 방금 이 질문은 국회의원과는 별개로 서울시민으로서의 질문입니다."

계속 나가면 안 될 것 같은지 서울시장은 잠시 호흡을 가다 듬고는 화제를 돌렸다.

"그만 꼬투리 잡으시죠. 그걸로 토론의 본질을 흐리지 마시고요. 왜 분란을 일으켰는지나 답하시죠."

"무슨 분란이요?"

"이 사람이. 그걸 내 입으로 말해야 합니까?"

"말씀해 보세요. 제가 무슨 분란을 일으켰나요? 나는 아주 열심히 잘살고 있는데."

"무상 급식 얘기 아닙니까!!"

"무상 급식이 왜 논란이죠?"

"그걸 몰라서 묻습니까?!"

"무상 급식을 논란으로 만들고 싶으신 건 아니시고요?"

"그게 무슨 뜻입니까?"

"그럼 시장님께 묻겠습니다. 하나의 정책이 입안되어 전국적으로 시행될 때까지 걸리는 시간이 얼마나 될까요? 이번 질문은 어렵지 않죠? 자칭 행정 전문가시잖아요."

"……!"

딱 멈춰 머뭇머뭇 대답을 못 하는 서울시장.

하지만 장대운은 이번만큼은 먼저 해결해 주지 않고 기다렸다. 그가 답할 때까지 어서 대답하라고 손짓해 주면서.

정적 가운데 당황하는 서울시장과 종용하는 장대운의 모습이 잡혔다. 모두의 시선이 서울시장의 입으로 쏠렸다. 방금 전과는 딴판인 분위기로.

결국 버티지 못한 서울시장은 방향을 틀려고 했다.

"그건 사안에 따라 달라지…….."

"무상 급식은요?"

말을 자르며 콕 집어 주니.

노려보는 눈빛이 매섭게 빛났으나 장대운은 해맑은 표정으로 응수, 기다려 주겠다는 제스처를 취했다.

서울시장은 섣불리 답하지 않았다.

민간 회사에 있을 때부터 유명하던 그 특유의 뚝심인 건지 많은 사람의 시선에서도 꿋꿋이 버텼다.

믿어 달라고 할 때와는 딴판인 태도에 방청객은 미간을 찌푸렸고 그제야 장대운의 입이 열렸다.

"우리 직을 거신 서울시장님께서는 답할 생각이 없는 것 같네요. 여러분 어떻게 제가 대신 답해도 될까요?"

"""""예~~~~.""""""

큰 대답이 나왔다.

"그럼 서울시장님의 답변을 기다리지 않고 제 의견을 말씀드리겠습니다. 다만 아쉬운 점 한 가지. 본인이 유리하다고 여길 때와 그렇지 않을 때의 모습까지 일치해야 진정한 정치인의 모습이 아닌지 씁쓸한 마음이 드네요."

다시 찔러 대며 이래도 가만히 있을래? 장대운이 시선을 맞추자 이번만큼은 참을 수 없는지 서울시장도 반응하였다.

"누가 대답 안 한다고 했습니까?"

"그래요? 그럼 어서 말씀해 보세요. 여태 기다려 드렸잖아요. 대답 안 한 건 제가 아니잖아요. 여기 계신 분들이 증인이니 딴말하시면 안 됩니다."

"대답할 겁니다. 대답하면 되지 않습니까!"

"소리 지르진 마시고요. 간단한 질문인데도 대답 듣기가 참 힘드네요. 예, 말씀하세요. 경청하겠습니다."

"크음…… 하나의 정책이 완전히 뿌리내리는 데 걸리는 시간을 물으셨습니까?"

정확히는 무상 급식이 정착할 시간을 물었으나 이쯤은 장대운도 넘어가 줬다.

"예."

"개인적 견해를 물으신다면……."

"공적인 견해를 여쭌 겁니다. 여기가 사적인 자리는 아니잖습니까?"

사적인 자리였다면 이까지 갔을 서울시장이었으나 끝내 인내했다.

"크음…… 좋습니다. 대략 3~5년은 소요될 겁니다. 됐습니까?"

"그 정도군요. 아까 좀 시원하게 대답하시지."

"뭐라고요?"

"아무튼 지금 서울시장님이 3~5년은 걸린다고 대답해 주셨습니다. 하나의 정책이 정착하는 데. 그럼 무상 급식이 우리나라에 뿌리내리는 데는 얼마나 걸릴까요?"

"……."

서울시장은 다시 입을 닫았다.

방청객도 합죽이가 된 건지 아무 말도 하지 못했다.

"아무도 대답 안 하시니 제 예상치를 꺼내야겠군요. 서울이라면 아마도…… 1년이면 되지 않을까요?"

"1년은 어렵습니다!"

서울시장이었다.

"묻는 건 대답 안 하시더니 반론은 또 빠르네요. 왜 그런가요?"

"아직…… 급식 시설도 준비되지 않은 학교도 있고 여러모로 어렵습니다."

"여러모로라…… 답변이 참 빈약하네요. 급식하는 학교는 인프라를 그대로 이어받아 하면 되고 시설이 없는 학교는 따로 준비하면 될 테고. 강남구를 보니 하려면 3개월 내로도 가능한 듯 보이던데. 서울시 행정은 다른가 봅니다."

"아니, 그건……."

"여튼. 제가 서울시장직에 있는 게 아니니 나름의 사정이 있겠죠. 여러분 만일 서울시에서 1년 내로 무상 급식을 시행했다고 쳐 보죠. 이는 순전히 만일입니다만. 그럼 인천은 어떻게 하죠? 경기도는요? 충청도, 강원도, 전라도, 경상도, 제주도는요? 전국의 모든 초등학교가 무상 급식을 시행하려면 얼마나 걸릴까요?"

"……."

"……."

"……."

"모두가 합심해 적극적으로 시행해도 서울시장님 말씀대로 3~5년은 걸릴 겁니다. 중학교, 고등학교까지 들어간다면 10년도 잡아먹겠죠. 즉 무상 급식이 뿌리내리려면 10년이 걸린다는 겁니다. 당장 내년에 전부 시행할 수 있는 게 아니라. 자, 이래도 무상 급식이 국가의 발전을 저해하는 몹쓸 정책입니까?"

아아~~~.

이제야 알겠다는 듯 방청객들이 고개를 끄덕이기 시작했다.

장대운은 한 번 더 당겼다.

"정보가 한정돼 무상 급식에 대한 오해가 있을 수 있다는 말씀이 이제 이해가 가십니까?"

이해가 간다고 끄덕인다. 여기에서 멈출 장대운이 아니었다.

"정보의 독점. 아주 조심해야 할 정치 수단입니다. 자기 유리한 것만 꺼내 국민의 눈과 귀를 어둡게 하여 원하는 바를 취하니까요. 아까 스타번스의 예와 같이."

굳이 서울시장을 지목하지 않았음에도 방청객들의 눈초리가 사납게 꽂혔다.

방금 진 그를 위해 박수 쳐 준 게 다 어울하다는 듯.

서울시장은 아무런 반박도 하지 못했다. 자기 입으로 3~5년 걸린다고 했으니.

장대운은 상처 입은 서울시장 가슴에 소금을 뿌렸다.

"자, 다시 서울시장님께 묻겠습니다. 올해 2004년 대한민국 정부 예산이 얼마나 되는지 아십니까?"

"……."

"이것도 대답 안 하시는 겁니까?"

"……."

"아니면 모르시는 겁니까?"

"……120조 원 조금 못 미칠 겁니다."

부글부글.

"잘 아시네요. 그렇다면 10년 전 1994년 정부 예산을 기억하십니까?"

"……모릅니다."

"제가 알려 드리죠. 1994년 정부 예산은 43조 원 정도 됐습니다."

"……!"

"산술적으로도 3배 성장이죠? 그럼 2014년 정부 예산은 얼마나 될 것 같습니까?"

"……!!"

대답 안 해야 했다. 대답 안 하는 게 정치 인생의 모토라는 듯 서울시장은 입을 꾹 다물었다.

그러나 방청객들은 이미 장대운의 질문 의도를 눈치채고 놀라워했다.

10년 전보다 3배 성장한 예산과 앞으로 10년 뒤 잡힐 예산.

장대운도 이를 놓치지 않았다.

"아마도 300조 원 시대가 열리겠죠."

"그건 예상치일 뿐입니다!"

"그럼 서울시장님께서는 앞으로 우리 대한민국이 10년간

3배의 발전도 없을 거라 단언하십니까?"

"그건 아니지만…… 300조 시대는 너무 앞서갔습니다!"

"IMF 시대를 뚫고도 이만큼 성장했는데도요?"

"그래도 미래는 알 수 없습니다."

이번엔 서울시장의 말이 맞았다.

2014년 대한민국 정부 예산은 300조 원이 아닌 370조 원에
육박했으니.

"이쯤에서 예언 하나 던져 볼까요? 저는 300조 원을 넘어
350조 원 이상이 될 것 같은데. 서울시장님은 어떠십니까?"

"말도 안 되는 추측성 발언입니다!"

"서로의 의견이 팽팽하니 내기 하나 할까요? 내기 좋아하
시잖아요. 서울시장직도 막 거시던데."

"무슨……."

"딱밤 열 대 맞기 어떠십니까? 국민이 보는 앞에서 약속하
는 겁니다. 지는 사람이 이긴 사람에게 딱밤 열 대를 맞는다.
2013년 다음 해 예산이 책정되는 국회 앞에서."

"……."

멈칫. 자신 없어 하는 게 눈에 보였다. 망설이는 것도.

장대운은 조금도 사정 봐주지 않았다.

"이 장대운의 이마에 딱밤을 때릴 기회인데 놓치시려고요?
말도 안 되는 추측이라며 자신하지 않았습니까? 돈 내기도
아니고 딱밤 맞기인데 무엇이 두려우시죠?"

"……."

"못하시겠다면 앞으로 조용히 해 주시겠습니까? 반박을 위한 반박은 그만하시고."

"하, 하겠소. 하면 되잖소."

"그럼 맹세할까요? 국민 앞에 서서."

"조, 좋소."

두 사람은 나란히 서서 이길 경우 질 경우 딱밤을 열 대 때리고 맞겠다는 약속을 해 버렸다.

해프닝이었지만. 또 훗날 논란이 될 수 있는 장면이었지만.

김문호는 말릴 수가 없었다.

유치하더라도 정치는 기세에서 밀리면 안 된다. 저 서울시장도 자신 없으면서 내기에 응하는 건 오직 그 때문이었다.

장대운은 정말 무서운 사람이었다.

작은 내기 하나로 정부 예산을 국민의 머릿속에 각인시켰다. 그날이 오면 장대운은 카메라를 잔뜩 끌고 가 서울시장의 이마에 딱밤을 때리고야 말 것이다.

이 순간 저 남자와 적이 아니고 같은 편인 게 왜 이리 안심되는지.

"이렇듯 10년 후면 정부 예산이 지금과는 비교도 할 수 없을 만큼 커질 겁니다. 자, 무상 급식에 할애할 금액이 너무 크다고요? 이래도 무상 급식이 국가를 휘청이게 합니까? 게다가 무상 급식이 가능한 요인은 그것만이 아닙니다. 불행하게도 인구가 줄고 있어요. 그때면 초등학생 수가 100만 명가량 줄어들 겁니다. 400만이 아니라 300만으로요."

"그걸 어떻게 압……."

"통계 공부 좀 하세요. 출산율 통계를 보면 앞으로 10년 후 초등학생 수가 어떻게 되는지 다 나오잖아요. 100만 명이나 줄어요. 그만큼 필요한 예산이 더 준다는 거죠. 안타깝게도."

"……."

"……."

"옳게 따져 보지도 않고 그 따져 본 걸 국민께 올바로 알려 드리지도 않고 무턱대고 엉뚱한 이유나 대며 국민이 기본적으로 받아야 할 혜택을 매도합니다. 다른 의도가 있지 않고선 이런 짓을 할 수가 없겠죠. 이게 정상입니까? 이렇게 국민께 돌아갈 혜택을 이리 빼먹고 저리 빼먹으니까 아이를 키우기가 너무 힘들죠. 아이를 안 낳는 이유가 되는 겁니다. 두 사람이 힘 합쳐 아무리 돈을 벌어도 아이 한 명 감당하기 힘든 나라가 제대로 된 나라입니까? 초등학생 수가 100만 명이나 줄어든답니다. 정신 좀 차리세요."

"……."

"……."

"멀리 갈 필요도 없이 현시점만 따져 보죠. 초등학생 수가 410만 명입니다. 중학생 수는 190만 명이더군요. 고등학생 수는 170만 명. 대학생 수는 300만 명입니다. 대학생 수가 많은 이유는 재수, 삼수생에 복학생도 있으니 참고하시고요. 아 참, 아까 서울시장님께서 무상 급식 때문에 국방력도 약화될 거라 하셨는데. 거참, 국군 전투력이 얼마나 강력한데 무상 급식 때문에 약해집니까. 국민을 우롱하는 것도 정도가 있지. 그런 서울시장님은 총은 쏠 줄 아십니까?"

"쏠 줄…… 압니다! 총 하나 못 쏠까요."

바로 반박하지만.

"그래요? 거짓말 아니고요?"

"이 사람이 정말!"

"왜 화를 내시죠? 언제 신뢰를 준 적이 있어야 믿지 않겠습니까."

"쏠 수 있습니다!"

"좋아요. 그렇게 자신하시니 한번 확인해 봐도 되겠습니까?"

"……뭘요?"

"총 쏠 수 있는지 없는지는 자세만 봐도 나오는데 시범 보일 수 있으시죠?"

"있……습니다!"

대답과 동시에 이쪽으로 손짓하는 장대운에 김문호는 벼락 치듯 메고 있던 가방을 열어 장난감 M16 소총을 꺼내 건네줬다.

오늘 아침 혹시 필요할지도 모른다며 챙기라고 할 때까지만 해도 사용처를 몰랐는데.

장난감 소총을 서울시장에게 건네준다. 쏴 보라고.

카메라가 절로 서울시장에 포커스를 맞춘다.

서울시장은 받은 소총으로 자신 있게 자세를 잡는다.

"어어어어!"

"뭐야?!"

"왜 저래?!"

"저거 왜 저래?!"

놀람은 방청객 쪽에서 먼저 나왔다.

개머리판이 얼굴 코앞에 있다. 옳게 파지도 못 하고 겨냥하는 시늉만 한다.

장대운이 한심하다며 소총을 빼앗았다.

"이런 사람이 정치인으로 앉아 있습니다. 60만 국군 장병 여러분. 300만 예비군 여러분. 1천만 예비역 여러분. 이러니 국방부가 제대로 돌아가겠습니까?"

아직도 뭐가 잘못된 건지 전혀 모르는 서울시장이었다. 옆에 있는 한회돈도 영문을 모르긴 마찬가지.

장대운은 아예 방청객한테 물었다.

"방금 전처럼 자세 잡고 총을 쏘면 어떻게 됩니까?"

"코가 부러져요!"

"이빨이 나가요!"

장대운이 소총을 들고 서서 쏴 자세를 갖췄다.

"이게 맞습니까?"

"그게 맞아요!"

자리에 돌아온 장대운은 소총을 내려놓고는 카메라를 응시했다.

"하나를 보면 열을 알죠. 이젠 제가 화가 나서 안 되겠네요. 이 자리에서 제안합니다. 전 국회의원 및 지방자치장들의 병역 의무 여부와 그 가족들의 병역 의무 여부를 전수 조사해 주십시오. 예전에 이 일로 한 번 거른 적이 있는 줄 아는데 언제 또 이렇게 사기꾼들이 득실거리게 됐는지 가짜는 훑어 내야 하지 않겠습니까?"

"""""옳소!!"""""

대답이 터지는 순간 판은 끝났다.

서울시장과 한회돈도 오늘로써 자기 정치 인생이 끝났음을 직감했다.

감히 아이를 키우는 어머니를 건들고 억울하게 2년간 끌려가 온갖 살인기술을 배워야 하는 군필자들을 희롱했으니.

장대운은 혼자서 계속했다.

"무상 급식의 예산에 대해 설명드리겠습니다. 초등학생 410만 명에 대한 연산 시원 예산은 약 2조 5천억 원 정도 필요합니다. 중학생 190만 명은 1조 2천억 원, 고등학생 170만 명은 1조 원으로 총 4조 7천억 원이 책정되어야 합니다. 2004년 오늘, 정부 예산 120조 원의 나라에서는 분명 시행하기에 부담스러운 숫자입니다. 하지만 2014년 350조 원 예산의 나라에서는 충분히 가능하겠죠."

"무상 급식 재원은 이렇게 책정되어야 할 겁니다. 예를 들어 서울시 50% + 지자체 25% + 서울시 교육청 25%씩 부담해야겠죠. 긴 안목으로 봤을 때 이 비율이 적합하겠습니다. 각 지역 여건에 따라 비율을 10% 내에서 조절하는 것도 나쁘지 않습니다."

"제일 문제는 우리 대한민국이 고령화 사회로 진입하고 있다는 겁니다. 앞선 출산율 통계처럼 젊은이가 줄어들고 있어요. 반면 기대 수명은 늘어나 노인이 증가하는 추세죠. 일할 사람이 줄어든다는 겁니다. 즉 60대가 돼도 은퇴가 아닌 일을 해야 먹고사는 시대가 도래하고 있다는 겁니다. 젊은이들의 부양 의무는 날이 갈수록 무거워지고요. 이에 대한 대책도 시급합니다."

"서울시 정책을 살펴보았는데요. 가열차게 밀어붙이는 사업이 하나 있더라고요. 서울시 대중교통 정비 사업이라는데. 지금 한창 버스 전용 차로 만들고 법규 정비하고 좋은 방향으로 가고 있습니다. 다만 가장 중요한 것이 막혀 있더군요. 권역 환승 시스템이라는 건데. 간단히 말씀드려 버스나 지하철 갈아탈 때마다 돈 내야 했던 걸 아예 내지 않거나 일부만 내는 거로 개선한다는 겁니다. 이 정책이 성공한다면 교통비 부분을 상당히 아낄…… 어! 그러고 보니 또 화가 나네요."

장대운은 모노드라마의 주인공처럼 혼자서 토론장을 휩쓸다 환승 시스템 부분에서 왜 화가 나는지 설명했다.

권역 환승 시스템을 시행시키려면 서울과 인천, 경기도를 묶는 환승 시스템을 통과시켜야 하는데 여기에 드는 돈이 만만치 않다는 것이다.

최소 300만 명이라고 잡았을 때 한 번 갈아탈 때마다 1,000원으로 잡고 매일 왕복으로 적어도 2,000원을 지원한다고 보면, 300만 명 x 2,000원 = 60억 x 25일 = 1,500억 x 12달 = 1조 8천억 원이 든다는 계산이 나온다.

이용하는 인원수가 많아지면 많아질수록 갈아타는 횟수가

늘어날수록 기하급수적으로 예산이 들어가야 한다는 것.

더구나 이 금액은 무상 급식과는 달리 시행하는 즉시 수도권 출퇴근자를 대상으로 부담해야 하는 종류인데 내로남불도 아니고 무상 급식은 안 되고 환승 시스템은 되는 게 무슨 논리인지 모르겠다는 이유였지만.

방청객들은 다른 이유로 들썩이고 있었다.

이곳에 있는 방청객 대부분이 20대였다.

무상 급식은 관련이 없이 감이 멀었지만, 교통비는 전혀 달랐다.

눈이 번쩍. 침이 꼴깍.

모두가 장대운의 발언에 집중했다.

"화는 나지만 모두를 위해서 좋은 정책임에는 틀림없습니다. 여러분이 마땅히 받아야 할 복지 혜택이니까요. 다만, 현재 서울시가 버스 운송 사업 노조를 상대로 갑질하는 바람에 협의가 무산되어 계류 중입니다. 여러분이 허락하신다면 제가 한번 나서서 만들어 보겠습니다. 더는 버스 갈아타면서 줄어드는 지갑의 무게에 떨리지 않게! 이 장대운이 환승 시스템을 정착시켜 보겠습니다! 허락해 주시겠습니까?!"

"""""""예~~~~~~~~~~."""""""

끝.

◇ ◆ ◇

 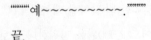

무상 급식 찬반 토론이 서울시장 디스전이 돼 버린 건 어쩌면 예정된 운명이었을지도 모르겠다.

어떤 결론도 나지 않았고 또 여전히 아이들 밥 먹이는 데 예산을 쓰는 게 괜찮은지 묻는 이들이 많았지만, 서울시 + 지자체 + 교육청이 비율대로 나눠 지원해야 한다는 끝머리의 제안에는 상당수가 고개를 끄덕였다.

김문호는 이로써 무상 급식이 성공적으로 정착할 것을 의심하지 않았다. 강남구 무상 급식이 궤도에 올랐고 우려하는 이들도 바로 옆 학교에서 무상 급식을 하게 된다면 배가 아파 자기들도 해 달라고 달려들 게 뻔했다.

시류는 막을 수 없기에 시류였다. 자기네 지자체에서 엉뚱하게 낭비되던 예산만 돌려도 충분하다는 걸 옆 지자체에서 증명해 줄 테니 더는 왈가왈부하는 게 입 아플 정도.

이쯤 되니 서울시장이 좀 걱정되었다.

무상 급식 토론장에서의 패배는 패배인데.

그보다는 생방송에서 보인 사격 자세가 박제되어 퍼져 나갔다. 그 옆에서 잘했다고 박수 치는 한회돈도 덩달아.

그를 보호하고 그의 업적을 옹호하려는 사람들도 그 장면 한 방에 녹다운되어 떨어져 나갔다. 대한민국에서 가장 예민한 사안 중 하나가 국방의 의무였다. 잘못 서울시장을 옹호했다간 도매금으로 같이 개박살 날 것은 불 보듯 뻔하기에 그 옆으로는 아무도 가지 않았다.

실제로 감당 못 할 항의가 터졌다. 서울시청은 거의 업무가 마비될 정도였고 각 지자체장과 의원들의 병역 여부를 전수 조사해야 한다는 여론이 빗발쳤다. 기세 좋던 한민당 의원들마저 고개를 처박고 나 몰라라 할 만큼, 주시정도 또한 어디에 숨었는지 모를 만큼 후폭풍이 거셌다.

이런 사이 장대운은 보란 듯이 버스 운송 사업 노조와 미팅을 가지며 권역 환승 시스템 정착을 위한 간담회를 가졌다.

이 소식이 언론으로 또 일파만파로 퍼져 나가며 지지율을 끌어올렸다. 같이 악수하는 사진이 대문짝만하게 실리며 500만 출퇴근자의 심정을 흔들어 댔다.

그래서 저녁나절 포장마차로 가면 아주 즐거웠다.

대부분의 주제가 서울시장과 무상 급식, 환승 시스템이었다. 간이의자에 앉아 간단하게 소주 한잔의 여유를 즐기는 그들은 군대 전역자였고 아이를 키웠고 매일 출퇴근하는 직장인이었다.

언성이 높아지는가 싶으면 서울시장 욕이고 눈이 빛나는가 싶으면 무상 급식과 환승 시스템이었다. 부디 성공하기를 기대했다.

그제야 비로소 김문호도 장대운의 말이 실감 났다.

- 불씨는 우리가 제공했지만, 완성은 우리 몫이 아니죠. 엄마들을 믿어 보세요. 대한민국 엄마들은 무척 강하답니다.

"아빠들도 강하군요."

아빠들도 강하다.

이 말을 되새기면서도 헛웃음이 나올 지경이었다.

장대운은 언제 서울시장의 약점을 파악하고 또 언제 환승 시스템마저 고려했는지.

스타번스를 꼬집으며 파고들 때만 해도 아찔했는데.

장대운은 그 모든 것을 전부 합친 것보다 강했다.

"맞붙는다면 이길 수 있을까?"

고개가 절로 저어진다.

법이면 법, 행정이면 행정, 경제면 경제, 문화면 문화.

아직도 법전 첫 페이지부터 끝 페이지까지 통째로 옮겨 적을 수 있다는 기억력을 무슨 수로 감당할까.

"미래 청년당으로 온 건 정말 신의 한 수였어."

매일 아침 지겨워야 할 출근길이 희망차다.

발걸음이 가벼웠고 오늘은 또 무슨 일이 있을까? 전신에 활기가 돋았다. 이것이 바로 긍지가 아닐까.

자, 오늘도 싱그러운 인사로 하루를 시작해 보자.

"좋은 아침입니다~~."

"문호 씨, 어서 와요."

"문호 씨도 좋은 아침~~."

답해 주는 사람은 도종현과 정은희 단둘뿐이었지만 이도 익숙했다. 백은호는 뭐…….

간단한 아침 회의가 있었다. 하루 일과를 브리핑하는 정도로 모여 친목을 다지는 자리인데.

"맘 카페가 난리입니다. 터질 것 같아요. 온통 무상 급식과

의원님 응원뿐입니다."

"호호호, 맘 카페만 난리인가요? 온 세상이 난리죠. 각 시
도에서 우리는 언제쯤 무상 급식을 시행할 수 있냐는 문의가
빗발치고 있답니다."

"환승 시스템에 관한 문의도 많습니다. 정말 갈아탈 때 돈
내지 않아도 되는지 말이죠. 파급력이 결코 무상 급식에 뒤지
지 않아요."

"근데 대체 언제 준비하셨대요? 회의 때는 말씀이 없으셨
잖아요."

"그게 중요합니까. 서울시장이 야심 차게 하려던 걸 우리
가 가져왔다는 게 짱이죠."

"버스 운송 사업 노조는 정말 전적으로 우리 뜻에 따르겠
대요? 간담회에 참석하고도 뭐가 뭔지 싶더라고요. 왜 이렇
게 호의적인가 하고요."

"어머, 그럼 당연히 그래야죠. 우리 의원님이 나섰는데 제
까짓 것들이 어딜 뻣뻣하게 나서요? 얼씨구나 감사합니다 하
면 어련히 알아서 챙겨 줄까요."

"그게 그렇게 간단한 문제가……."

"간단해요. 우리 의원님이 나서면 세상만사가 다 간단해집
니다."

"아…… 예."

기쁨은 우리 몫도 있었다.

보좌진들의 해냈다는 성취감과 만족감이 정도를 넘어설

정도.

한참을 들썩이며 지난 방송에서 느꼈던 감격을 이야기했고 그것도 모자라 다른 방면으로까지 수다가 하늘로 날아갈 듯하자 장대운이 멱살 잡고 스톱시켰다.

"자자, 잠시 심호흡부터 하시죠. 우리는 그저 화두만 제시한 것뿐입니다. 일할 사람은 공무원이죠. 우리가 흔들리면 안 됩니다. 그들이 올바른 방향으로 갈 수 있게 뼈대를 잘 세워 줘야 하니까요. 즉 이에 대한 문의가 폭증할 텐데 Q&A부터 우리 한 사람 한 사람이 준비가 돼 있어야 한다는 겁니다."

"옳습니다. 안 그래도 환승 시스템에 대한 원리와 프로세스, 사용 방법에 대한 내용을 정리해 볼까 했습니다. 환승 시스템은 저에게 맡겨 주십시오. 제가 확실히 해내겠습니다."

도종현이 자신 있게 나섰다. 장대운은 고개를 끄덕였다.

"그럼 우리 도 보좌관께서 환승 시스템은 맡아 주시고요. 무상 급식에 대한 내용은 문호 씨가 맡는 게 어떨까요? 강남구청과 면밀한 연계가 필요할 듯한데."

쳐다본다. 도종현, 정은희, 백은호 모두 바라봐 줬다. 신뢰감 가득한 눈길로.

"맡겨 주십시오. 이번 일로 정부도 관심을 가질 것으로 보입니다. 안 그래도 오늘부터 강남구청장님과 준비하기로 약속했습니다. 정부용, 지자체용, 시민용으로 따로 PPT와 유인물도 제작할 작정이라 허락을 얻으려던 참이었습니다."

"캬아~ 벌써요? 역시 문호 씨."

"자자, 허락은 됐고요. 처음부터 일임했으니 자알~ 만들어 보세요. 멋지게."

"알겠습니다."

"앗! 또 하나 좋은 소식이 있어요."

정은희가 손을 들었다. 다들 쳐다보니.

"회의하자마자 말씀드리려고 했는데 너무 기뻐서. 흠흠."

"뭔가요?"

"우리 미래 청년당 당원 수가 100만을 돌파했답니다. 호호 호호."

"100만이요?!"

"오오오~~."

"정말요?"

"더 놀라운 건 미래 당원 수가 자그마치 20만에 육박했다 는 거죠."

"2, 20만이요?!"

이번은 김문호도 놀라서 되물었다.

아직도 선명히 기억하고 있었다. 전생, 한민당 대통령 후 보 경선 때를. 그때 모든 결과의 바탕이 되었던 선거인 수를 말이다.

'584,826명. 투표율 53.98%로 투표자 수가 315,721명이었어!'

이 대한민국에 뿌리내린 지 수십 년, 유구한 역사 속에서 현재도 그렇고 앞으로도 내도록 이 나라의 정치 환경을 좌지 우지할 한민당에서조차 선거인 수가 겨우 58만 명이었다.

여기에서 선거인 수란 선거법에 의해 선거권을 가진 사람을 말한다. 정당에서 정당과 관련한 선거권을 가진다는 의미는 이전에도 설명했듯 일정 기간 이상 후원금을 냈다는 얘기였다. 즉 58만 명이란 선거인 수는 곧 58만 명의 권리 당원이라는 뜻이었다. 유료 회원이 58만 명이란 것.

그런데 창당한 지 3년도 안 된 미래 청년당이, 본격적으로 당원 모집을 한 지 한 달도 되지 않은 이 조그만 당의 미래 당원이 20만에 육박했다고?

전 세계 정치사를 돌아봐도 이런 사례는 없을 것이다. 당원 100만 돌파도 기함을 토하겠는데 말이다.

'뭐가 어떻게 돌아가는지. 이 숫자가 가능하긴 한 건가?'

이런 추세라면 굳이 노력해서 국회의원들을 스카우트할 이유가 없었다.

쓸데없는 데 심력을 쏟으니 차라리 일할 사람을 뽑아 다음 대 총선에 주력하면 된다.

당원이란 정당의 정치색에 가장 적극적인 자들을 뜻했고 이런 성장세라면 최대 당인 한민당과 정면으로 붙어도 승산이 있었다.

물론 20만이라는 숫자를 곧이곧대로 믿어선 곤란하긴 했다.

허수일 수가 있었다.

충동적으로 유료회원이 되는 바람에 상승한 숫자 말이다.

몇 달 지나면 사라질지도 모를 숫자.

그럴 가능성이 농후했지만.

김문호는 왠지 그럴 것 같지가 않았다.

'환승 시스템에 의한 효과는 비교적 크지 않을 거야. 아직 언급만 된 수준이니. 결국 20만이라는 숫자는 대부분 무상 급식에서 나왔을 확률이 높아. 즉, 어머니들이 직접 자기 지갑을 연 건데…… 어머니들이 적극적으로 지지하겠다고 선언한 거나 마찬가진데 말이야. ……어!!'

머리가 번쩍. 무언가 떠올랐다.

중년의 덕질.

15년 정도 지나면 트로트가 대세를 이루는 시기가 온다. 엄청난 팬덤을 형성하며 연예계의 강자로 떠오르는 인물들이 나타나는데 그들의 기반이 바로 중년들이었다.

지금의 어머니들. 그때가 되면 중년이 될 나이들.

엇비슷했다.

장대운은 세계 음악계를 주름잡은 FATE였다. 지금의 어머니들은 FATE의 음악을 듣고 자란 세대.

어쩌면 무상 급식이 그 결집의 계기가 됐을 수도 있었다.

'아아~ 이것 참 미치겠네. 이게 가능한 거야? 아니, 충분히 가능해. 그 당시의 팬덤은 스타가 군대 갔다 올 때까지도 기꺼이 기다려 줬어. 더 두고 봐야겠지만 어쩌면 우리 당원이 팬덤일 수도 있어. 민들레!'

오직 장대운만을 위한 사랑들.

"어!"

'단지 그것만이 아니야. 만일 진짜로 그렇다면 이 건은 팬덤에서 끝나지 않고 그보다 더 발전적이고 주체적인 생산성으로 바뀔지도 몰라. 세상에! 정치와 연예 팬덤의 결합이라니. 이게 가능해?'

설사 가능하더라도 이는 장대운밖에 할 수 없는…… 으응?

다들 쳐다보고 있었다.

왜?

장대운이 피식 웃는다.

"우리 문호 씨가 또 무슨 사고를 치려고 혼잣말을 다 하셨을까요?"

"호호호호, 그러게 말이에요. 처음 왔을 때도 저러더니 미래 청년당 컨설팅을 해 버렸잖아요."

"그래요? 갑자기 어! 하길래 무슨 제안을 하나 했더니 그런 거였어요?"

도종현이 별거 아니라는 듯 치부하자 정은희가 아니라고 했다.

"도 보좌관님도 기다려 봐요. 저러다 정리가 되면 탁 꺼낼 거예요. 우리 문호 씨가 꽂히면 좀 무섭거든요. 무상 급식 봐요. 열풍이잖아요."

"하긴…… 그렇습니다. 문호 씨는 아주 독특한 부분이 있어요. 이런 게 천재성일까요? 번뜩하고 말이죠."

"말이 나와서 하는 말인데 제 보기에 우리 문호 씨를 케어할 수 있는 사람은 우리 의원님밖에 없을 거예요. 보통 사람은 문호 씨를 이해하기도 어렵고 어쩌면 오해할 수도 있을 거예요."

"그렇긴 하네요. 의원님을 겪은 우리도 놀라울 지경인데 다른 이들은 오죽할까요. 문호 씨 기대할게요."

"나도요. 난 원래 처음부터 문호 씨를 기대한 거 알죠?"

귀신이었다. 이 양반들. 자기도 모르게 튀어나온 감탄사 하나 가지고 이렇게나 풀어내다니.

이 정도가 되니까 오필승이라는 희대의 그룹을 만들어 낸 건지도 모르겠지만, 아무튼 김문호도 심장의 두근거림에 참을 수가 없었다.

- 정치와 연예 팬덤의 결합!

아직은 개념도도 없고 가능성만 띄워 본 초보 단계에 머물러 있지만, 이 희대의 개념이 성공이라도 한다면 정치사에서도 다시 나올 수 없는 강력한 정치 집단을 형성할 수 있었다.

가히 전무후무한 업적이다.

'도전해 봄직한 과제야. 어쩌면 내 정치 인생을 전부 걸어도 될 만큼.'

심장이 벌써 인정하고 있었다.

어서 파 보라고.

하지만 그 전에 사과부터 해야 했다. 회의를 방해했으니.

"죄송합니다. 제가 또 혼자만의 생각에 빠졌습니다. 죄송합니다."

"죄송은요. 오히려 장려하고픈걸요. 자주 혼자만의 생각에 빠져 주세요. 알죠? 의원님도 모두 문호 씨를 지지하는 걸요?"

정은희가 따뜻한 미소로 기운을 북돋워 줬다.

때도 좋게 장대운은 회의를 마무리했다.

"자, 그럼 회의는 이 정도에서 끝낼까요? 각자 맡은 바 임무를 다시 확인하시고 달려 봅시다. 저는 저대로 우리 미래청년당의 당원들을 놓치지 않고 더 강하게 결집할 방안이 없는지 고민해 볼 테니까요."

맞아! 그거야! 김문호는 소리 지를 뻔했다. 방금 그것 때문에 혼잣말을 한 거라고.

장대운. 역시 명불허전이다.

무엇이 중요한지 아는 사람. 방심할 수 없는 사람.

"그럼 저는 강남구청에 다녀오겠습니다."

기쁜 마음으로 사무실을 나왔다.

일에 막힘이 없고 위기도 위기 같지 않게 만들어 주는 것으로 모자라 보상도 벅찬 일할 맛 나는 직장이라.

무슨 복에 겨워 장대운과 만나게 된 건지 감사하면서도 머릿속은 FATE의 강력한 팬덤을 어떻게 장대운의 정치에 녹아낼 건지. 조금의 소실도 없이 그대로 옮겨 올 수 있을지 온통 그것뿐이었다. 강남구청 입구에 도착할 때까지도.

느닷없이 들리는 소란이 아니었다면 강남구청장실에 들어갈 때까지도 행복한 고민은 이어졌을 것이다.

"왜요? 왜 못 만나게 하는데요?!"

"아니, 이 녀석아. 다짜고짜 구청장님을 만나자고 하면 다

만나 줘야 하는 거냐?"

"저도 강남구민이잖아요. 강남구민의 말을 들어 주는 게 강남구청장님이잖아요. 만나게 해 주세요. 어서요~~."

"그렇다고 전부를 다 만날 수는 없잖아. 이놈아. 그러니까 민원실이 있는 거고."

"어제 민원실에 얘기했는데 하나도 달라지지 않았잖아요! 좀! 으허어어어엉."

무엇이 그렇게 억울한지 고래고래 고함치다 울어 버리는 이는 아주 작은 꼬마 아이였다. 일곱 살쯤 보이는 작은 아이.

경비들도 당황했다.

"아이고, 이 녀석아, 여기에서 울면 어떡하냐. 다른 데 가서 울어."

"만나게 해 줘요. 만나게 해 달란 말이에요. 으흐어어어엉."

행색은 꼬질꼬질했다.

잘살고 행복한 집안의 아이가 저렇게 혼자 와서 난동을 피울 리 없으니 필시 형편이 어려운 집안 같은데.

무슨 억울한 사연인지 모르겠지만. 김문호는 발길을 돌렸다.

너무 바빴다. 무상 급식의 전반에 대해 짚어 봐야 했고 이미 실행하고 있다지만 문제점이 없는지 허점이 없는지 뒤집어 보고 면밀히 살펴야 했다. 어떻게 하면 이 치적을 효율적으로 정착시킬지도 아주 깊은 논의가 필요했다.

실랑이하던 아이는 결국 바닥에 주저앉아 대성통곡을 하였다. 경비들이 땀을 뻘뻘 흘린다.

"할머니, 으허어어어. 아무도 우리 애길 들어 주지 않아. 이제는 정말 장대운 의원님밖에 없어. 흐어어어엉, 할머니. 장대운 의원님은 우릴 만나 줄 거야."

멈칫. 장대운이란 이름이 나왔다.

이 기세대로라면 저 아이는 어떻게든 사무실로 찾아갈 것이다. 울면서.

장대운과 정은희의 얼굴이 떠올랐다.

두 사람은 절대로 저 아이를 지나치지 않을 것이다.

김문호는 순간 머리를 한 대 거하게 맞은 기분이 들었다.

'하아…… 주제에. 귀찮다고 또 저 아이를 모른 체하려 했구나. 문호야. 문호야. 너 어쩌려고 그러냐. 그새 초심을 잃었어?'

고개를 절레절레. 조금 잘나간다고 조금 마음에 드는 일을 맡았다고 다른 사람의 어려움을 목격하고도 눈을 감았다.

원장 어머니의 얼굴이 떠올랐다. 인자한 어머니.

언젠가 그녀에게 물어본 적이 있었다. 보육원 운영이 어렵다면서 왜 자꾸 아이들은 반아들이냐고.

∞ 그게 무슨 말이니? 이 녀석아. 당연히 보살펴 줘야지. 나에게 온 아이를 어디로 보내? 무조건적으로 보살펴 줘야지. 이 어미조차 외면하면 그 아이가 어디로 가겠니? 어렵다고 해서 포기해선 안 돼. 문호야. 너는 절대로 그러면 안 된다. 너도 그렇게 이 어미에게 온 거야. 포대기에 싸인 갓난아

243

이가 생글생글 웃으며…….

'하아~~. 어머니, 저는 인간 되기 글렀나 봅니다.'

아무도 없었으면 정신 차리라고 뺨따귀라도 올려붙이겠건만 지금은 자학이 중요한 게 아니었다.

경비들에 다가갔다.

"무슨 일이죠?"

"엇! 아이고, 비서관님."

정식 직책은 7급 비서이나 경비들은 일반 순경이 와도 부장님이라 올려붙이는 걸 알기에 정정해 주지 않았다.

"아, 글쎄, 저 아이가 스리슬쩍 들어가려는 거예요. 전에 휘발유 들고 들어가던 민원인을 통제한 적도 있고 해서 아이만 혼자라서 붙잡아 물었지요. 무슨 일로 왔냐고요."

호의 겸 경계 겸 반반으로 잡았던 것이 이리되었다는 얘기였다. 어떻게 보면 경비들도 피해자인 셈.

꼬마에게 다가갔다. 울던 꼬마가 뭐지? 하고 쳐다본다.

"너 이름이 뭐니?"

"……장민석이요."

"왜 여기에서 울고 있니?"

"그게…… 흐허어어어엉."

또 무엇이 서러운지 울어 버리는 아이를 데려다 근처 햄버거 가게로 갔다.

때 묻은 손과 얼굴을 물티슈로 닦아 주고 햄버거도 먹이고,

천천히 사연을 들어 보니 기가 막혔다.

◇ ◆ ◇

당원 분포에 대한 분석 자료를 살피던 장대운은 아무래도
이건 아니라는 표정으로 백은호를 쳐다보았다.

"정상적인 건 아닌 것 같네요."

"왜…… 그렇게 생각하십니까?"

"한 달이에요. 한 달도 안 되는 시간 동안 당원 100만 돌파
는 누가 봐도 납득이 안 가는 숫자 아닐까요?"

"숫자가 문제로군요."

"예."

이상하게 여기는 게 맞았다. 유리하다고 해도.

그게 옳았다. 무상 급식이 아무리 바람을 일으켰다 한들,
환승 시스템이 제아무리 새로운 물결을 터트렸다 한들, 국민
은 기본적으로 정치를 좋아하지 않는다.

경찰이 지나가면 괜히 쫄리듯 대한민국 정치가 걸어온 역
사가 그랬다. 공권력이란 지독한 방향성은 늘 국민을 침묵시
키고 국민을 쥐 잡듯이 잡아 대기만 했으니.

그 피해에 대한 기억은 DNA에 박혀 있고 아무리 진심을
다해 다가가도 일정 거리 이상은 꺼리게 되어 있었다. 정치하
는 인간들 자체가 음험한 것도 크게 한몫했고.

영화에서도 드라마에서도 아름다운 정치가 나오지 않는

것 또한 그것이 바로 정치의 리얼리티이기 때문이었다.

결국 100만 돌파는 다른 이유일 수밖에 없었다.

세계 정치사에서도 유례가 없을 만큼 당세가 급격하게 커진 이유는 다른 곳에서 찾아야 함이 옳았다.

"민들레죠?"

"저도…… 그런 것 같습니다."

백은호가 군말 없이 순순히 인정한다는 건 청운도 그리 보고 있다는 것.

역시나 그랬다. 당원 모집 1개월도 안 돼 100만 돌파와 미래 당원 20만 육박은 민들레밖에 이유를 찾을 수 없었다.

"이게 과연 맞는 걸까요?"

"정확한 건 김연 대표를 불러다 민들레 명단과 대조해 보는 게 제일이긴 하지만. 그럴 필요는 없을 것 같습니다."

"우려는 없나요?"

"어떤 관점으로 보느냐에 따라 결론이 완전히 갈렸습니다. 청운에서도. 즉 누구도 장담하지 못하는 상황이라는 겁니다."

"섣불리 예단할 수 없다는 거네요. 처음이라서."

"의원님의 강점이 드러난 것이기도 하니까요."

"흐음……."

은퇴 선언한 지 5년. 스스로도 마찬가지였다. 아직까지 근방에 머물며 지켜 주려는 민들레가 미쁘기도 하지만 이는 과했다. 걱정이 안 된다면 거짓말이다.

그렇다고 딱히 부정하기도 힘들었다.

민들레는 장대운이라는 인간이 살아가면서 만난 수많은 고비에서 승리를 독차지하게 한 원동력이었다. 세계적인 영향력으로써 아직까지 저 미국조차 눈치를 보게 하는 핵심적인 이유.

이들이 없다면 장대운은 그저 좀 잘나가고 돈 많은 동양인일 뿐, 특별할 이유가 없어진다.

"고맙긴 한데…… 이게 맞는지는 아직 잘 모르겠어요."

"아닐 이유도 없진 않습니까?"

"……그렇긴 하죠."

"조금 더 지켜보는 걸 권했습니다."

"그렇군요. 알겠어요. 아직 무슨 액션이 나온 건 아니니…… 으응?"

갑자기 사무실 문이 열리고 김문호가 들어오고 있었다.

"어, 문호 씨."

이 시간엔 강남구청장과 만나고 있어야 하는데.

뭐라 말하기도 전에 김문호 뒤로 작은 아이가 쭈뼛 들어왔다.

그 아이를 앞세운 김문호가 허리를 굽혔다.

"강남구청 정문에서 만났습니다. 사정을 들어 보니 의원님께서 아셔야 할 것 같아서 데려왔습니다. 인사드려라."

"안녕하세요. 포일초등학교 2학년 2반 3번 장민석입니다."

꾸벅.

6~7살로 보이는데 9살이란다.

몸도 작은데 행색마저 꼬질꼬질.

눈은 무슨 이유인지 벌써 그렁그렁.

서러워했다.

아이는 시선이 마주치자마자 감정이 북받치는 표정으로 변했다.

김문호가 아이의 머리를 쓰다듬었다. 괜찮다고, 진정시켰다.

사연이 나온다.

구룡마을이었다.

강남구의 마지막, 서울시에서도 몇 개 남지 않은 빈민촌.

Chapter. 15

　구룡마을은 본래 경기도 광주시 관할이었으나 서울시에
편입, 현재 강남구 소속으로 길 하나를 두고 호화스러운 빌라
와 아파트가 늘어진 강남 본토와 대비되는 곳이었다.

　강남구의 아픈 손가락으로 현재도 농촌 마을 모습을 간직
하는, 최근까지도 사고가 끊이지 않는 곳.

　그 부지 하나만큼은 개발 잠재력이 높아 수많은 건설사와
도전했으나 이미 자리를 잡고 사는 이들을 어찌하지 못해 무
산되었다.

　장대운도 이곳 강남구에 둥지를 튼 이상 언젠가는 손볼 생
각이긴 했는데.

'그렇군. 결국 이 나라가 저리 만든 거야.'

구룡마을을 이렇게나 키운 건 안타깝게도 구룡마을 주민이 아니라 대한민국 정부였다. 최대 치적으로 삼는 1988 서울 올림픽이 주원인이었고 강남구가 자랑하는 최고급 주상복합 아파트인 타워팰리스가 부를 차지했다.

올림픽 전 주변 정리에…… 고급 아파트 짓기 위해 철거해 버린…… 한순간에 삶의 터전을 잃어버린 사람들이 최후로 찾아 들어간 곳이 구룡마을이다.

그런데도 정작 강남구민들은 구룡마을에 관심이 없었다.

죽든지 살든지. 조금이라도 피해가 나면 난리 나는 강남구임에도 구룡마을만큼은 태평.

이번 정부 때도 그랬다.

구룡마을 주민을 배려한다는 명목으로 임대 아파트 건설이 추진된 적이 있는데 구민 편의 시설 건립 예산이 임대 아파트로 갔다는 사실이 알려진 후부터 여론이 엉망이 됐다. 이 때문에 대통령 탄핵을 지지하는 이들이 상당히 늘었다고.

'부촌 옆의 빈민가란 이유로 감성적인, 차별적인 시선으로 바라보는 사람들이 많다지만, 구룡마을 주민들도 문제긴 하지. 그들도 서로의 이해관계로 반목과 대립을 반복하니까. '구룡마을 자치회'와 '구룡마을 주민 자치회'로 갈려서.'

하나가 되어 나아가도 모자랄 판에 둘로 갈려져 싸운다.

이 싸움을 부추기는 놈들이 바로 개발 브로커나 부동산 업자들이었다. 공과금 납부 건과 구룡마을 화재로 대표자 단체가 둘로 나뉘게 된 걸 이용, 딱지(거짓 입주권)를 만들어 법적 보상으로 연결되지 않음을 알려 주지 않고 이익을 빼돌린 놈들.

지금도 이 모양인데 10년 후면 더 난리 블루스가 될 것이다. 그 덕에 구룡마을로 향하던 온정의 손길도 뚝 끊기게 된다.

"폭행을 당한 모양입니다. 돈이 없어 병원에도 못 가고 집에서만 끙끙 앓는다 하네요."

폐지 주워 겨우 연명하는 조손에게도 개발업자들이 들이닥쳤다.

나가라. 못 나간다.

실랑이를 벌이다 넘어진 할머니가 다쳤고 뭐가 잘못됐는지 그날 이후로 한 발짝도 못 움직이게 됐다고.

그러나 개발업자들의 괴롭힘은 거기에서 끝나지 않았다.

밤낮을 가리지 않고 괴롭힌다.

경찰을 불러도 그때뿐. 왔다가 슬쩍 돌아보고만 가 버리는 경찰을 피해 교묘히 집기를 부수거나 협박질에 밤에는 잠도 못 자게 벽에다 망치질을 해 대는 등 못살게 굴었다고 한다.

오죽하면….

오죽하면 아홉 살짜리 아이가 구청장을 만나겠다고 나섰을까.

그랬다. 이런 일은 보통의 경찰로는 소용이 없었다.

장대운은 아이를 가만히 바라보았다.

절박함이 피부로부터 전해져 온다. 더 이상 갈 곳 없는 자들만이 풍기는 암울의 향기. 한창 로봇 장난감 갖고 놀 나이에 이 아이는 벌써 하루하루가 생존이다.

이 작은 얼굴에서 자신의 어릴 적 모습이 보였다.

우산이 없는 아이.

우산 없이 다니는 아이에게 세상이 얼마나 험악한지 장대운은 똑똑히 기억하였다.

손을 뻗어 아이의 머리를 쓰다듬어 줬다.

"잘 왔다. 아프면 아프다 해야 한다. 네가 나에게 왔으니 내가 기꺼이 너의 우산이 되어 주마."

긴말은 필요 없었다. 같이 지켜본 정은희는 어디론가 전화했고 곧 한 사람이 도착했다.

경찰이었다.

아니, 일선 경찰관이 아니었다. 어깨 견장에 태극 무궁화가 하나 떡하니 박혀 있었다. 아주 큰 무궁화가.

"어서 오십시오. 수사부장님."

"아이고, 저를 어찌 그렇게 부르십니까. 의원님."

"잘 계셨죠?"

"저야 언제나 열심히 살고 있습니다. 의원님이 주신 기회 덕분에 승승장구 중이죠."

너스레를 떨어 가며 웃는 중년의 남자는 결코 이런 식으로 부를 사람이 아니었다.

서울지방경찰청 소속 수사부장. 강희철.

11만 경찰 중 단 80명밖에 없다는 경무관이었다.

일선 경찰서장인 총경 위에 존재하고 전국경찰지휘부 회

의 참석 멤버인 행정 경찰 치안총감(경찰청장), 치안정감, 치안감 아래에 위치한…… 형사 소송법상 수사 행위의 주체인 사법 경찰력의 정점.

경무관 위는 전부 행정 경찰이다.

그러니까 이 사람의 직책이 서울지방경찰청 수사부장이라고 했다. 서울시에서 자행되는 범죄에 관한 한 누구도 이 사람의 눈을 피해 갈 수 없다는 뜻.

그런 사람이 장대운 앞에서 겸손의 표본처럼 행동하고 있었다.

'도대체 언제?'

김문호는 순간 인지 부조화를 느꼈다.

행정 경찰인 치안총감, 치안정감, 치안감은 임명부터 그 성격상 정치와는 떼려야 뗄 수 없었지만.

사법 경찰인 경무관은 다르다.

경험상 특히나 수사를 지휘하는 라인에 있던 자들은 보통 콧대들이 아니었다. 정치인이든 뭐든 범죄 사실이 드러나거나 또 수틀리게 하는 순간 여지없이 이빨을 드러내 물어뜯는 야생성이 있었다.

늑대. 그런 자가 장대운에게 고개 숙이길 주저하지 않는다.

물음표가 수없이 뜬다.

그러나 이유는 너무도 쉽게 알 수 있었다.

"가끔 예전이 그리울 때가 있습니다."

"그래요?"

"의원님의 경호…… 아니죠. 뭣도 모르고 따라다니기 바쁠 때가 참 좋았다는 생각을 가끔 합니다. 그때의 조언과 경험이 저를 아직까지 흔들리지 않게 해 주거든요."

"억울함은 많이 가셨나요?"

"경찰이면서 제가 경찰을 우습게 봤다는 걸 시간이 지나며 몸소 경험했습니다. 순 부정부패의 온상인 줄로만 알았는데 저와 같은…… 저와 같은 자를 기다리는 이들이 꽤 많다는 걸 눈으로 확인했습니다. 정직하게 걸어가다 보니 정말 그들이 도와주더군요."

"당연하죠. 11만 경찰이 전부 부패했다는 건 있을 수가 없는 망상이죠."

"아닙니다. 그때는 정말 암울했습니다. 저도 어디 경찰서에서 반장 자리나 머물다 퇴직했을 운명이었고요. 이 자리에까지 오른 건 순전히 의원님 덕입니다."

"부끄럽네요."

"진실입니다."

"오늘 그 덕 좀 볼 수 있을까 해서 모셨어요."

"무엇이든 말씀하십시오."

"그렇게 말씀하셔도 되겠습니까? 부정한 일일 수도 있는데요."

"제가 의원님을 모릅니까? 차라리 내일 태양이 뜨지 않는다고 말씀하시죠. 저는 제 주제를 잘 알고 있습니다."

"아이고, 제가 괜한 말을 꺼냈네요."

"괜찮습니다. 사실이니까요. 이제 말씀해 주십시오."

"예. 알겠습니다."

장민석을 강희철 앞에 세웠다.

지금까지 어떤 일을 겪었고 현재 어떤 상황인지.

내용을 다 들은 강희철은 작은 한숨을 쉬었다.

"으음…… 어쩌면 경찰력의 부족이 이 일을 키웠는지도 모르겠습니다."

"해결이 가능할까요?"

"근본적은 해결은 불가능하지만 날파리 정도는 치울 수 있을 것 같습니다. 다만, 그걸 원하시는 건 아닐 것 같습니다."

"그래도 대한민국의 정의가 살아 있음을 보여 주셨으면 좋겠어요. 우리 민석이가 경찰 아저씨들을 믿을 수 있게."

"물론입니다. 우리 민석이를 실망시킬 순 없겠죠. 맡겨 주십시오. 일주일 안에 경위서를 올리겠습니다."

일주일 안에 끝내겠다.

대답이 나오자 장대운은 장민석을 강희철 앞에 세웠다.

"인사드려야지. 널 도와주러 멀리서 오신 분이다. 나쁜 놈들 다 잡아 주실 거야."

"감사합니다. 경찰 아저씨."

"오냐. 조금만 참아라. 이 아저씨가 나쁜 놈들 다 때려잡을 테니까. 알았지?"

"예~."

몇 년 만의 만남이었지만 이별은 또 너무 쉬웠다.

돌아가는 차 안, 강희철은 고민했다.

화성 연쇄 살인사건 이후 단 한 번도 부른 적 없던 호출이었다. 그러나 기대와는 달리 아주 작은 사건이 넘어왔다.

재개발 때마다 흔히 나타나는 더러움.

경무관이 움직이기에 가치도 없는 사건이었으나 또 절대로 가볍게 볼 수 없었다. 넘긴 주체가 장대운이니까.

시대의 거인.

"왜 나를 불렀을까?"

닭 잡는 데 전기톱을 들이밀 리 없는 사람인데.

장대운의 힘이라면 이 일과 관련된 자들은 하루아침에 벌거벗고 거리로 나앉을 거란 걸 강희철은 잘 알았다.

왜 직접 하지 않고 나를 통하려 할까?

돌아가 자리에 앉아서도 고민은 계속됐다.

"……그럼에도 나를 불렀어. 조용히 처리할 수 있음에도."

"무슨 일이 있으셨습니까?"

비서가 갸웃대며 물어왔다. 경무관부터는 부속 비서도 있다.

"아니, 강남구에 사건이 하나 생긴 것 같은데. 광수대를 움직이는 건 좀 과하겠지?"

"무슨 건인데요?"

"구룡마을이다."

"혹시 재개발 건인가요?"

"그래."

"으음…… 먼저 강남경찰서장과 통화해 보시는 것이 어떻겠습니까?"

"강남경찰서장이랑?"

"예, 아무래도 관할 문제도 있고 나중에 후속 조치를 위해서도 강남경찰서가 발을 걸치는 게 좋을 것 같습니다. 강남경찰서장은 원하지 않을 테지만 말이죠."

"구룡마을이니까?"

"실적에 도움이 안 되죠. 광수대도 마찬가지고요."

"뭘 하나 줘야 한다는 거군."

"적당한 건이 있다면 교환도 좋을 겁니다."

대체로 옳은 판단이라 강희철은 곧장 강남경찰서로 전화를 넣었다.

"예, 접니다. 강희철. 한번 뵐까요? 지금 출발하면 30분이면 될 것 같은데. 좋습니다. 금방 가겠습니다."

"바로 가시는군요."

"그래."

"준비하겠습니다."

아까는 사적인 일이라 혼자 나갔지만, 이제는 공적인 일이었다.

비서랑 같이 출발한 차량은 어느새 강남경찰서에 도착했고 강희철은 입구까지 마중 나온 송호림 경찰서장을 발견하게 되었다. 송호림은 나이도 경찰대학 기수로도 선배였다.

"아이고, 선배님, 나와 계셨습니까?"

"어서 오시오. 강 수사부장."

"더운데 안에 계시지요."

"강 수사부장이 온다는데 버선발로 맞이해야지. 안 그렇소?"

"아이고, 왜 그러십니까. 어서, 어서 들어가시죠."

내부로 들어가는데 여기저기에서 '충성' 소리가 터진다.

강희철은 강남경찰서, 서초경찰서의 전설이었다.

누가 뭐라든 우직하게 큰 사건들을 해결했고 특진에 특진을 거듭해 경무관 자리까지 오른 일선 경찰관들의 희망.

손도 흔들어 주고 어깨도 두드려 주고 반기는 후배들의 마음을 환한 미소로 답례한 후에야 겨우 서장실에 들어갔다.

송호림이 자리에 앉자마자 한 소리를 한다.

"이거 원, 우리 애들이 나보다 강 수사부장을 더 좋아해."

"무슨 말씀이십니까. 저야 간만이니 반갑다고 해 준 거죠. 어떻게 선배님과 비교할 수 있겠습니까."

"청이 빡세긴 한가 보구만. 곰에게 말빨이 생겼어."

"그런가요? 하하하하하."

"그래, 무슨 일로 오셨는가? 나는 들을 준비가 됐네."

멍석을 깔아 준다. 강희철도 응했다.

"실은 구룡마을 때문에 왔습니다."

"구룡마을?"

바로 미간을 찌푸린다.

짜증이었다. 골치 아픈 곳이라는 뜻.

강희철도 긴장감을 올렸다.

송호림은 전국 최고 요충지인 강남에서 경찰서장을 연임한 사람이었다. 꼬리 대여섯 개는 너끈히 가진 너구리.

선부른 설득은 오히려 독이었다. 사실대로 나갔다.

"심기를 거슬렀습니다."

"흐음, 심기라…… 자네는 아닐 테고. 어떤 분이 움직이셨나 보군. 근데 자네도 후원받나?"

"후원자 없이 청 입성이 가능하겠습니까? 잘 움직이지 않는 분이시라 티가 안 난 거죠."

"그렇군. 미리 말하지만 나는 딱히 야망이 없는 사람이네. 그저 무사히 퇴직하기만 바라는 노땅일 뿐이지."

쓸데없는 소리 할 생각이라면 그냥 가라.

"부담스러운 건 아닐 겁니다."

"그런가?"

"위법한 일도 아닐 테고요."

"그래? 혹시 누가 또 시위라도 하는가?"

재개발 반대 시위였다. 강제 진압은 어렵다는 얘기.

조용히 뭉개는 것도 어렵다.

강희철은 고개를 저었다.

"잘못 짚으셨습니다."

"잘못 짚었다라…… 설마 반대는 아니겠지?"

"왜 아니겠습니까."

"호오, 그런가? 잘 없는 일인데. 생각보다 괜찮은 분을 후원자로 두고 있나 보군."

강희철은 속으로 쾌재를 불렀다. 단 한마디로 송호림이 어느 쪽에 있는지 판별 났으니까.

송호림은 주민 보호가 우선이다. 원하는 게 같다는 것.

강희철도 보따리를 풀었다.

"고약한 놈들이 들어온 모양입니다. 사람들을 못살게 굴고…… 그놈들을 싹 치우라시는데 일주일을 주셨습니다."

"일주일? 강남경찰서 전체를 동원해도 힘든 일일 텐데. 뭐, 부담은 훨씬 줄긴 했다지만…… 이는 강남구청 쪽과도 협의해야 하네. 재개발은 강남구청의 일이니까. 혹은 서울시도 그렇고."

"강남구청 쪽은 걱정 마십시오. 별일 없을 겁니다."

이 대답을 마치기가 무섭게 송호림의 입가가 살짝 올라갔다.

요것 봐라. 였다.

"이거 생각보다 더한 분이 자네 후원자셨구만."

"예?"

"내가 송호림일세. 강남경찰서장. 지금 대한민국에서 강남구청장을 자신할 수 있는 자가 몇이나 되겠나?"

"아……."

들켰다. 걱정 말라 하는 게 아니라 거기도 찾아가겠다는 말을 했어야 했는데.

"언제부터인가?"

할 수 없었다. 거짓은 안 통한다.

"한 20년 됐습니다."

"20년이라면…… 자네의 신상이 달라진 그때로군. 으음, 이런이런…… 그분이라면 나도 쉬이 넘길 수는 없겠지. 왜 이런 지시가 내려왔는지도 납득 가고. 가만 보자~~ 누가 좋을

까? 누가 총대를 메야 순탄하게 풀릴까. ……옳거니. 그놈들
이 좋겠구만. 잠시 기다려 보게나."

전화기를 들더니 3팀 전부 불러와. 라고 한다.

3분이 지나지 않아 일곱 명이 우르르 들어온다.

'충성' 세례가 이어지고.

이 중 존재감이 강한 이를 위주로 송호림이 소개했다.

"3팀장 이대기 경위라네. 들개란 별명을 가졌지. 수틀리면
상관이라도 물어 버리니까. 그 덕에 동기들 전부 과장 달고 있
는데 아직도 일선에서 뛰는 중이네. 대신 실력은 기가 막히지."

"쟤는 박소연이라고 작년 말부터 3팀에 배속됐네. 경찰대
후배야. 근데 손끝이 아주 야무져. 깡패들도 잘 때려잡더라
고. 미래가 아주 기대돼."

"저놈은 진명철이라고 전라도 군산 촌놈인데. 우습게 보면
안 되네. 체포왕이야. 내가 특별히 스카우트해 왔어. 5년 만
에 순경에서 경사까지 올라온 놈이니까 쓸 만하겠지?"

"자자, 잘 들어라. 강 수사부장이 누군지는 알지? 우리 강
남경찰서의 레전드다. 특별히 맡길 일이 있어 몸소 찾으셨단
다. 잘해 드려라. 너희들에게도 이건 기회가 될 수 있다."

하며 빠져 준다. 알아서 브리핑하라고.

강희철이 일어나 한 명씩 악수했다. 평범하게.

그런데 그 악수가 진명철에 이르자 멈칫, 강희철이 다시 쳐
다봤다. 매서운 눈빛으로.

진명철도 희한하게도 그 눈빛을 피하지 않았다. 오히려 무

언가 알겠다는 듯 의미 모를 미소를 띠며 송곳니를 드러낸다.

◇ ◆ ◇

돌아가는 차 안, 강희철은 또 골똘 중이었다.

'그럴 리가 없는데…… 희한하단 말이야. 어째서 송두리째 읽히는 기분이 들었을까? 기분 나쁘게 말이야.'

그럴 수도 없고 그럴 리도 없다는 걸 아는데도 인생이 읽혔다는 느낌을 받았다. 손을 딱 잡는 순간 쑤욱 하고 말이다.

이상한 놈이었다.

진명철. 꺼림칙하면서도 한편으로는 또 신비한 놈.

너무 이상했다.

선과 악.

완전히 반대 개념이 서로 맞부딪치는 것 같은 놈이라니.

"부장님, 혹 또 다른 문제가 있습니까?"

"어…… 응?"

운전하던 비서가 고개를 돌리며 물었다.

"아까부터 계속 고민 중이시라서요."

"모르겠어."

"예?"

"감이 그래. 이놈 좀 기괴하다. 무언가 비밀이 있는데 그리 나쁜 놈은 아닌 것 같고. 그렇다고 같이 있는 건 꺼려지고."

"누굽니까?"

"진명철."

"진명철이라면…… 아까 그 친구 말이군요."

"그래, 이상했어."

"혹여 운명의 이끌림 같은 건 아니십니까?"

"운명의 이끌림?"

"그런 게 있지 않습니까. 첫 만남부터 강렬한 인상."

"강렬한 인상이라…… 그런 게 운명의 이끌림이라면 그럴 거야. 진짜 깜짝 놀랐거든."

"조사해 옵니까?"

"그래, 가져와 봐. 뭐 하던 놈인지 봐야겠어."

"예."

강희철이 고개를 갸웃대며 서울지방경찰청으로 돌아가던 시각 강남경찰서 강력3팀은 구룡마을 입구에 도착했다.

승합차에서 내리자마자 펼쳐지는 빈민가의 향기에 다들 한숨부터 내쉬었다.

"휘유~."

"여기가 구룡마을이라고?"

"허어……."

"어떤 면에선 대단하네."

강남구에 이런 곳이 있었다.

큰길 하나를 사이에 두고 별천지와 시궁창이 공존하다니.

자신들이 비록 강남경찰서 소속이지만 이런 광경은 처음 이었다. 본디 여기까지 올 일이 없고 경찰서의 주 관심 대상도 아니었으니까.

이대기가 간단히 평가를 내렸다.

"법의 사각지대임은 분명하다."

"그러네요. 여기선 무슨 일이 벌어져도 모르겠어요. 더 놔 뒀다간 슬럼가처럼 변해 버릴 수도 있겠어요."

박소연이 받았다.

"슬럼가라면…… 브라질?"

"예."

저 멀리 지구 반대편에도 무법자들의 천국이 있었다.

공권력마저 포기한 무정부 지대.

관여된 사람이 아니라면 절대로 들어가선 안 되는 곳.

슬럼가로 유명해진 브라질의 어떤 도시도 사실은 자연스 럽게 만들어진 건 아니었다.

그들도 이들처럼 밀리고 밀려 끝자락까지 닿은 자들이었 다. 내일이 없는 자들 손에 누군가가 무기를 쥐여 줬고 죽지 않으려면 먼저 죽여야 하는 환경이 만들어졌다. 경찰조차 생 명을 장담할 수 없는 곳으로.

그렇게 그들만의 질서로 그들만의 법으로 살아가는 곳이 만들어졌다.

구룡마을이라고 슬럼화가 되지 않을 거란 보장이 없었다.

물론 박소연도 이곳이 범죄의 온상이 될 거란 생각까진 하 지 않았다. 군부 시절부터 권력자들이 자신의 치적을 위해 집 중했던 것이 바로 범죄자 때려잡기였고 고작 몇 번의 소탕으로도 이 땅엔 경찰력을 넘어서는 범죄 조직이 자생할 환경은 사라졌다. 즉 이 나라에서 범죄 조직의 운명이란 눈에 안 띄는 아주 작은 소그룹으로 숨어 살거나 표적이 되어 세포 단위로 분해될 운명뿐이었다.

그렇더라도…….

구룡마을 자체가 흑화되는 건 전혀 다른 문제였다. 아직은 법을 따른다 하더라도 생존에 위협을 받는다면 살기 위해서라도 투쟁해야 할 테니.

"이 집이야?"

"주소가…… 양재대로 478. 아아, 여기 전체가 이 주소군요. 여튼 이 집이 맞습니다."

"그렇다는 거지? 후우…… 씨벌."

3팀장 이대기 입에서 욕이 튀어나왔다.

오르막길을 두고 양옆으로 늘어져 있는 집들 중 온전한 건 단 한 채도 없었다. 대낮임에도 폐가의 을씨년스러움이 묻어나는 곳.

장민석이라는 아이의 집도 그랬다.

현관문을 열면 바로 길과 연결되는 구조. 현관문조차 쇠로 된 뼈대 위에 비닐로 칭칭 감아 바람만 막았다. 그 현관문이 우그러져 있었다. 찍혀 있는 누군가의 발자국과 함께.

안으로 들어가니 성인 한 명이 설 수도 앉을 수도 없는 낮고도 좁은 공간에 누울 자리 하나 있고 책가방이 하나 덩그러니 놓여 있었다. 세간살이라고는 그릇 몇 개와 기름 곤로뿐.

이 또한 지저분하기 그지없었다. 이불도 언제 빨았는지 시커 멓고 후우…….

"여기서 할머니랑 둘이 산다고?"

"예."

"재개발 놈들이 그 할머니를 다치게 한 거고?"

"예."

"애가 혼자 경찰 부르다 강남구청으로 갔고 거기서 장대운 의원과 닿았다고?"

"……예."

평범한 질의·응답 같지만, 팀원들은 이대기의 화가 머리끝 까지 치밀었다는 걸 오랜 경험을 통해 알았다.

이럴 때는 피하는 게 상책인데.

이대기는 상관이라도 잘못 건들면…… 서장 송호림 정도 나 감당하지 어설픈 놈들이 이래라저래라 했다간 바로 주먹 부터 날아간다.

그때 무언가 눈에 들어왔는지 이대기가 시선을 돌렸다.

"쟤는…… 뭐 하나?"

고개를 돌려 보니 진명철이 구석에 앉아 있었다.

올 4월에 군산에서 전입한 놈.

그놈이 할머니의 것으로 보이는 신발을 쥐었다 옷가지를 쥐었다 부산스럽게 굴더니 베개를 쓰다듬고는 무언가 골똘 히 생각하고 있었다. 아이 것을 쓰다듬으며.

그러더니 시선을 느꼈는지 또 앞으로 다가왔다.

"적어도 십 회 이상 찾아와 괴롭힌 흔적이 있습니다."

"……뭐?"

"실랑이하다가 할머니를 밀었고요. 이후로 할머니는 걷지도 못하고 끙끙 앓았습니다. 경찰이 몇 번 다녀간 후로는 밤에 찾아와 협박하고 잠도 못 자게 벽에 못질을 해 댔습니다."

"뭐……라고? 니가 그걸 어떻게 알아?"

"여기 다 증거가 있지 않습니까?"

성인의 것으로 보이는 여러 발자국에 벽에 못질한 흔적, 몇 번 더 밀면 무너질 것 같은 벽에는 락카 스프레이로 욕을 써 놨다.

이대기는 눈썹을 꿈틀대며 진명철을 봤다.

처음 만날 때부터 비밀이 많다 싶더니.

다들 기가 막혀 하거나 인상을 쓰거나 그것도 모자라 분노하고 있을 때도 녀석은 현장에 집중하였다. 전입한 이래 강남의 이곳저곳을 돌면서도 현장 파악하는 게 보통이 아니란 건 익히 알고 있었지만.

'하긴 이러니 체포왕이 됐겠지. 냉정하다 싶을 만큼 침착한 놈이니까.'

이런 놈도 있어야 했다. 수사가 올바로 진행되려면.

더구나 범죄자 앞에서는 늑대처럼 용맹해지니 천상 형사감이다.

"그래서. 결론은?"

"할머니가 입원했다던 병원으로 가 보려고요."

"조서 따려고?"

"얼굴이나 보게요. 아홉 살이라던데."

"으음……."

"얼마나 무서웠을까요? 그 조그만 녀석이 할머니를 구하려고 용기 낸 거잖아요. 그 먼 거리를 걸어서 강남구청까지 간 거예요."

진명철의 눈이 순식간에 시뻘게진다.

강력계에서 잔뼈가 굵은 이대기마저도 흠칫 놀랄 만큼 눈에서 뿜어져 나오는 기운은 강렬하기 그지없었다.

"울면서. 구해 달라고 했다네요. 그 조그만 몸으로. 얼마나 고통스러웠을까요? 그걸 보고 가만히 있겠다면 경찰복부터 벗어야죠."

"으음……."

"가 봐도 됩니까?"

"가라. 여긴 우리가 보겠다."

"감사합니다."

몸을 돌리는 진명철에 이대기가 소리쳤다.

"칭찬해 줘라. 사나이다웠다고."

"알겠습니다."

같은 시각, 오성의료원.

오성의료원은 3차 의료 기관으로서 대한민국에서도 몇 없는 최고의 의료 기관이었다. 환자가 의지할 수 있는 최후의 보루로 가장 높은 수준의 진단과 치료가 24시간 체제로 운용되는 곳. 그렇기에 또 최고의 의료진이 상시로 대기하고 있었다.

1년 열두 달 눈코 뜰 새 없이 바빴고 이곳에서 못 고친다면 더는 희망이 없다고 할 만큼 권위도 있었다. 1차, 2차 의료 기관에서 못 고친 이들이 마지막으로 바라봐야 할 희망으로서.

다룬 김에 잠시 우리나라 의료 전달 체계를 살펴보면,

의료 기관은 정부가 지정한 기준에 따라 1차, 2차, 3차로 분류하게 된다.

1차 의료 기관은 가벼운 질환 또는 난이도가 낮은 일상적인 질병을 치료를 주목적으로 하고.

2차 의료 기관은 1차 의료 기관에서 치료가 어려운 경우나 보다 정밀한 검사나 수술, 입원 치료가 필요할 때 필요하고.

3차 의료 기관은 중증 질환이거나 치료 난이도가 높으며, 위급한 환자들을 위한 치료를 목적으로 한다.

이왕지사 다홍치마라.

1차, 2차 떠돌 것 없이 바로 3차로 가서 진료받으면 되지 않나 생각하는 사람도 있겠지만…… 실제로도 규모가 크고 설비나 의료진, 의료 기기 등 시설 면에서도 1차, 2차 기관보나 전문직인 3차 의료 기관이 더 좋긴 하다.

하지만 그렇게 된다면 단순한 감기 질환까지 대형 병원으로 몰리게 될 테고 정작 위급한 중증 환자들의 진료 순서가 뒤로 밀려 버리는 일이 발생하게 된다. 이게 보건복지부가 3차 의료 기관으로 가려면 1차, 2차 진료 의뢰서가 필요하게 만들어 놓은 이유였다. 간단한 건 가까운 곳에서 고치라고.

물론 의뢰서 없이도 3차 의료 기관의 진료를 볼 수는 있었다. 진료 의뢰서가 없으면 건강 보험 적용이 되지 않아 진료비 전액을 환자가 부담해야 하는 함정이 있지만. 겁나 비싸다. 눈 돌아갈 만큼.

여기에도 예외 사항이 있었다.

분만 환자나 응급 환자 등 중증 질환의 경우 진료 의뢰서 없이도 의료 보험 혜택을 받을 수 있다.

그러나 여기 석금순은…… 장민석의 할머니는 의료 보험마저 없었다. 건강 보험 공단에서 의료 보험료가 연체됐으니 내라고 독촉해도 하루 벌어서 먹고사는 사람들에게 내일을 위한 보험은 사치에 불과했다.

그런 것도 모르고 아무것도 모르고 다친 할머니를 일단 병원으로 모시고 온 김문호는 진료 접수 때부터 홍역을 치른 거로 모자라 수술을 마치고 온 의사에게 호통을 들어야 했다.

"아니, 이제 모시고 오시면 어떡합니까? 딱 봐도 일주일은 넘긴 것 같은데. 더 놔뒀으면 속 안부터 썩어 들어갔어요!"

"어떻게 어머니를 이렇게 방치할 수 있죠? 골반 골절이잖아요. 이게 얼마나 고통스러운 줄 아세요? 그것도 그렇고 잘못했다간 평생을 휠체어에 의지할 뻔했습니다!"

"정말 위험할 뻔했습니다. 이제라도 온 게 천만다행이에요. 수술은 잘됐고 몇 달 요양하시면서 재활하시면 다시 걸을 수 있을 겁니다."

"아예, 예, 예, 예…… 무조건 죄송합니다."

죄지은 자처럼 허리를 숙였다. 그걸 옆에서 장민석이 빤히 지켜봤다.

의사가 돌아가고 난 후 장민석이 김문호의 옷깃을 잡았다.

"으응? 왜?"

"형이 왜 혼나는 거예요? 형 잘못은 하나도 없는데."

"아, 그거? ……이런 건 원래 이웃이 대신해 주는 거야."

"이웃이요?"

"응, 옛날엔 다 이랬어. 옆집에서 도와주고."

"형은 우리 옆집에 안 살잖아요."

"이제 알았잖아. 얼굴도 알고 이름도 알고 형이 햄버거도
사 줬잖아. 집은 멀어도 이웃사촌이지."

"이웃사촌? 그거 좋아요. 햄버거도 엄청 맛있었어요."

"그럼그럼. 민석이랑 형이랑은 이웃사촌이지."

"예."

납득하겠다는 듯 고개를 끄덕인 장민석이었지만 이내 또
갸웃댄다.

"또 왜?"

"근데 이웃사촌이 이런 깃도 해 줘요?"

병실을 가리켰다.

1인실이었다. 그것도 VIP들만 머문다는 특급 병실.

확실히 일반적이지는 않았다.

"그게…… 으음…… 네 이웃사촌이 특별해서 그런 거지.
민석이가 특별한 만큼 이웃사촌도 특별해야지. 안 그래?"

"으음……."

"뭘 또 갸웃대."

"할머니가 남이 주는 거 함부로 받으면 안 된다고 했는데."

"난 남이 아니고 이웃사촌이잖아."

"아아⋯⋯."

"되지?"

"예~~~~."

아이들과 대화하는 건 어려웠다.

툭툭 내던지는 말이 순간순간 핵심을 찌르니까.

감춰야 할 게 많은 어른일수록 부담이다.

"어쨌든 다행이다."

처음 할머니를 발견했을 때만 하더라도 반송장이었다.

119를 불러다 오성의료원으로 출발할 때만 하더라도 이러다 송장 치르는 게 아닌지 식은땀이 다 났다. 도착하자마자 의료진이 살피고 서둘러 수술실로 데려가는 걸 보곤 살짝 안심했지만.

그러고 보니 절차가 참 빨랐다.

검사 몇 개 하더니 바로 수술실로 직행. 2시간 만에 끝나고 편안히 누워 있는 할머니를 보고 있노라니 돈이 참 좋고 덕분에 삶이 다 풍성해지는 기분마저 들었다.

민석이를 바라보았다.

이 조그만 녀석이 아주 큰일을 해냈다.

"배 안 고파?"

"고파요."

"밥 먹으러 갈까?"

"예~~."

손잡고 나가려는데.

똑똑똑. 누가 문을 열고 들어온다.

스윽 발을 내디디는데 순간 늑대 한 마리가 울타리를 넘고 들어오는 것 같았다.

"강남경찰서 강력계 3팀 경사 진명철입니다."

"아, 장대운 의원님의 비서 김문호입니다."

내민 손을 잡았다.

가벼운 악수.

'으응?'

순식간의 일이지만. 무언가 손으로부터 빨려 나간 듯한 느낌을 받았다. 미세해서 긴가민가할 정도라 해도 분명히 느꼈다.

뭐지? 잠시 멍한 사이 진명철 경사는 민석이도 쓰다듬고 할머니의 손도 쓰다듬고는 돌아왔다. 특히나 할머니의 손을 쓰다듬을 때는 입 모양이 '다 죽었어.'라고 한 것 같은데.

"징말 감사합니다. 비서님과 의원님이 아니었다면 큰일 날 뻔했습니다."

"아……예."

"쉽지 않았을 텐데요. 이런 일은 보통 귀찮다고 여기는 분이 많을 텐데. 용케 손을 잡아 주셨군요. 훌륭하십니다."

"……!"

"이제부턴 제게 맡겨 주십시오. 이 일과 관련된 자들은 오늘부터 밤잠을 설치게 될 겁니다."

충분히 나올 수 있고 형사로서도 할 수 있는 말이었지만 왠지 모르게 전쟁터 한복판에 떨어진 것 같은 느낌이 함정이었다.

도무지 알 수 없는 기분.

주변에 온통 안개가 낀 느낌이다.

이 사람 뭐지? 손에서 빠져나간 건 또 뭐고?

진명철이란 남자는 정중히 허리를 숙이고는 나갔다. 일을 해결하겠다며.

꼬리에 꼬리를 무는 의문이 머릿속을 맴돌았지만.

김문호에게 배고프다는 민석이보다 우선시 될 건 없었다. 밥 먹이고 전용 돌보미도 확인하고 민석이 잠자리까지 봐주고 나서야 겨우 퇴근했다.

"오빠 왔어? 야들아, 오빠 왔다!"

"어, 형 왔어요?"

"오빠~~."

"형, 오늘은 늦었네요."

우당탕탕. 1층 방문이 벌컥벌컥 열리고 2층에서 우르르 내려오며 시끌시끌. 몸은 파김치처럼 늘어지려는데 동생들은 참으로 똥꼬발랄했다.

이 동생들에게서 민석이가 보였다.

다시 한번 반성한다. 장대운은 은인이다.

"알바 잘하고 있어?"

"그러엄, 열심히 입력하고 있어. 알바비가 얼만데. 그리고 형 얼굴 봐서라도 틀림없이 하고 있어."

"즐거워?"

"응, 엄청. 이렇게 같이 살 줄도 몰랐는데."

"야야, 오빠 배고프겠다. 다들 비켜. 오빠, 얼른 씻고 나와. 내가 밥 차려 놓을게."

"밥 먹었는데."

"안 돼. 더 먹어야 해. 오늘 내가 차렸단 말이야."

"쿠쿠쿡, 그래요. 형. 형 주려고 미래가 불고기 했어요. 형 건 절대로 손 못 대게 했다니까요. 쿠쿠쿡."

재는 왜 저리 웃을까?

그나저나 잔뜩 기대하는 이미래도 그렇고 분위기를 보아 하니 먹어야 한다는 것쯤은 알겠다.

배부르다고 안 먹었다간 최소 일주일 각이다.

너스레를 떨었다.

"안 그래도 저녁이 좀 부실했는데 그럼 더 먹어 볼까?"

"그렇지? 거봐. 오빠 배고플 거라 했잖아. 얼른 씻고 와. 내가 준비해 놓을게~."

대충 씻고 나왔더니 한창 잘 차려져 있었다.

이미래는 곁에 찰싹 붙어 반응을 보려 했고 다른 동생들도 다들 자리를 떠나지 않고 얼굴을 쳐다보고 있었다.

구경꾼처럼.

"먹어 봐. 먹어 봐. 내가 볶은 거야."

"알았어."

한 입 크게 넣었다. 깨무는 순간 알았다. 이 불고기엔 무언가 아주 많이 덜 들어갔다는 걸.

감칠맛도 없고 간도 밋밋한 거로 모자라 비린내까지 난다.

손이 안 간다.

이미래는 잔뜩 기대 중이고 동생들은 킥킥대며 웃는다.

그렇군. 이놈들은 처음부터 알고 있었다. 이 불고기가 더럽게 맛없다는 걸.

"어때? 어때? 맛있어?"

잘 대답해야 한다.

그렇다고 무조건적인 칭찬은 앞으로 내 식도락 생활에 크나큰 저해 요소가 될 것이다. 세상사 먹는 게 얼마나 중요한데.

"으음, 이 정도면 70점? 더 노력해야겠어."

"히잉, 그것밖에 안 돼?"

"이 정도도 대단한 거지. 이제 스무 살 먹은 애가 도전했다는 게 중요한 거 아니야? 너 설마 처음부터 맛집 장인 수준을 기대한 건 아니지?"

"그건 아니지만⋯⋯."

"너도 먹어 봐. 뭐가 빠졌는지 잘 설명해 줄⋯⋯."

필요한 것들을 얘기해 주려 했다. 요리에 취미가 있다면 그 또한 좋은 방향성이니까.

그런데,

"먹어 봤어."

"으응?"

"맛 괜찮았는데……."

"……!"

혹시나 싶어 제일 간이 안 돼 보이는 고기 한 점을 입에 넣어 줘 봤다.

맛있단다. 괜찮단다.

맛을 보고도 이 불고기의 문제를 모른다고?

순간 뇌리로 어떤 느낌이 찌르르 왔다.

미래는 요리하면 안 되겠구나.

'아아, 몰랐어. 얘 미각이 별 하나짜리였다니. 그것도 빈별 ☆이라니. 어쩐지 뭘 줘도 너무 맛있다고 잘 먹더라.'

요리사의 목적이 꼭 미슐랭 셰프가 아닐지라도 미각이 최소 별 세 개는 돼야 요리에 재능이 있다고 말할 수 있었다. 꽉 찬 별로★★★ 세 개.

기본적으로 혀가 예민해야 좋은 요리를 만들 수 있으니까.

'큰일이구만. 뭐라 얘기해 주지? 그냥 맛있다 해? 아니야. 안 돼. 그건 모두를 불행하게 만드는 길이야. 삶에서 먹거리가 차지하는 비중이 얼마나 큰데.'

그렇다고 미래의 기대를 무참히 밟을 수도 없었다.

미래는 아끼는 동생이다. 이번 생만큼은 하고 싶은 거 다할 수 있게 돌봐 주고 싶은데. 미래도 이런 나를 무척 따른다. 우리 사이에 균열을 만들 수는 없었다.

머리가 아팠다. 이상한 데서 위기가 온다.

결혼하자마자 냉담하게 변한 아내. 그리고 낳자마자 이리

돌리고 저리 돌리고 제대로 한 번 안아 볼 수도 없었던 아들
이 만들어 준 더 외로운 삶에서 유일한 낙이었던 게 미식의
길인데. 하루에 한 끼라도 좋은 음식 먹으며 속을 달랜 시절
이 아직 기억에 남아 있었다.

난 그저 행복하고 싶을 뿐인데.

"……!"

그랬다. 인간은 누구나 행복을 추구할 권리가 있다.

이 순간 행복 추구권을 떠올린다는 게 너무도 정치인스럽
지만 행복 추구권이야말로 민주주의가 말하는 기본권의 핵
심임은 부정할 수 없다.

소극적으로는 고통과 불쾌감이 없는 상태를 추구할 수 있
는 권리, 적극적으로는 안락하고 만족스러운 삶을 추구할 수
있는 권리.

헌법 제10조에도 그렇게 규정돼 있었다.

'맞아!'

행복은 상대적이고 역사적 조건이나 시대와 장소에 따라
상이한 의미로 나타나는 개념으로 절대적 규정을 내릴 수는
없다지만.

여기 행복 추구권이 말하는 권리는 '현재 자기가 추구하는
행복관념에 따라 생활할 수 있다.'였다.

쾌적한 환경 속에서 살고, 행복한 사회적·경제적 생활하
고…… 조금 더 깊게 들어가면 생명권, 신체의 자유, 정신적·문
화적·기술적 창조의 보호, 명예권·성명권·초상권, 생존권 등등

자유로운 선택의 영위를 위한 모든 권리가 이에 포함된다.

'맞아. 내 행복도 중요하고 미래 행복도 중요해. 동생들도 맛있는 음식을 먹을 권리가 있어. 거시적으로도 미래에게 사실을 알려 주는 게 맞아.'

다친 할머니와 무뢰한들 사이에서 울부짖은 어린 민석이도 그랬다.

그 환경이 우리 눈에는 암담한 현실로만 보인다지만, 녀석의 눈에는 아늑한 집일 수도 있었다. 민들레도 마찬가지였다. 은퇴한 음악가 장대운을 아직까지도 따라다니며 지지하는 걸 혀를 차며 정신 나간 것들이라고 폄훼할 수도 있겠지만, 민들레는 행복하다.

그들의 행복을 내가 가늠하는 게 맞을까?

'내가 어떻게 생각한다고 해서 그 생각이 그들의 행복을 전부 대변할 수는 없어.'

맞다. 대변하기 어렵다.

거의 불가능하다. 나는 그들이 아니기 때문이다.

인간은 신이 아니고 신이 아닌 이상 전체를 볼 수 없다. 결국 무언가를 대변한다는 건 크나큰 오만일 수 있었다.

이 간단한 이치를 전에는 몰랐다.

'2030이 좀 지지해 줬다고 그들을 대표한다고 생각했어. 그들이 진짜로 원하는 게 뭔지 한 번도 물어본 적 없는 주제에.'

보좌관이 주는 데이터나 보고 그런가 보다. 오오오, 이거 잘하면 판을 흔들어 볼 수 있겠는데. 하며 이용하려 했을 뿐.

나는 어리석었다.

각자 원하고 각자 사는 방식이 사람의 얼굴만큼이나 다양한데 무엇을 근거로 그들을 대표한다고 여겼을까?

창피했다.

'밥 먹다가 할 얘기는 아니지만……'

내가 틀렸다. 틀린 걸 알았으니 틀린 자세를 계속 고수하는 건 더욱 안 될 일이다.

"미래야."

"응, 오빠."

"요리는…… 안 되겠다."

"그래? ……역시 그렇구나."

고개를 푹 숙인다.

"미안해."

"아니, 나도 알고 있었어. 내가 간을 잘 못 보는 걸. 민수, 서진이, 순길, 재진이가 계속 얘기해 줬는데. 그냥 우겼어. 내가 한 음식, 오빠 먹이고 싶어서."

씁쓸한 미소다. 억지 미소.

가슴이 무너진다.

내가 뭐라고 미래는 나에게 음식을 해 준다고 할까.

"대신 이쁘니까."

나도 모르게 튀어나온 말이었다.

"뭐? 이뻐?"

"으응?"

"이렇게 요리도 못하는데 나 이뻐?"

"넌…… 원래 이뻤잖아."

"정말?"

"천사 보육원 최고 미녀 아니야? 야들아, 안 그래?"

얼른 민수, 서진, 순길, 재진 등을 쳐다봤다.

얼른 대답해라.

"그, 그렇지. 미래가 예쁘긴 하지."

"그런가? 하긴 지나다니는 애들보단 더 낫다."

"난 모르겠는데."

"아니거든. 미래 누나 예쁘거든."

"누가 안 예쁘다고 했냐? 잘 모르겠다고 했지."

"그게 그거 아니야?"

"취향 문제거든. 개인 취향 좀 존중해 줄래?"

"쳇. 예쁘면 예쁘다고 하는 게 정직한 거야."

지들끼리 나불나불. 잘 나가다가 삼천포로 빠진다.

김문호는 일단 조용히 시켰다.

"이것들이 감히 누굴 평기해. 입 안 다물어?!"

미래는 키도 크고 단정한 이미지였다. 그럼에도 볼살이 찹쌀떡을 연상시키는 여자.

맨날 청바지에 후드티, 뿔테 안경에 모자나 쓰고 다니는 바람에 진가를 드러내지 못한 거지 꾸며 놓으면 어지간한 여성들 뺨 때릴 게 분명했다.

"미래는 내일 나랑 어디 좀 갔다 오자."

"어딜?"

"전화할 테니까 나와. 오빠랑 데이트하러 가자."

"정말?"

백화점이라도 한 바퀴 돌아야겠다. 월급도 거하게 받았는데.

아니, 이럴 게 아니라 이참에 동생들 한 명씩 불러다가 코디나 좀 해 줄까?

'그러네.'

그게 맞는 것 같았다. 다들 정장 한 벌씩은 있어야 급한 일 생겼을 때 입고 나갈 거 아닌가.

미래 덕에 좋은 기회가 하나 또 생겼다.

한결 여유가 생긴 김문호는 동생들에게 물었다.

"야들아, 알바는 안 지겹냐? 양이 너무 많지 않아?"

"왜? 완전 꿀인데."

"꿀이야?"

"시도 때도 없이 꾸사리 주는 점장이 있나? 선배라고 시비 거는 알바생이 있나? 컴퓨터도 사 주고 돈도 팍팍 주고 난 이 알바만 계속했으면 좋겠는데?"

"그래?"

"난 우리나라 사람들이 전부 다 미래 청년당에 가입 원서를 냈으면 좋겠어. 너희들도 안 그래?"

"나도 그랬으면 좋겠어."

"나도 한 표."

"나도!"

그 정도로 좋나?

그나저나 전 국민 미래 청년당 입당이라니.

생각할수록 웃겼다. 무슨 공산당도 아니고.

"근데 우리 의원님 전에 가수였던 건 알아?"

"에이, FATE를 누가 몰라? 대천재 음악가. 그래미 역사상 최다 수상자. 기네스북에도 오르고. 응? 회사도 꾸리고 응? 국회의원도 되고 말이야. 완전 짱이지."

"잘 아네."

"FATE 모르면 간첩이야. 우리나라에 그런 사람이 어디 있어?"

"그래? 근데…… 입당 원서 낸 사람들. 어쩌면 민들레일 수도 있는데 괜찮을까?"

"민들레? 오오, 민들레라면… 맞네. 그럴 수도 있겠네. 민들레도 짱이니까. 근데 왜?"

"으응? 안 이상해?"

"뭐가 이상해?"

"……."

"……."

"……그런가?"

"민들레가 FATE 따라다니는 게 이상해? 형은 민들레가 어떤지 몰라?"

"아니, 그게…… 근데 이걸 좋아만 해도 되는 거야? 문제없겠어?"

"팬이잖아. 팬이니까 입당한 거 아냐. 의원님을 좋아하니까 어디든 따라가고 싶고 그래서 입당한 거잖아. 그게 잘못이야? 정치는 팬 없어?"

땅. 정치도 포괄적인 측면에서 팬에 의한 게 맞았다.

아마도 민주주의란 이데올로기부터가 팬에 의한, 팬의 위한 것이 아니었을까.

정치는 줄곧 국민이란 팬을 의식해야 한다.

"아아……."

고로 민들레는 전혀 잘못이 없었다.

정치인도 연예인과 다를 바 없다면?

어떻게든 이미지를 좋게 하려 하고 그 이미지를 가지려 쫓는 건 결국 팬덤을 형성하겠다는 뜻이었다.

'아이고야. 그러네. 내가 헛똑똑이였어. 간단히 생각하면 이렇게나 쉬운걸. 괜히 정치적으로 꼬아 본 거야. 딴따라 정치한다고 손가락질할까 봐. 멍청하게.'

지랄.

뒤에서 손가락질 좀 하면 어떤가.

그놈들이 그토록 갖고 싶어 하던 게 바로 팬덤인데.

그리고 미래 청년당 당원이 전에 민들레였든 아니든 지금 무슨 상관일까.

입당했잖나. 미래 청년당 당원이잖나.

"아아…… 그러네. 정말 그러네. 내가 바보짓 할 뻔했네."

머리가 팽팽 돌아갔다.

김문호는 '현재까지 입당한 미래 청년당 당원의 본질이 민들레다.'라고 인정한 순간 시야가 바뀌는 걸 경험했다. 할 수 있는 것들이 이전과는 차원이 달라지는 걸. 부담이었던 민들레가 세상 무엇보다 강력한 무기였음을 말이다.

가히 신기였다.

'민들레⋯⋯.'

귀까지 들린 소문의 일부라도 진실이라면 어쩌면 이는 대한민국 정치사에서도 전무후무한 사건이 될지도 몰랐다.

"좋았어. 그걸 조금 더 다듬어 보자."

"어! 형. 왜 그래?"

"뭐가?"

"꼭 원장 어머니 몰래 사고 칠 때 같아."

"어, 그러네."

"또 무슨 사고를 치려고?"

"이 자식들이 내가 무슨 사고를 쳤다고. 야, 맥주 좀 사 와. 오늘 시원하게 적셔 보자."

지갑을 풀었다.

동생들이 환호했다.

시원한 맥주가 쌓이고 안주도 풍년이다.

그래, 이게 바로 행복이다.

찐 행복.

Chapter. 16

“늦게 모셔서 죄송합니다. 사안이 사안이다 보니 어쩔 수가 없었습니다.”

늦은 밤 호출이었다.

주시정은 사과했고 최고의원들도 다른 말은 하지 않았다.

상황이 좋지 않음을 그들도 알고 있었다.

믿었던 서울시장이 개박살 났다. 다음 대 대선 주자로까지 점쳐지던 무게감이 그렇게 어이없이 무너질 줄은 여기 있는 누구도 예상하지 못했다. 그 덕에 한민당은 온갖 욕을 다 퍼먹고 견고했던 지지층마저 흔들리고 있었다.

더 놔뒀다간 지도부 사퇴론까지 일 것이다. 누군가의 입으로부터.

눈앞이 깜깜했다. 탄핵 여파로 국회 과반수를 놓치며 물갈이된 지 얼마나 됐다고 벌써 목이 간당간당하다니 진짜로 사퇴 논의까지 간다면 정치 은퇴도 남 일이 아니다.

군부 독재 시절까지 겪은 정치 인생에서도 이런 경우는 한 번도 겪지 못했는데. 최단기 최고의원이라니.

정치 인생 최대의 위기였다. 살기 위해서라도 힘을 합쳐야 한다는 건 최고의원들도 알았다.

"연이은 패퇴에 국민의 실망감이 이만저만이 아닙니다. 설사 졌더라도 잘 졌어야 했는데 망신살이란 망신살은 다 뻗쳤어요. 어떡하면 좋겠습니까?"

"방법이 있겠습니까? 상대가 장대운이에요. 그 괴물 놈."

"맞습니다. 도무지 약점이 없습니다. 사생활도 깨끗한 데다 이미지도 선량합니다. 이번에 큰 업적도 만들어 더는 건들 수가 없어요."

"그뿐인가요? 자금력과 영향력은 어떤가요? 저 콧대 높은 전경련이 장대운 하수인 노릇을 하고 있어요. 그놈은 이미 대한민국을 좌지우지하고 있습니다."

"맞습니다. 약삭빠른 경제계마저 손쓸 새도 없이 먹혔습니다. 이대로 가다간 정치라고 그러지 않는다는 보장이 없습니다."

"그 때문에 처음부터 견제했는데. 말짱 도무룩이 됐어요. 이럴 줄 알았으면 적절한 수준에서 연대나 추진할 걸 그랬습니다."

"후우…… 하려면 지금이라도 늦지 않았지요. 최악은 아니잖습니까."

"그런데 명분이 없습니다. 명분이."

"그렇겠죠. 지금은 손을 내민 순간 패배를 인정하게 되니까요. 우리 한민당이 장대운에게 고개 숙이고 들어가게 된다는 겁니다. 이걸 지지자들이 보고만 있을까요?"

"그렇겠지요. 그럼 어쩔 수 없더라도 잠잠해질 때까지 기다려 보는 건 어떻습니까? 내부 단속이나 하면서요. 시간을 번 뒤 상생할 수 있는 길이 있는지 보고 합의점을 찾는 것도 나쁘지 않을 겁니다. 어차피 장대운도 뭘 하려면 세력이 있어야 하지 않겠습니까?"

"그 대상이 민생당일 확률은요?"

"민생당이요? 지들끼리 밥그릇 싸움하느라 바쁜 놈들이요? 여러분은 벼락부자가 언제 잘사는 거 봤습니까? 놔둬도 자멸입니다. 반드시 우리 쪽으로 오게 돼 있습니다."

"하긴…… 대한민국에서 우리 빼고 일이 될 수가 없겠죠. 지금은 돌풍을 일으키지만 머잖아 기회가 오긴 할 겁니다."

대체로 낙관론이었다. 위기감에 모였으나 서로의 얼굴을 보며 입을 터놓다 보니 어느새 안심된다는 것.

이러니저러니 해도 한민당의 저력을 믿는다는 것이다. 버티기만 하면 어떻게든 살길을 찾을 수 있다는 스스로에 대한 믿음이기도 하고.

하지만 주시정은 남몰래 한숨을 내쉬었다.

저들은 아직 본질을 보지 못했다.

"주 원내대표께서는 왜 그러십니까? 다른 걱정이 있습니까?"

"흠, 왜 없겠습니까. 이 마당에."

"주 원내대표의 우려는 이해합니다. 무상 급식이 이 정도의 파급력을 보일 줄은 누구도 몰랐으니까요. 더구나 서울시장이 진행하던 환승 시스템마저 빼앗겼으니 타격이 이만저만이 아닙니다."

"예, 맞아요. 이 일로 장대운은 2030의 압도적인 지지를 얻었습니다. 아마도 10년이 지나면 대한민국의 절반이 그를 지지하게 될 겁니다. 이게 어떻게 간단한 일이 되겠습니까?"

"절반이나…… 크음……."

"흐음……."

"허어……."

"크큼큼."

대승적 차원에서 구도를 살피는 주시정의 발언에 좁은 시야만으로 시시덕거린 게 부끄러웠는지 최고의원들의 얼굴이 붉어졌다.

그러나 이들에게도 할 말은 있었다.

"주 원내대표 말씀이 맞습니다. 우리가 장대운을 잘못 봤어요. 보시다시피 이대로는 안 된다는 걸 전부 동의하실 겁니다. 다시 처음부터 판을 짜야 하는 것도요. 이참에 새로 시작하시죠. 이전의 것은 폐기하고 시간을 들여 더 세세한 계획을 만들어 봅시다. 사람도 더 뽑고요."

대체적으로 무난한 발언이었다.

계획이 잘못됐으니 다시 짜자는 거의 원론적인 발언.

하지만 이도 주시정은 만족 못 하는지 고개를 저었다.

"시간이 있다고 여기지 마세요. 우리에겐 시간이 없습니다."

"예? 왜……?"

"설마…… 당론이 그렇게 안 좋습니까?"

"혹시 벌써 누가 책임을 묻습니까?"

"책임이요? 대체 어떤 놈이 그런 망발을 지껄입니까!"

"주 원내대표. 어서 말씀해 보세요. 누가 우리를 건드는 겁니까? 말씀해 보세요. 당장에 박살 내 줄 테니까."

주시정은 답답했다. 이 암울한 순간에도 낙관론에 긍정론에 온갖 패션쇼를 하던 사람들이 자기 목과 관련되자 당장에라도 무슨 일이 벌어질 것처럼 핏대를 세운다.

차라리 장대운한테나 그러지. 애먼 당원들한테나 화살을 돌리고.

아집이었다. 이런 아집들이 요직을 차지하고 있으니 당이 경직되는 것이다. 뻣뻣하게.

"후우…… 그 말씀이 아닙니다. 당내 문제가 아니라 미래 청년당 때문입니다."

"미래 청년당이 왜요?"

"장대운이 또 무슨 일을 벌입니까?"

"허어…… 이거 보통 일이 아니네요. 이건 숨 쉴 순간조차 주지 않겠다는 겁니까?"

"이런. 이런. 이런……."

또 딴소리 열전. 주시정이 언성을 높였다.

"그게 아니라 어제부로 미래 청년당 당원이 100만을 돌파했답니다. 100만이요!"

"예?!"

"뭐, 100만이요?!"

"말도 안 돼."

"어떻게 그게……."

"그게 정말입니까?"

"미래 청년당 홈페이지에 들어가 보세요. 실시간으로 숫자가 오르는 게 보입니다. 이미 100만을 넘었어요."

"조작은 아니고요?"

"조작이어야 합니까?"

"그건…… 아니지만."

"이거 정말 돌풍이긴 돌풍인가 봅니다. 당원 모집한 지 한 달이나 됐습니까? 어떻게 이런 숫자가 나오죠?"

"불가사의한 일입니다. 아무리 무상 급식이, 환승 시스템이 좋다고 한들 이런 식으로 당원이 늘지는 않습니다. 뭔가다른 게 있는 겁니다."

"뭐긴 뭐겠습니까? 뻔한 거지."

모두가 당혹한 가운데 최준엄 최고의원만이 뭔지 알겠다는 듯 고개를 끄덕였다.

단박에 어그로가 끌렸다.

"최 의원님은 짐작 가는 게 있습니까?"

"그래요. 뭐가 있는 겁니까?"

"어서 말씀 좀 해 보십시오. 답답합니다."

"아이고, 전부 답답들 하십니다. 간단한 문제 아닙니까. 장대운의 전 직업이 뭔지 그새 잊으셨어요?"

"아! 아아……."

"FATE!"

"민들레!"

"아아……."

입을 떡 벌리는 것도 잠시, 금세 비아냥이 터져 나왔다.

"아뇨. 딴따라 새끼가 진짜!"

"욕이 나오네요. 정치물을 흐려도 유분수가 있지. 이거 정치를 장난으로 여기는 거 아닙니까?!"

"정치한다 그럴 때부터 이럴 줄 알았습니다. 그저 장대운이라 하면 우르르 우르르. 맹목적인 것들이나 데리고 이런 게 무슨 정치인이라고."

"그냥 연예나 하라고 하세요. 그게 무슨 당원입니까. 쯧쯧쯧."

잔뜩 표정을 구기는 최고의원들을 보며 주시정은 속으로 혀를 찼다. 기가 막혔다.

이 등신들이 다른 것도 아니고 민들레마저 우습게 본다. '이 사람들아. 민들레가 맹목적이라고? 당신들이 그 맹목 덕에 혜택을 보고 있잖아. 무슨 짓을 하든 찍어 주는 사람들 덕에 그 자리에 오른 거 아냐?'라는 말이 목까지 차올랐으나 간신히 삼켰다.

지금은 이들이 옳아야 했다.

행여나 속마음을 꺼내선 안 된다.

입 밖으로 냈다가 장대운 귀로 들어가 힌트가 되는 순간, 그놈이 민들레 활용법을 찾는 순간, 대한민국 정치계는 지금껏 보지 못한 거대한 지각 변동이 일어날 것이다.

주시정은 어금니를 악물었다.

지금은 기도밖에 다른 방법이 없다는 게 그를 비참케 하였지만 아직 최악은 아니었다.

'부디 몰라라. 깨닫더라도 아주 나중에 깨달아라. 제아무리 민들레라도 못 버티고 떨어져 나갈 시점에나. 제발.'

아침에 출근하여 어제의 일을 간략히 보고하고 강남구청장과 만나 하루 종일 무상 급식 제반에 관한 자료를 수정·첨삭하고 저녁나절 퇴근 시간에 맞춰 오성의료원에 들러 할머니와 민석이를 돌봐 주고 이렇게 일주일쯤 했더니 아침에 출근하는데 강남구청장에게 따로 전화가 왔다.

강남경찰서로 오란다.

정은희에게 알리고 도착한 강남경찰서는 분위기가 삼엄했다.

어디서 끌려온 건지 모를…… 온몸을 문신으로 도배한 조폭 십여 명이 피투성이가 된 채 일렬로 줄 서 있고 그 앞에는 식칼, 회칼, 망치, 빠루 등등 그들이 연장으로 썼을 법한 다양한 무기들이 진열돼 있었다. 다른 장소에는 정장을 입은 몇 명이 조서 작성 중인 형사를 붙잡고 사정하고 있다.

어수선했다.

사람들이 이리저리 바삐 움직이고 여기저기에서 고성이 터진다.

"어, 자네 왔군."

오라는 대로 서장실로 직행하여 비서에게 신원을 얘기했더니 강남구청장과 강남경찰서장이 반갑게 맞았다.

권진용 구청장은 오자마자 딱 봐도 경찰서장일 것 같은 장년인을 소개했다.

"이분은 송호림 강남경찰서장님일세. 이번에 말씀드린 장대운 국회의원실의 비서 김문호 씨입니다."

"아, 안녕하십니까. 김문호입니다."

"안녕하시오. 송호림이오."

인사를 마치고 앉을 새도 없이 강남구청장은 자리를 이끌었다.

"사건 브리핑이 있을 예정이네. 시간 맞춰 도착했으니 바로 가세."

"아, 예."

두 사람을 따라갔더니 큰 회의실이 하나 나왔고 거기엔 강남경찰서 중역으로 보이는 단단한 체구의 인물들이 있었는데 모두가 일어서서 우리를 맞았다.

그 진명철도 멀찍이 서 있었다. 의미 모를 미소를 지으며.

개중에는 강남경찰서와는 전혀 어울리지 않는, 얼굴에 개기름이 흐르는 이들도 섞여 있긴 했는데.

의문을 해소할 새도 없이 불이 꺼지고 3팀장 이대기의 브리핑이 이어졌다.

"……그래서 국내 유수의 건설사가 참여하길 바랐으나 이상하게도 이름도 실적도 별로 없는 태순건설과 미진건설에 구룡마을 재개발 건이 넘어가게 됩니다. 이 두 건설사는 시행사로서 시공사 선정, 재건축 조합과의 협의, 자금 조달, 기초적인 행정 절차부터 계약자들의 입주 등등 공사의 전 과정에 책임을 맡게 돼 있는데……."

태순건설과 미진건설이라는 듣보잡이 어떻게 이 과정에 들어오게 됐는지 설명하였다.

그리고 오늘 이 만남의 핵심이 나왔다.

"……시공사 선정부터 상황이 여의치 않자 이들은 경기도 변두리 일대에서 활동하는 양미리파를 섭외, 구룡마을에 공포 분위기를 조성하였고 폭력과 협박 등으로 주민을 몰아내려 했던 정황을 포착, 강남경찰서에서 조사하기에 이르렀습니다."

"말도 안 되는 얘깁니다. 태순건설과 미진건설은 적법한 절차에 의해 집행에 들어갔을 뿐입니다."

배불뚝이 옆에 앉은 남자였다. 변호사로 보였는데 급히 반박하였으나.

듣는 사람이 아무도 없었다. 그리고 이내 그마저도 입을 꾹 닫아야 했다.

다음 장으로 넘어가자 수십 장의 사진이 나왔다.

양미리파가 비밀리에 모은 보험들.

같이 밥 먹고 같이 술판 벌이고 무언가 받고 또 무언가 주는 장면이 고스란히 찍힌 사진과 녹음 파일이 나왔다.

빼박.

강남구청장은 그 자리에서 태순건설과 미진건설에게 주었던 재개발권을 회수하고 고소 절차를 밟는다 했다. 강남경찰서도 폭행 사주, 비리 등으로 이 사건 격상, 정식으로 수사에 돌입했다.

김문호는 소란스러움 속에서도 홀로 고요히 미소 짓는 진명철을 보았다.

말도 안 되는 가정이지만.

이 순간조차 저놈이 컨트롤했다는 느낌이 들었다.

정말 말도 안 되는 가정이긴 한데.

느낌이 그랬다.

"……."

하여튼 기분 나쁜 놈.

그래도 능력만큼은 인정한다.

강남경찰서가 나섰으니 구룡마을도 곧 정상화될 것 같기에 강남구청장과 함께 사무실로 돌아왔다.

구룡마을 건을 보고하려는데 의외의 인물이 와 있었다.

"어!"

"당신은……!"

"안녕하십니까. 제가…… 이렇게 찾아뵙게 됐습니다."

성백선이었다.

강남구의회 부의장.

무슨 일이냐고 묻기도 전에 장대운이 말했다.

"전향하고 싶다 합니다."

"전향이요?"

"전향이라면…… 설마 당을 옮기시겠다는 겁니까?"

"부끄럽지만. 그렇습니다. 이렇게 허락받으러 왔습니다."

머리를 긁적인다. 민망한지.

민망해야 하는 게 맞다.

강남구의회 때문에 미래 청년당이 쏟은 심력이 얼만데.

이제 와 헤헤거린다고 끝날까?

김문호는 장대운을 보았다.

"이유는…… 들으셨습니까?"

"방금 오셨어요. 오시자마자 바로 그 얘기부터 꺼낸 거고요."

"아…….."

"제 얘기이니 제가 설명드리겠습니다."

성백선이 나섰다.

강남구의회 내의 이야기.

그는 평온해 보이는 강남구의회도 사람 사는 곳임을 털어
놓았다.

애초 독불장군식으로 밀어붙이는 의장 이재민에 불만을

품고 반대하는 이들이 많았지만, 그가 중앙과 연계해 공천권으로 협박하였다고 한다. 그렇지 않았다면 일이 이렇게까지 되는 일은 없었을 거라며 허리를 숙인다.

더는 버티기 힘들어 고민하던 중 몇몇 구의원들과 손잡게 되었고 사무실까지 찾아오게 된 거라며 시선을 잘 마주치지 못하는 성백선이었다.

진짜로 넘어오겠다는 것.

'좋은 말로 전향이고 또 그렇게 불러 주는 게 맞겠지만.'

변절이었다.

상황이 불리해짐에 따라 행해지는 나름의 생존 방식. 대표적으로는 을미늑약을 통과시켜 일제강점기를 불러온 을사오적이 되겠다.

'그러나.'

적절한 타이밍이기도 했다.

모든 게 부족한 미래 청년당으로선 어느 정도 실무 경험이 쌓인 구의원들은 인재였다.

그리고 점령지의 병사를 활용히는 건 병법 중 하나다.

미래 청년당은 현재 한창 강남구를 점령 중이었고 그래서 미래 청년당은 보여 줄 필요가 있었다. 그동안 한민당에 충성했던 자들을 향해.

- 와라. 오면 용서하겠다. 너희에게 새 세상을 보여 주겠다.

당원 100만 돌파라는 신화를 세우고 하루가 다르게 성장하고 있어도 약점은 있었다.

중간 관리자. 즉 당원을 관리할 장수의 수가 절대적으로 부족했다.

차라리 잘됐다.

부족한 군세를 이들로 채운다면?

"부의장님을 따르는 분들이 얼마나 됩니까?"

"저까지 여덟은 됩니다."

"만만찮은 숫자네요."

별것 아닌 것처럼 말했지만, 김문호는 속으로 꽤 놀랐다.

여덟이면 1/3이다.

이 많은 숫자가 미래 청년당에 오길 원한다.

이들이 물꼬를 튼다면 강남구의회 장악도 시간문제였다.

성백선 태도도 간절했다.

"기회를 주십시오. 저희도 정말 제대로 된 정치를 해 보고 싶습니다. 부디 용서해 주십시오. 반성하고 있습니다. 저희는 정말 그러고 싶지 않았습니다."

하지만 바로 답을 줄 이유는 없었다.

바로 줘서도 안 되고.

김문호가 한 발짝 물러서니 장대운이 알았다는 듯 나섰다.

"예정에 없던 일인 건 아시죠?"

"예, 인정합니다."

"오늘은 돌아가세요."

"아……."

"우리도 내부적으로 검토해 볼 시간이 필요하겠죠? 안 그
래도 당원 중 정치에 뜻 있는 인사들을 뽑으려 했는데. 부의
장님이 찾아오셨으니……."

"맞습니다. 저희가 정말 잘할 수 있습니다. 의원님, 기회를
주십시오."

"그래서 고민하겠다는 겁니다. 일단 거절은 안 했잖아요.
이 방향이 옳은지, 저 방향이 옳은지 우리도 판단을 해 봐야
하지 않을까요? 이해하시죠?"

장대운이 미소를 보이자 성백선도 더는 엉기지 못하겠는
지 고개를 끄덕였다.

"예…… 그럼 돌아가서 깨끗이 주변 정리하며 기다리겠습
니다. 저희는 정말 사죄드리는 마음뿐입니다."

힘없는 등을 보이며 나간다.

그가 나가자 권진용 강남구청장이 고개를 절레절레 저었다.

"분열이군요."

"예상했던 바 아닙니까?"

"그렇긴 한데…… 성 부의장이 직접 찾아올 줄은 몰랐습니다."

"그만큼 이재민 의장의 폭거가 심했다는 거겠죠. 우리는
성장하고."

"흐음……."

"구청장님도 슬슬 후임을 보셔야 하지 않나요?"

"후임이라면…… 설마 성 부의장을요?!"

"저는 강남구 전체를 다 먹을 생각입니다."

"아……."

"싸움이 시작된 이상 공존은 없어요. 먹히거나 먹느냐 뿐이죠. 구청장님도 뱃심 단단히 주셔야 합니다."

"……예."

"물론 아직은 가능성일 뿐입니다. 성 부의장이 절실함을 잊지 않는다면 구청장님의 뒤를 잇는 것도 나쁘지 않겠구나. 정도로요."

"거기까지 생각하셨군요. 어느새."

"저는 미래 청년당 간판을 들고 나오는 순간 이 강남구에서만큼은 무조건 승리라는 공식을 만들 생각입니다. 그 정도는 돼야 이야기가 되지 않겠습니까?"

"옙."

권진용은 머릿속으로 뭔가가 그려지는 듯했다.

미래 청년당으로 가득 채워진 강남구.

강남구가 온통 노란색 미래 청년당 물결이다.

게다가 물감이 언제 한 곳에만 머물러 있던가?

옆 동네 서초구, 강동구로 번져 나갈 것이다. 그러다 어느 순간 서울도 먹겠지. 이 대한민국 역시도…….

제대로 된 줄을 잡았다고는 생각했지만, 상상 이상이었다.

이 과정에서 살아남으려면 실력밖에 답이 없었다.

뱃심 딱 준 권진용이 구룡마을에 대한 보고를 하려 하는데.

장대운 의원이 이를 막았다.

"조금만 기다려 주세요. 곧 누가 오거든요. 그분이 오면 같이 얘기하시죠."

"아……예."

멋쩍은 미소로 10분쯤 차를 마시며 기다렸더니 중년의 강건해 보이는 인상의 남자가 들어왔다. 덩치는 그리 크지 않지만, 스포츠형 머리에 눈빛이 아주 날카로운 남자였다. 아주 기가 센 느낌. 피부색도 검붉고.

그런 사람이 장대운 의원을 보자마자 대뜸 경례부터 올렸다.

"충성. 조형만이가 총괄님. 아니, 의원님 부르심을 받고 이 자리에 달려왔습니더."

장대운 의원도 경례를 받았다.

"충성. 어서 오십시오."

"호호호호, 조 대표님은 여전하시네요."

정은희 수석이 차를 내오며 반기자 이번엔 어쩔 줄 모르는 노인네처럼 굴었다.

"아이고, 실장님…… 아이고, 수석님이라고 불러야 카는데 이놈이 말이 이렇게 느립니더. 지~송합니더."

"호호호호호, 뭘요."

백은호 비서관에게는 어깨를 툭 치며 눈인사로 끝.

"이분은 권진용 강남구청장이십니다."

장대운 의원의 소개에 순식간에 근엄해졌다.

"그렇십니꺼? 처음 뵙겠심니더. 오필승 건설의 조형만입니더."

"저도 처음 뵙겠습니다. 강남구청의 권진용입니다."

"그리고 여기는 우리의 에이스 김문호 씨예요."

"7급 비서 김문호입니다. 뵙게 되어 영광입니다."

"아아~ 이 친구가 그 친구입니꺼? 우리 의원님의 선택을 받은 희대의 기린아. 하하하하하하하, 반가워요. 이야~ 잘생네. 눈빛도 단단하고. 좋심더. 좋아예. 어디 보자. 우리 비서님, 팁 하나 알려 줄까예? 마, 우리 의원님 꽉 잡으소. 내도 원래 건설하던 사람이 아이다 아입니꺼. 대구 칠성동 골목에서 조그만 학습지 소장 하던 놈이 우리 의원님 만나 인생이 이리 바낏습니더! 명심하시소. 꽉 잡으소. 하하하하하하하."

숫제 동네 아저씨 같았다. 사투리도 점점 심해지고. 변검처럼 인상도 확확 바뀌고.

살며 이렇게나 표정이 쑥쑥 바뀌는 사람은 처음 봤다.

당혹스러울 정도.

그마저도 정은희 수석에게는 못 당하겠는지 그녀가 쓱 정리에 들어가자 얌전해지긴 했지만, 권진용도 신기한지 장대운의 말을 들으면서도 힐끗힐끗 쳐다봤다.

"해서, 구룡마을 건은 이렇게 정리됐습니다."

"으음, 강 수사부장님이 애써 주셨어요."

"강 수사부장이면 강희철이요?"

넉살도 좋게 중간중간 잘도 끼어든다.

"예, 맞아요."

"옴마야~ 근마가 싸라 있었습니꺼? 우리 의원님 경호 맡아

쫓아다닐 때가 엊그제 같은데 벌써 경무관이라고예? 출세했
꾸만. 출세했어."

"아무래도 공직에 계신 분이라 자주 부르기가 그래서 오늘
은 안 불렀어요. 조 대표님이 따로 자리를 마련해 주세요."

"하모요. 모처럼 이름 들었는데 좋은 데 가서 거하게 빨아
삐야죠. 근데 확실히 정리한 거 맞습니꺼?"

대뜸 이쪽을 본다.

권진용은 자신 있게 대답했다.

"오늘 강남경찰서에 싹 다 잡혀 왔습니다. 태진건설과 미
진건설은 소송 절차를 밟고 있고요."

하지만 조형만 대표는 고개를 저었다.

"에이, 그 정도로는 한참 부족합니다. 좀벌레라는 것들은
잡을 때 싹 다 눌러 죽여야 합니더. 사정 봐주면 또 튀어나와
뒤통수를 치지예. 오늘 저를 부를 건 그 때문 아입니꺼. 콱 다
정리해 뿌라고."

"맞아요. 근본적인 해결책이 필요해요."

"근본적이라면…… 그 동네 사는 사람도 싹 다 해결해야
하는 거 맞지예?"

"그렇죠."

"골머리 아픈데 다 사뿌까예?"

"……"

대답 안 하고 장대운 의원이 웃자 이번에도 또 이쪽을 쳐다
보는 조형만이었다.

"구룡마을 부지가 강남구청 땅 맞심니꺼?"

"아, 예. 그렇긴 합니다."

"그거 다 얼마에 파실낀교?"

"예?"

"얼매 주면 우리 오필승 건설에 다 파실 끼냐는 말입니더. 구룡마을."

"예??"

"허어…… 구청장님이 좀 느리시네예. 우리 오필승 건설이 구룡마을 땅 전부 사겠다는 거 아입니꺼. 얼마믄 되냐는 깁니더."

"아아, 그게…… 그건 서울시와 우선 협의를 거쳐야 합니다. 강남구에서 일방적으로 움직일 수는 없게 돼 있습니다."

"서울시가 승인 안 해 주면 못 파는 깁니까?"

"그건…… 아니지만. 그래도 한두 푼 들어가는 일이 아닌지라 서울시의 협조가 필요합니다. 근데 서울시장과의 사이가……."

"그걸 왜 구청장님이 걱정하십니꺼. 그 새끼들이 끼어드는 건 강남구가 쪼매나서 도움을 받아야 하니까 그런 거 아입니꺼. 도움 안 받고 갈 수 있으면 서울시 쉐끼들이랑 같이 갈 필요 있습니꺼?"

"그야 그래도……."

권진용이 계속 망설이자.

"에헤이, 구청장님이 고민할 거 뭐 있는교. 강남구는 고마 입찰 공고나 내놓으소. 나머지는 우리가 다 알아서 하겠심더. 서울시장 따위가 어딜 감히. 안 그래도 방송에서 우리 의

원님한테 대든 것만 생각하믄 잡아다 칵 씨 쥐뿌라 뿔라고 캤
는데. 이참에 잘됐심더. 이 건은 우리 오필승 건설에서 맡겠
습니더."

다 된 것마냥 일방적으로 마무리 지어 버리는 조형만이었다.

기세에 밀린 권진용은 아무 말도 못 하고 뻐끔뻐끔 장대운
을 쳐다보았지만 장대운도 더 어쩌겠냐는 제스처만 취했다.

김문호가 보기에도 조형만은 거칠기 짝이 없는 스타일이
었다. 본디 그런 건지 건설 바닥에서 굴러서 변했는지 모르겠
지만 따지고 보면 이런 일을 해내기에 이만한 사람도 찾기 힘
들 것 같았다.

건설업은 뿌리부터가 행정과는 달리 사람도 장비도 와일
드하였고 미적대는 순간 잡아먹힌다는 점에서 정치와도 아
주 닮았다.

'기가 막히네. 구룡마을 전체를 사겠다고? 그 부지를 전부?'

조형만이 내놓은 해결책은 문제 자체를 없애 버리겠다는
것이다.

이것저것 잴 것도 없이 한 방에 해결하겠다는 것.

그 수위가 일반적인 선을 가뿐히 뛰어넘은 건데.

'하여튼 대단해.'

구룡마을이 2020년이 돼도 도무지 나아가질 못했던 이유
는 순전히 돈 때문이었다. 최대한 적게 쓰고 최대한 이익을
얻으려는 자들과 최대한 보상받으려는 자들 사이에서 애먼
주민들만 등 터진 것.

가히 불도저가 따로 없었다.

대한민국에서 아파트 지으려면 오필승 건설을 통하지 않고는 안 된다고 하더니 확실히 걸물은 걸물이었다.

더 재밌는 건 판을 이렇게나 뒤흔들어 버린 조형만은 벌써부터 구룡마을을 제 손에 쥔 양 땅 모양이나 둘러보겠다며 나가 버렸다는 것이다. 나머지는 너희가 알아서 하라며.

장대운도 어쩌겠냐는 투로 이 자리를 정리하려 했다.

"들으셨죠? 조 대표께서 가겠다고 하셨으니 강남구청은 그에 따라 준비만 해 주세요."

"의원님, 정말 그 땅을 다 구입하시겠다는 겁니까?"

"그러지 않고는 끝나겠어요?"

"······."

김문호가 보기에도 끝날 수가 없다.

뫼비우스의 띠처럼 무한을 돌며 반복해 댈 뿐.

하지만 이런 식이라면 장대운도 손해가 막심할 것이다. 어림짐작으로도 조 단위의 돈이 투입될 게 뻔한데.

그마저도 장대운은 어디 아이스크림 사 먹는 양 굴었다.

"돈 벌어서 뭐 해요? 이런 데나 쓰는 거지. 돈 걱정은 마시고 강남구 수익에만 집중하세요. 배려할 생각 말고요. 어설픈 배려가 오히려 독이 됩니다. 무슨 말인지 아시죠?"

"정말 이기적으로 굴어도 되겠습니까?"

"이기적인 게 절 도와주는 거예요. 강남구민, 아니, 전국의 누가 봐도 오필승 건설이 바가지 쓴 것처럼 꾸며 놓으세요.

그까짓 돈 정도는 몇 달이면 회복합니다."

"아아, 후우…… 알겠습니다. 그러시다면 총력을 다해 빼먹을 궁리를 하겠습니다."

"그거예요. 제가 원하는 건. 나머지는 조 대표가 처리하실 겁니다."

"예, 저도 힘내서 의원님 돈을 빼먹겠습니다. 이거 제가 이럴 시간이 없군요. 당장에 TF팀을 조직해야겠어요. 저는 이만 물러가겠습니다."

"형편없는 조건으로 들고 오세요."

"예, 형편없이 만들어 보겠습니다."

이게 무슨 대화인 건지.

손해 보겠다고 한다. 사업가가.

애 하나 잘못 만났다고 조 단위의 돈을 투입하겠단다. 미친 국회의원이.

이게 얼마나 지랄 같은 장면인지 또 누구보다 말려야 할 비서가, 그 은혜를 받아 충성을 다하겠다는 7급 비서가 오히려 더 통쾌해하고 있다는 점이다. 10년 묵은 체증이 풀린 것처럼.

'자격 상실이야.'

암, 자격 상실이고말고.

그러면서 지난 일주일간 고민에 고민을 거듭하며 작성한 기획안을 슬그머니 내놓는 심보는 뭔지.

"이건 뭔가요?"

"제가 따로 준비한 기획서입니다."

"으음, 기획서라. '미래 청년당 전당 대회의 건'이네요. 오호, 전당 대회요?"

"예, 심혈을 기울여 작성해 봤습니다."

"우리 문호 씨가 심혈을 기울였다니 아주 기대가 되는데요. 한번 볼까요?"

첫 장을 넘기는 소리가 귓가를 스친다.

이럴 때의 긴장감을 김문호는 좋아했다.

장대운의 입꼬리가 올라간다.

짜릿.

이걸 이렇게 풀겠다고? 이런 식으로? 호오, 신선하네. 라는 눈빛이 나온다. 무언가 그림이 그려지는 것처럼.

이 표정들이 기획안을 만든 사람에겐 최고의 찬사였다.

읽는 건 순식간.

기획안이라 봤자 요약본 1페이지에 세부 내용 3페이지가 전부니까.

그러나 장대운은 환승 시스템 정리하러 나갔던 도종현까지 불러들였다.

오늘 회의라고.

회의 좀 진득하게 해야겠다고.

조 단위 돈을 쓰는 일에도 눈 하나 깜짝하지 않았던 양반이 모두를 불러 놓고 송곳니를 드러냈다.

돌아가는 차 안.

장대운이 운전하는 백은호를 봤다.

"이거 정면 돌파죠?"

"예, 저도 놀랐습니다. 우려한 핵심을 그대로 관통해 버릴 줄이야."

"저도 깜짝 놀랐어요. 그걸 그런 식으로 풀어낼 줄은 전혀 예상하지 못했어요."

팔뚝을 보이며.

"이보세요. 지금도 소름 돋잖아요."

"근데 괜찮겠습니까? 이대로는……"

"처음엔 저도 걱정되긴 했죠."

"지금은 아니십니까?"

"문호 씨 말대로 부인한다고 저들이 들어 줄 것도 아니잖아요."

"그렇긴…… 합니다."

"또 부인한다고 아닌 게 아닌 것도 아니잖아요."

"으음…… 예."

"모른 체한다고 몰라지는 것이라면, 모른 체한다고 없어지는 것이라면, 저도 다른 방법을 찾아보겠는데……"

"어차피 벌어질 일이군요."

"이럴 때 '전당 대회' 카드는, 또 그 안에서의 큐시트는 제게 무척 중요한 화두를 던졌어요."

"기분 나쁘시지는 않으셨습니까?"

"기분이 왜 나빠요?"

기분이 나빠야 하는 이유를 묻는 장대운에 백은호는 담담히 이유를 말해 줬다.

"지금까지 의원님의 행보가 그렇습니다. 새로운 시작이었고 되도록 새롭게 일어서려는 노력이었죠. 어쩌면 그 노력이 무시당했다고 느껴질 수 있지 않을까요?"

"으음, 확실히 그런 측면도 있긴 하네요. 인정해요."

"그렇습니까?"

"우려했다는 것 자체가 이미 그러고 있었음을 알려 주는 거잖아요."

"으음, 그도 그렇군요."

"오늘 문호 씨가 그런 저에게 화두를 던진 거예요. 강박처럼 외면하려 했던 저에게 '인간이 정말 과거로부터 자유로울 수 있나?'고요."

"아⋯⋯."

백은호의 입이 살짝 벌어졌다.

의도가 짐작 간다는 듯.

"맞아요. 문호 씨가 옳아요. 현재의 '나'는 결국 과거의 '나'로 인해 만들어진 거잖아요. 과거의 영향을 잔뜩 받은 주제에 제멋대로 끊어 버리려 한 거예요. 자기 유리한 대로 말이죠. 순전히 오만입니다."

"⋯⋯."

"문호 씨가 오늘 그랬어요. 이게 왜 잘못이죠? 민들레가 FATE 따라가는 게 잘못인가요? 장대운을 따라다니는 게 대체 무슨 잘못인가요? 하는데. 정말 뒤통수를 한 대 거하게 맞은 기분이었어요. 제가 완전히 잘못 생각한 거예요. 제가 민들레를 부담스럽게 여겼던 거예요. 세상에나… 그 민들레를 말이죠. 아주 큰 실수를 할 뻔했어요. 진짜로요."

"……."

"미친 거죠. 주위에서 떠받들어 주니까 뭐라도 된 것처럼 군 거잖아요. 민들레 없이는 인생의 아주 많은 부분이 삭제될 놈이."

"의원님……."

"반성하는 거예요. 아직도 저를 잊지 않고 사랑해 주는 민들레에게 다시 한번 감사하는 거라고요."

"……예."

"보답해야겠죠?"

"그리 여기신다면 마땅히 해야 합니다."

"맞아요. 마땅히 해야 할 일을 지금껏 미뤄 뒀네요. ……그래요. 제가 그러고 멍청하게 살았어요."

차량은 어느새 오필승 타운에 도착했고 회관 앞에서 스르르 멈췄다.

장대운이 내리자 기다렸다는 듯 조형만이 나타났다.

"이제 퇴근하십니꺼?"

"어! 저 기다리셨어요?"

"예."

할 얘기가 있다는 것이다.

긴말 없이 물 한 잔 떠 놓고 마주 앉았다.

"구룡마을 얘기 같은데 문제 있어요?"

"가 보니까. 더럽긴 했심더. 여기저기 알박기한 놈들도 제법 되고요."

마을이 더럽다는 게 아니라 구조가 더럽다는 거다.

재개발 앞에 분열된 대표자 회의부터 그런 그들을 이용하는 놈들과 주요 지점마다 알박은 외지인들.

"어려워요?"

"어렵지는 않습니다. 재개발이 더러운 건 일상이고. 결국 돈 문제 아이겠심니꺼?"

"음…… 그렇죠."

"아까는 뺄 수가 없어서 내지르긴 했는데. 구룡마을에 덤빌 이유가 있습니까?"

"특별한 이유는 없어요. 그냥 하고 싶은 거예요."

"으음, 의원님이 하고 싶은 거라…… 운 좋은 거네예. 구룡마을 사람들."

"세상 모든 일이 그런 거 아니겠어요? 뭐든 인연이 닿아야겠죠."

"뭐, 그렇지예. 지도 그렇고요. 알겠심더. 그라믄 지는 우째 지지고 볶을까 고민 좀 해 보겠습니더. 아 참, 따로 용도를 정해 두신 게 있습니꺼?"

평범하게 아파트만 지을 거냐는 얘기였다.

"R&D 연구소를 하나 들였으면 좋겠어요."

"R&D 말입니꺼? 어느 분야를……요?"

"생명공학이요."

"으음, 생명공학이믄 공정이 까다롭네예. 어설픈 부지로는 상대할 수도 없겠고. 쓰읍, 어쩌믄 부지 절반을 몽땅 사용해도 모자랄지도 모르겠심더."

"상관없어요. 연구소부터 생산 시설까지 원스톱으로 이뤄졌으면 좋겠어요. 시설만 갖춰지면 외국 제약사로부터 라이센스 생산을 해 볼까 해요. 정 대표님께 얘기해서."

"정 대표까지 나올 끼믄 지도 긴장해야겠네예. 그라믄 연구소 세워서 미국 무기처럼 라이센스 받아 올 거지예?"

"예."

"그라믄 전문가 좀 델꼬 다녀야겠심더. 아무래도 지가 못 보는 걸 보겠지예."

"나머지는 알아서 하세요."

"예. 그럼 지는 가 보겠심더."

할 말을 마쳤다는 듯 조형만이 일어나려 하였다.

장대운은 그런 조형만에게 어딜 급히 가냐는 듯 쳐다봤다.

"디 있습니꺼?"

"요즘은 어디를 파고 계세요?"

"여러 개 있긴 한데. 부산이 주력입니더. 마린시티 끝내고 센텀시티가 거의 와꾸가 맞춰지는 중입니더. 다른 큰 이슈는 없고 5년 정도 더 있어야 센텀도 제 역할을 할 낍니더. 다만 근래 들어 각 시공사 주위로 시청 공무원부터 구의원, 시의원 같은 놈들이 자주 보이는 게……."

"날파리가 붙은 모양이네요."

"예."

건설은 돈이었다.

주머니 쌈짓돈이 아닌 아주 큰 뭉텅이 목돈.

그리고 돈이 흐르는 곳엔 언제나 그렇듯 똥파리가 꼬인다.

"많이 붙었어요?"

"원칙적으로는 시공사 일이라 저희가 관여할 바가 아니긴 한데. 불법 대출 얘기도 심심찮게 들리고 다른 이권 사업에도 잡음이 좀 있습니다. 부산시에서는 아니라고 발뺌하는데. 꼴 같잖습니다."

간단한 문제는 아니었다.

귀찮다고 외면하기에도 규모가 제법 된다.

"이놈 저놈 떼먹기 시작했으면 분양가에도 악영향이 가겠군요."

"예, 그럴 낍니다."

수순이었다.

이익 없이 움직이는 기업이 없듯 여기저기 돈 뜯기는 것이 많을수록 건설사는 뭐라도 남기기 위해서 하청을 조져 부실을 양산하거나 분양가를 높이는 등 어떻게든 조치를 마련하게 돼 있었다.

이 중 하청을 조져 부실을 양산하는 건 조형만이 눈에 불을 켜고 있으니 안 될 테고 결국 분양가인데.

즉 똥파리가 많이 붙을수록 소비자의 부담만 가중된다는

것이다.

"추후 우리 오필승에도 똥물이 튈 수 있다는 거네요. 돈 잔치한 놈들은 쏙 빠지고 엄한 우리가 욕먹게 생겼어요."

"예?"

"쉬이 놔둔다면 그렇다는 얘기예요. 지금은 아니라도 언젠가 우리 발목을 잡을 거라는 말입니다. 바가지 쓴 소비자가 누굴 찾겠어요?"

"시공사 아입니꺼?"

"그다음에는요?"

"으음……."

대답을 못 한다.

문제가 터지는 순간 오필승 건설이 드러나는 건 시간문제였다.

옳고 그름을 떠나 그런 이슈에 이름이 오른다는 것 자체가 치욕임을 조형만은 알았다.

"선을 그어 주세요."

"크음, 우짜시려고요?"

"대표님이라면요?"

"그 쒜끼들. 지금부터 다 조져 뿔라 카는데 괜찮겠심니꺼?"

"그보다는 먼저 적정 분양가를 제시하면 어떨까요?"

"적정 분양가요?"

"이를테면 분양가 상한제 같은 것이죠."

10년 후에나 언급될 제도이나 따로 주인이 있는 것도 아니고 먼저 하면 된다.

조형만은 못 알아듣고 고개를 갸웃거린다.

"분양가 상한제가 뭡니꺼?"

"현재 분양가를 이루는 요소가 이렇잖아요. 건설사 수익과 땅값, 향후 발전 가능성 정도."

"그렇지예."

"이것만도 상당한 부담인데 똥파리들 떡값까지 붙어 버렸어요."

"아⋯⋯예, 그렇심더."

"여기에서 향후 발전 가능성과 떡값은 치워 버리죠."

"⋯⋯!"

"건설사 수익과 땅값만 가지고 진행해 보죠. 적정 수익 계산이 어려운 것도 아니고 굳이 발전 가능성과 떡값까지 챙겨 줄 이유가 없잖아요. 지들이 챙겨 줬으면 지들 수익에서 까야 타당하겠죠."

"으음, 그리되면 먼저 분양한 건설사들이 불만을 터트릴 낍니더."

그럴 만도 했다.

똑같은 장소에 똑같은 퀄리티에 비슷한 브랜드의 아파트가 나오는데 누군 3억이고 누군 2억이라면 어느 아파트가 더 인기 있을까?

거기에 전의 아파트 분양가에 야료가 있었음이 알려진다면?

들고일어나게 돼 있다.

공론화될 것이고 건설사는 수익의 상당 부분을 토해 내야
할 것이다.

기억에도 그랬다.

센텀시티나 마린시티 어느 아파트 한 채 값이 몇십억씩 갔
다고.

제아무리 기획 도시라는 명목이라도 부산의 경제 규모와
아파트 한 채에 몇십억이 맞을까?

전혀 어울리지 않았다. 이 사실이 나중에 이슈가 돼 부산
시장 선거에도, 대통령 선거에도 영향력을 끼쳤다는 걸 안다.

그 오물을 오필승이 뒤집어쓸 필요는 없었다.

강하게 가자.

"싫으면 하지 말라고 하세요. 우리가 언제 그런 거에 신경
썼어요? 저는 건설과 관계도 없는 놈들이 자리 하나 차지했
다는 이유로 배 두드리는 꼴은 봐주기 어렵네요."

"으음, 확실히 문제 될 소지가 크겠심더. 우리가 돈 벌자고
캤으면 이런 식으로 운영하지도 않았을 거 아입니꺼? 열심
히 일해 놓고 쥐새끼들 때문에 욕먹으면 열 받지예. 알겠습니
다. 계약한 건설사들에게 일괄 통보하겠습니다."

"좋아요."

어쩌면 계약 취소 건이 나올 수도 있었다. 항의가 터질 테
고 일방적 계약 위반에 대한 위약금 얘기도 나올 테고…….

그러나 걱정은 없다.

조형만은 뒤끝이 아주 강하다. 건설 바닥에 소문이 파다하

다. 본보기로 걸리는 순간 아주 엿 같은 경험을 하게 될 거라고.

갑작스러운 변경 사항이니 항의까지는 어떻게든 받아 줄 테나 계약 취소하고 얼마 안 되는 위약금으로 까분다면 그 건설사는 앞으로 이 대한민국에서 아파트 지을 생각은 접어야 할 것이다.

마무리 지으려 하자 이번엔 조형만이 급히 말을 이었다.

"총괄님, 아이고, 의원님, 이거는 말해 주고 가소. 앞으로 전국 동일 맞지예?"

"물론이죠."

"일이 좀 커질 낀데. 지한테 뭐라 카믄 안 됩니더."

"제가 왜 조 대표님에게 뭐라 하겠어요? 까불면 다 조져 버리세요. 어떤 놈이든 상관없이. 뒤는 제가 책임집니다."

"아이고, 이 조형만이가 그딴 놈들 때문에 우리 의원님 찾겠심니꺼? 안 그래도 심상찮게 오르는 집값 때문에 거슬리던 참인데 오필승 건설이 먼저 시작하겠습니다."

"파이팅이에요."

"예. 아 참, 스타번스는 2010년까지 '2천 직영'으로 늘리고 확장은 중단할 생각인데 괜찮십니꺼?"

"옳은 결정이세요. 직영점 2,000개면 충분합니다. 나머지 시장은 다른 업체에 양보하세요."

오필승 그룹에서 오필승 건설이 스타번스를 가져간 이유는 하나였다.

지역 요소요소마다 목 좋은 건물들을 보유하고 있다는 것.

스타번스마저도 군말 없이 사업권을 내줄 만큼 가진 환경이 완벽했으니 오필승 건설은 98년 2월 스타번스 코리아를 설립하고 현재 직영 1,500호점을 오픈했다.

땅 장사꾼답게 자금력은 넘쳐났고 프랜차이즈는 일절 고려하지 않았다. 도시 요소요소마다 잡아 둔 건물은 하나둘 스타번스 회장 하워드 슐츠의 구상을 현실에 투영하였고 결과는 초대박이 났다. 방송에서 언급했듯 20, 30대에서는 가히 폭발적인 호응을 얻는 중.

스타번스의 돌풍을 목격한 기업들이 우후죽순으로 커피 브랜드를 내놓고 있으나 원래 역사보다 한층 더 고급화된 스타번스를 따르기엔 무리가 있었다.

게다가 부동산 귀신 조형만이 뒤에 떡 버티고 있다.

업계에서도 유명했다. 커피 사업이든 건설 사업이든 저 심술쟁이를 건드려서 여태 무사한 자가 없다는 썰이.

그런즉 믿고 맡기기에 이보다 더 듬직한 사람이 없었다.

'조형만이 무섭지. 안 그래도 깔깔한데 건설 바닥을 구르면서 더욱 무서워졌으니까.'

어쨌든 이거로 집값이 조금 잡히려나?

모르겠다.

아님 말고.

드디어, 강남구청에서 구룡마을 재개발 건이 공고로 떴다.

전 사업자로부터 사업권을 회수한 사유와 강남구의 미래를 위한 건설적인 방향을 위해 다시 한번 재개발에 도전한다는 내용이었는데 핵심은 두 가지였다.

간략히 정리하면,

* 전체 판매.
1. 땅값 10조 원.
2. 실거주자 전용 임대 아파트 건설.
3. 이주 기간 내 주거 및 생활비 보조.

* 기존
1. 1년 내 모든 동의서를 완료하고 첫 삽을 뜬다.
2. 구청 입회하에 재개발 동의서 수취.
3. 불법이 발견될 시 사업권 회수.

딴소리 말고 가능한 사업자만 도전하라는 말이었다.

이 소식은 구룡마을에도 전했다.

- 이번이 마지막 기회다. 이번에도 무산된다면 구룡마을 재개발 건은 영원히 폐기하겠다.

돈 냄새 맡은 건설사들이 우르르 달려왔다가 공고를 보고는 혀를 차고 튕겨 나갔다.

일을 하라는 건지 하지 말라는 건지.

아예 1번 항목은 거들떠보지도 않았다.

건설업을 하는 이유가 그랬다. 다 돈 벌자고 하는 일인데 10조 원을 어디에서 구하고 저 많은 거주민을 어디에다 옮기고 생활비 보조는 왜 줘야 하는 건지. 또 임대 아파트까지 지어 바쳐야 한다고?

뭐, 다 좋다 치고 도대체 뭐로 투자금을 보전할 수 있을까? 아파트 팔아서는 계산이 안 나온다.

결국 2번 항목으로 가야 하는데.

구청 직원이랑 같이 다녀야 한다는 것이다. 일일이 체크하고 불법적인 일이 없는지 감시한다는 것.

건설사들이 뒷걸음질 치며 고개를 절레 젓는 와중 구룡마을에서도 반대 시위가 일어났다.

여느 때처럼 재개발에 대한 반대가 아니라 공고에 대한 항의였다.

이번 강남구청의 발표 내용은 자기네들이 봐도 구룡마을 재개발을 안 하겠다는 뜻이었다. 조건도 괴악하기 그지없는데 신청 기간도 고작 한 달간.

그 기간이 지나면 구룡마을 재개발 건은 그야말로 휴지 조각이 되는 것이다. 공고 내용처럼 '영원히'까지는 아니겠지만 당분간 아니, 적어도 10년간은 쑥 들어갈 것이 뻔했다. 다른 구청장이 오더라도 의식적으로 피할 테고.

이 내용을 가만히 두고 본다면 구룡마을 대표자 회의가 존재할 이유가 없었다. 어차피 투기꾼들의 지시를 받는 유명무실 단체지만, 더더욱 있을 명분이 없어진다.

강남구청 정문 앞이 난리가 났다.

전에는 재개발 반대라고 피켓 들고 오페라를 부르던 이들이 이번엔 제발 재개발해 달라고 블루스를 춘다.

그 사실이 언론을 통해 전국으로 박제됐다.

반대하던 사진과 찬성하는 사진이…… 똑같은 복장, 똑같은 얼굴들이 날짜에 따라 다른 입장에서 시위하고 있음이 알려지며 그나마 옹호하던 사람들마저 외면하였다. 동정의 가치가 없다며.

이쯤 되자 아무리 뻔뻔한 사람들이라도 분위기를 탈 수밖에 없었다.

약자 코스프레는 끝.

이러다 정말 아무것도 못 건지고 허송세월만 하게 될지도 모른다는 위기감이 감돌자 대표자 회의는 급기야 분열을 일으켰고 강경한 입장만 고수하는 조합장을 퇴진시켜 버리는 일까지 벌어졌다.

〈3권에서 계속〉